크렌스피
사가

과니 판타지 장편 소설

크렌스피 사가

2

어쌔신 길드

뿔미디어

CONTENTS

†제1장†

몬스터랜드Ⅱ

디그레인을 보호하던 레츠가 홀로 날뛰며 병사들을 죽이는 웨어 울프를 지켜보지 못하고 나선 것이다.

"죽고 싶지 않으면, 대열을 정비하고 자신이 맡은 지역을 사수해라!"

"넵!"

레츠의 말에 병사들이 큰 소리로 화답했다. 자신들을 대신해 눈앞에 있는 괴물을 막아선 고마움이 묻어 있었다.

"크르르르!"

웨어 울프는 자신의 손아귀에 놓였던 병사를 구한 레츠를 바라보았다.

조금 전의 인간과 똑같은 복장을 하고 있지만, 풍기는 분위기가 예사롭지 않았다. 방심할 수 없었다. 전력을 다해야 상대할 수 있는 적이었다. 본능적으로 알 수 있었다.

웨어 울프가 손톱에서 푸른 예기를 뿜어내기 시작했다. 그 모습을 발견한 레츠가 푸르스름한 빛을 뿜어내는 손톱에서 눈을 떼지 못하며 흥미롭다는 눈빛을 보냈다.

"흠. 마나를 사용하는 몬스터라니, 처음 들어 보는군."

웨어 울프는 무리의 대장이 되고 나서도 단련을 멈추지 않았다. 그러자 육체적 능력이 최정점에 오른 후에 자연스레 마나를 사용할 수 있게 되었다. 인간들처럼 체계적이지는 않지만 마나를 사용할 수 있게 된 것이다.

먼저 움직인 것은 웨어 울프였다. 사전 준비 동작도 없었지만, 생각지도 못한 빠르기를 보여 주었다.

획, 획!

손이 지나고 한참 뒤에야 바람 소리가 들려올 정도였다.

웨어 울프가 오른손으로 공격하고 다시 왼손으로 공격할 때에는 이미 일 미터 정도를 전진하고 있었다.

레츠가 뒤로 물러서며 웨어 울프의 움직임을 읽기 시작했다. 하지만 다시 오른손을 휘두를 때에는 자신이 웨어 울프의 사정거리 안에 놓이게 되었다는 사실을 알게 되었다.

단 세 수 만에 웨어 울프가 레츠의 움직임을 따라잡은 것이다.

웨어 울프의 거침없는 움직임에 레츠의 얼굴이 찌푸려졌다. 겁 없이 날뛰는 모습에 화가 났다. 자신을 무시하는 행동으로 비춰졌다. 뒤로 물러서던 레츠가 한순간에 웨어 울프의 품으로 뛰어들었다.

레츠의 검이 한순간에 푸른 예기를 뿜어내며 마주 오는 웨어 울프의 손톱을 향해 휘둘러졌다. 시간상 웨어 울프의 손톱과 레츠의 검이 한 지점에서 격돌할 것은 당연했다. 그러나 결과는 그러지 못했다.

엄청난 속도로 레츠의 품으로 파고들던 웨어 울프가 한순간 자신의 움직임에 제동을 걸더니 뒤로 훌쩍 물러난 것이다.

"크르르르."

뒤로 물러선 웨어 울프가 레츠의 검에서 시선을 떼지 않고 있었다.

처음에는 레츠의 검에 대해서 신경을 쓰지 않았었다. 자신이 손톱을 사용하는 것처럼 인간들도 검을 만들어 사용하고 있다는 걸 알고 있었다. 그런데 평범해 보이던 검이 한순간에 바뀐 것이다.

지금은 다시 평범한 검으로 변했지만, 자신의 눈을 멀게 할 정도의 푸른빛을 뿜어내던 모습은 진짜였다.

레츠가 들고 있는 검에서 시선을 뗀 웨어 울프가 자신의 오른손을 바라봤다. 검지와 중지에 달렸던 손톱의 반이 잘려 있었다. 잘리는 느낌도 없었는데 어느새 인간의 검에 잘려 나간 것이다. 조금이라도 늦었다면 손톱이 모두 잘려 나갔을 것이 분명했다.

손톱이 잘렸다는 사실을 눈으로 확인한 웨어 울프가 몸을 돌려세우더니 순식간에 주둔지 밖으로 몸을 빼냈다.

몸을 빼내면서 레츠를 한번 쳐다보는 것을 잊지 않았다. 그 모습은 마치 용기가 있다면 자신을 따라와 보라는 것 같았다.

'젠장.'

검을 거둬들인 레츠가 짧게 욕을 뱉어 냈다. 눈앞에서 도망 치는 웨어 울프를 잡지 못했기 때문이다. 그러나 도망친 웨어 울프를 따라갈 생각은 없었다. 주둔지 안에 다른 먹잇감이 널 려 있는데, 굳이 위험을 감수하고 밖으로 나갈 필요는 없었다.

웨어 울프와 격렬하게 대치하는 곳으로 천천히 이동하면서 바닥에 나뒹구는 크로스보우를 집어 들었다. 그러고는 병사와 한데 어울려져 바닥을 구르는 웨어 울프의 머리를 향해 화살 을 발사했다.

퍽!

머리에 화살이 박힌 웨어 울프가 몇 번 몸을 떨더니 힘없이 축 늘어졌다. 그리고 이내 바닥이 뜨거운 피로 홍건해졌다.

조금 전까지 뜨거운 입김을 토해 내며 목을 물려고 몸부림 치던 웨어 울프의 몸이 늘어지자, 어떻게 된 일인지 몰라 멍해 있는 병사에게 레츠가 손에 들려 있는 크로스보우를 건네줬다.

"정신 차려! 뒤로 빠져서 대열을 정비해라."

"네, 네!"

손에 들려 있는 크로스보우를 바라보며 병사가 반사적으로 외쳤다.

병사를 뒤로한 채 천천히 움직이던 레츠가 조금씩 빠르게 움직이더니 이내 뛰기 시작했다. 그러고는 웨어 울프의 기세에 눌려 제대로 실력을 발휘하지 못하고 있는 곳으로 뛰어들었다.

눈앞에 있는 병사를 상대하느라 뒤에 나타난 적에게 신경 쓰지 못하는 웨어 울프의 목을 향해 검을 빠르게 찔러 넣었다.

서걱!

순식간에 웨어 울프의 목을 꿰뚫고 검이 빠져나왔다.

"코르르르."

웨어 울프가 예의 그 목 울림소리가 아닌, 바람 빠지는 소리를 내뱉더니 이내 눈에서 생기가 빠져나갔다.

레츠가 목에 박혀 있는 검을 빼내고는 죽은 웨어 울프를 머리 위로 들어 올리더니 다른 웨어 울프를 향해 집어 던졌다.

쿵!

레츠에 의해 던져진 웨어 울프의 시체와 병사를 공격하던 웨어 울프가 부딪치며 한데 어울려 땅바닥을 굴렀다.

갑작스런 충격과 함께 바닥을 구르게 된 웨어 울프가 두 손으로 땅바닥을 집고는 머리를 흔들었다. 정신을 가다듬기 위한 행동이었다. 그러나 날아오다시피 달려온 레츠가 곧바로 발로 머리를 걷어차 버렸다.

퍽!

묵직한 소리를 동반하며 웨어 울프의 머리가 허공에 커다란 포물선을 그렸다. '철퍼덕' 하는 소리를 내며 다시 한 번 땅바닥을 구른 웨어 울프가 꿈틀대며 바로 일어서려고 했다.

인간보다 단단한 두개골을 소유하고 있기에 보기보다 강한 충격을 받지 않은 것이다.

레츠는 느긋하게 웨어 울프에게 다가가더니 허리에 올라타서는 손으로 주둥아리를 잡고 위아래로 벌려 버렸다.

갑작스런 레츠의 행동에 별다른 힘도 발휘하지 못하고 웨어 울프의 허리와 목이 차례로 꺾였다. 그런 상태에서 레츠가 힘을 가하기 시작하자 밑에 깔렸던 웨어 울프가 고통을 참지 못하고 꿈틀거리며 비명을 토해 냈다.

"깽깽."

웨어 울프가 어떻게든 레츠의 손아귀에서 빠져나가려고 몸을 들썩거리며 버둥거렸지만, 그러면 그럴수록 몸에서 힘이 빠르게 빠져나갔다.

쩍!

목뼈가 박살이 나며 주둥아리가 위아래로 갈라졌다.

한순간에 나타나 두 마리의 웨어 울프를 죽인 레츠의 등장은 충격 그 자체였다. 레츠를 직접 상대해야 하는 웨어 울프뿐만 아니라, 같은 동료인 병사들도 레츠의 손속에 마른침을 삼킬 정도였다.

테일 남작은 웨어 울프와 늑대들의 공격이 시작되자 검을 빼 들었다. 그러고는 목책을 가장 높이 쌓은 곳에 자리를 잡았다. 가장 선두에 서서 병사들을 독려하기 위해서였다.

"물러서지 마라. 적을 앞에 두고 물러선다는 것은 목숨을 내놓는 것과 같다."

"알겠습니다."

지휘관이 앞에 있다는 것은 병사들에게 많은 위안을 준다. 그런 지휘관의 실력이 뛰어나다면 더할 나위 없을 정도로 말이다. 테일 남작은 병사들에겐 이상적인 지휘관이다.

상급 익스퍼트의 실력을 보유하고 있었으며, 전장에서는 그 누구보다 최전선에 나서는 지휘관. 그게 테일 남작이었다.

머리가 아닌 가슴이 뜨거운 남자라 간혹 위태로운 장면을 연출하기도 하지만 그 누가 뭐래도 테일 남작은 병사들에게 인정받는 지휘관이었다. 그런 이유로 토벌대 총대장 자리를 맡은 것이고 말이다.

"웨어 울프들이 목책을 넘지 못하게 방어해야 한다. 화살을 쏴라!"

테일 남작의 명령에 병사들이 크로스보우를 발사했다. 한 번에 발사된 20여 대의 화살이 허공을 가르며 날아갔다.

퍽! 퍽!

주둔지 안으로 들어서려고 목책을 뛰어넘던 늑대들이 화살에 맞아 우수수 바닥으로 떨어졌다. 그렇지만 웨어 울프들은 기본적으로 속도가 너무 빨라 병사들의 실력으로 화살을 맞히기가 어려웠다.

"젠장!"

그 모습을 지켜본 테일 남작이 작게 욕설을 내뱉었다. 병사들이 웨어 울프를 맞히지도 못할 거라고는 생각지도 못했다. 그래서 화살을 쏘라고 명령했던 것이다.

테일 남작이 입술을 깨물었다. 명백한 실수였다. 그렇지만 지나간 일을 계속 탓만 하고 있을 수는 없었다.

"크로스보우를 내려놓고 방패를 들어라."

당장 도움이 되지 않는 크로스보우를 버렸다. 그리고 병사들에게 방패를 들게 했다. 직접 몸으로 부딪혀서라도 웨어 울프가 주둔지 안으로 들어서는 것을 방어해야 했다.

"주둔지 안으로 들어간 웨어 울프에 대해서는 신경 쓰지 마라. 미리 기사들을 배치해 놓았다. 그들이 웨어 울프를 상대할 것이다."

현재는 눈앞에서 밀고 들어오는 웨어 울프를 상대해야 했다. 등 뒤의 적까지 상대하기에는 병사들의 실력이 모자랐다. 경험이 많은 선임병들이야 어떻게든 자신의 살길을 만들겠지만, 토벌대에 처음 참가한 신병들은 우왕좌왕거릴 것이 뻔했다.

지휘관은 고참 병사들이 아닌 신병들이 잘 알아듣고, 쉽게 반응할 수 있는 명령을 내려야 했다. 그것이 지휘관의 기본 덕

목이었다.

병사들이 웨어 울프와 직접 맞상대하기 시작하자 여기저기서 많은 문제점이 드러나기 시작했다. 테일 남작은 그 모습을 보면서 어떻게든 병사들을 통제해야 했다.

"자신의 실력을 믿어라. 그리고 옆에 있는 동료를 믿어야 한다. 그래야 이 지옥에서 살아남을 수 있다. 절대 죽지 마라! 이곳에서 죽는다는 것은 개죽음, 그것 말고는 아무것도 아니다!"

무조건 살아남아야 한다. 수단과 방법을 가리지 말고 말이다. 몬스터랜드에서 죽음을 맞이한다면 죽어서도 고향 땅에 몸조차 누일 수 없었다.

테일 남작이 다시 병사들을 독려하기 시작하자, 병사들이 훈련받은 대로 움직이기 시작했다. 그러나 문제는 다른 곳에서 터져 나왔다.

"으아악!"

처절한 병사의 울부짖음이 어두운 밤, 주둔지 안에 울려 퍼졌다. 그 소리를 기점으로 목책으로 단단히 방어해 둔 곳이 웨어 울프의 공격에 무너져 내렸다.

병사의 비명을 테일 남작도 들었다. 그리고 무너져 내린 목책 사이로 주둔지 안으로 밀고 들어오는 웨어 울프의 무리도 볼 수 있었다.

테일 남작은 앞뒤 분간할 사이도 없이 몸부터 날렸다. 무조건 막아야 한다는 생각뿐이었다. 이대로 방치해 버리면, 토벌대의 안위를 보장할 수 없었다. 토벌대를 총 책임지는 자로서 그것만은 절대 용납할 수 없었다.

상당히 먼 거리를 점프해 날아온 테일 남작이 자신의 모든 힘을 검에 집중시켰다.

쾅!

푸른빛에 휩싸인 검이 땅바닥을 강하게 내리쳤다. 땅이 들썩였으며, 흙이 하늘로 비상했다.

갑작스런 폭발로 주둔지 안으로 밀고 들어오던 웨어 울프들이 주춤거리기 시작했다. 아주 잠깐의 멈칫거림이었지만, 테일 남작은 그 정도의 시간을 벌었다는 것에 대해 만족했다.

자신이 움직임으로써 지휘관의 안전을 책임지는 기사들도 따라 움직인다는 사실을 알기 때문이다. 테일 남작의 생각처럼 아주 잠깐의 시간 동안 무너진 목책을 대신할 인간 장벽을 만들 수 있었다.

그때부터는 정말 지옥이었다.

죽느냐 사느냐의 갈림길에 서서는, 서로 피 튀기는 접전을 벌일 수밖에 없었다. 끝없이 밀려드는 웨어 울프와 늑대들의 무리에 맞서, 살아남으려고 발버둥 치는 인간의 처절한 몸부림은 정말 아비규환이 따로 없었다.

기사들이 뿜어내는 소드 오러에 웨어 울프의 사지가 하나씩 몸에서 떨어져 나갔다.

기사들은 역시나 일반 병사들과는 무력에서 비교도 할 수 없는 차이를 보여 줬다. 힘없이 무너지던 전선을 기사들이 가까스로 지켜 내고 있었다. 아직도 웨어 울프의 손에 병사들이 죽어 나갔지만, 기사들이 모여 있는 곳에는 웨어 울프의 시체가 쌓여 가고 있었다.

희번덕거리는 웨어 울프의 눈에 검을 찔러 넣은 테일 남작이 검을 빼내기 위해 발로 웨어 울프의 배를 걷어찼다.

"저 목책을 이쪽으로 끌고 와! 당장 저 목책을 끌고 오란 말이야!"

테일 남작은 조금씩 우세를 보이는 형세에는 아무런 관심이 없었다. 오직 그의 관심을 끄는 것은 웨어 울프의 손에 죽어 나가는 병사의 목숨이었다.

기사들에는 미치지 못하지만, 일반 병사들보다 월등한 실력을 보여 주는 웨어 울프들의 발길을 막아야 했다. 웨어 울프를 막으려고 정면에 병사들을 내세울 수는 없는 것이다.

무너진 목책은 새로운 목책으로 대체하면 된다. 그렇게 하면, 무식할 정도로 밀고 들어오는 웨어 울프의 발길을 막을 수 있었다.

기사들에 의해 옮겨진 목책이 길목을 막아서자 웨어 울프의 파상 공세는 어느 정도 막을 수 있었다. 엉성하고 부족한 부분에는 차가운 땅바닥에 누워 있는 시체로 막았다.

시체의 종류는 가리지 않았다. 아군의 시체라도 살아남은 병사들을 위해 요긴하게 사용되었다.

무너진 목책을 복구하자 주둔지 안으로 난입한 웨어 울프들이 문제였다. 상당히 많은 수의 웨어 울프가 주둔지 안으로 들어섰다. 보나 마나 피해가 막심할 것이었다. 그런데 아니었다.

테일 남작의 눈에 들어온 주둔지 안의 모습은 정말 이질적으로 다가오고 있었다.

테일 남작 주변에 있는 토벌대와 주둔지 안에서 웨어 울프를 상대하는 토벌대가 따로 놀고 있었기 때문이다.

'이번에도 레츠와 관련된 것인가.'

주둔지 안에 들어온 웨어 울프들이 레츠의 손아귀를 벗어나지 못하고 처참한 죽음을 맞이하고 있었다. 이쪽저쪽 가리지 않고 돌아다니며 웨어 울프를 도륙하고 있었다. 그것도 너무나 쉽게 말이다.

거기에 병사들도 레츠의 지시를 곧이곧대로 따르고 있었다. 그건 기사들도 마찬가지였다.

전장 한복판에서는 지휘관의 명령이 제대로 전달되지 않게 된다. 그렇게 되면 병사들은 근처에 있는 강한 아군에게 자연스레 의지하게 되어 있었다.

레츠의 무력이 기사들보다 앞서 있는 것은 물론, 그는 차기 영주 후보였다. 기본적으로 병사들을 통제할 권한을 가지고 있었다. 같은 후보들도 레츠의 지시를 따를 정도였다. 그만큼 레츠는 모든 것을 아우를 수 있는 실력을 선보이고 있었다.

'마법사는?'

테일 남작이 디그레인을 찾기 시작했다.

레츠가 저처럼 날뛴다는 것은 자신이 맡은 임무를 등한시하고 있다는 방증이었다.

테일 남작의 행동이 갑자기 빨라졌다. 토벌대에서 마법사들이 차지하는 비중은 정말 컸다. 만에 하나 단 한 명의 마법사라도 잃는다면 이번 토벌은 실패로 돌아갈 정도로 말이다.

디그레인을 찾던 테일 남작의 눈이 더는 커질 수 없을 거라고 여겨질 정도로 커졌다. 디그레인을 노리는 웨어 울프를 발견했기 때문이다.

그 즉시 테일 남작이 디그레인을 구하고자 움직였다. 어떻게 해서든 디그레인을 구해야 했다. 목이 순식간에 타들어 가며 입 안에 침이 말랐다. 그 순간이었다.

핑!

어디선가 날아온 화살이 디그레인을 노리던 웨어 울프의 머리에 박혀 들어갔다. '뭐지' 하면서 저도 모르게 고개가 자연스럽게 돌아갔다.

레츠였다.

디그레인과 상당히 멀리 떨어진 거리에서 화살을 발사한 것이다. 그러고는 손에 들려 있는 크로스보우를 앞에 있는 병사에게 넘기고는 다른 목표를 찾아 이동하고 있었다.

이후에도 디그레인의 근처에 웨어 울프가 나타나면, 어김없이 어디선가 화살이 날아와 박혔다. 그 모습을 본 테일 남작은 한동안 아무런 생각도 할 수 없었다.

'이걸 어떻게 받아들여야 하지?'

"아우우우!"

주둔지 밖 어딘가에서 들려오는 울음소리에 웨어 울프들이 귀를 쫑긋하고 움직이며 반응을 보였다. 그러더니 순식간에 썰물이 빠져나가듯, 주둔지를 빠져나가기 시작했다.

레츠는 손에 잡힌 웨어 울프의 목줄을 짓이기고는 한쪽으로 집어 던져 버렸다. 웨어 울프가 몇 번 풀썩이다가 이내 잠잠해 졌다. 레츠가 곧바로 다른 목표를 찾았지만, 이미 웨어 울프들은 주둔지 밖으로 빠져나간 후였다.

고함 소리와 비명 소리로 요란하던 주둔지가 순식간에 잠잠해졌다. 적막감이 느껴질 정도의 침묵이 찾아온 것이다. 그러나 그것도 한순간이었다. 테일 남작이 살아남은 병사들을 통제하기 시작하자 주둔지 안이 다시 활기를 띠기 시작했다.

"더 이상 웨어 울프를 쫓지 마라, 자신의 자리를 사수하고 다음 지시가 있을 때까지 대기하라!"

주둔지 밖으로 웨어 울프를 쫓아가는 병사들을 테일 남작이 막아섰다. 지금은 웨어 울프나 쫓을 때가 아니었다. 부대를 재정비하는 것이 급선무였다. 그래야 조금이라도 사상자 수를 줄일 수 있었다. 그러나 피를 보게 되어 흥분한 병사들을 통제하는 것은 쉬운 일이 아니었다.

"마법사는 지금 당장 주둔지 밖을 향해서 라이트를 시전해라."

테일 남작의 명령에 마법사들이 허겁지겁 주둔지 밖에 라이트를 시전하여 비추기 시작했다. 웨어 울프를 쫓아 주둔지 밖으로 이동한 병사들을 찾기 위해서였다.

다행스럽게도 간간히 병사들을 상대하는 늑대의 모습만 보일 뿐, 주둔지 근처에서는 웨어 울프의 모습을 찾을 수 없었다. 이 기회를 놓치지 않고 활용해야 했다.

"명령이다. 지금 즉시 주둔지 안으로 돌아와라."

잔뜩 흥분했던 병사들이 목이 터져라 외쳐 대는 테일 남작의 노력에 의해 주변 상황에 반응을 보이기 시작했다. 주둔지 밖으로 홀로 떨어져 나왔다는 사실을 인식한 것이다.

혼자라는 사실을 인식했을 때, 가장 먼저 찾아오는 것은 두려움이었다. 두려움은 인간의 사고의 폭을 줄여 버린다. 그 자리에서 뒤돌아 주둔지 안으로 이동하면 되는 간단한 행동도 못할 정도였다.

굼뜬 행동을 보이는 병사들은 포식자의 공격 성향을 자극할 뿐이었다. 어둠 속에 몸을 감추고 있던 웨어 울프들이 병사들을 공격하기 시작했다.

"으아악!"

웨어 울프와 손톱이 병사들의 몸을 훑고 지나갈 때마다 어김없이 비명 소리와 함께 피가 튀어 올랐다.

테일 남작은 웨어 울프에게 유린당하는 병사들을 보면서 입술을 깨물었다. 현실적으로 그들을 도울 방법이 없다는 사실이 테일 남작을 힘들게 만들었다. 애초에 그들이 주둔지 밖으로 빠져나가는 것을 막지 못했다는 자책감도 들었다.

눈앞에서 죽어 가는 병사들을 바라보면서도, 어느 누구 하나 그들을 구해야 한다는 말을 꺼내지 못했다. 토벌대 총대장인 테일 남작도, 테일 남작을 보조하기 위해 토벌대에 참여한 기사들도, 동료애로 똘똘 뭉친 같은 처지의 병사들도 말이다.

병사들을 구하기 위해 다른 동료를 사지로 밀어 넣을 수는 없었기 때문이다. 어둠이 내린 몬스터랜드는 그 누구를 막론하고 안전을 보장할 수 없었다. 상급 익스퍼트에 속해 있는 테일 남작도 마찬가지였다.

모두가 안타까워하면서도 고개를 절레절레 흔드는 그때, 레츠는 자신에게 절호의 기회가 찾아왔다는 사실을 알 수 있었다. 토벌대 전체에 자신의 이름을 아로새길 수 있는 기회 말이다.

"제가 병사들을 구해 오겠습니다."

테일 남작이 가타부타 말을 꺼내기도 전에 주둔지 밖으로 몸을 날리는 레츠였다.

레츠의 움직임은 거침이 없었다. 양 떼 사이에 뛰어든 늑대가 웨어 울프라면, 그런 늑대를 노리고 뛰어든 호랑이가 레츠였다.

웨어 울프가 한 번의 도약으로 공포에 젖어 있는 병사의 목을 노렸다. 주둥이를 벌리자 날카로운 이빨 사이로 침이 흘러 허공에 뿌려졌다.

"뭘 멍하니 보고만 있는 것이냐!"

레츠가 병사의 목덜미를 잡아채고는 웨어 울프의 벌어진 주둥이 속으로 검을 찔러 넣었다. 아니, 웨어 울프가 검을 향해 입을 들이밀었다고 보는 것이 옳았다.

입속으로 들어간 검이 뒤통수를 뚫고 나왔다. 그러자 몇 번 들썩거리던 웨어 울프의 몸이 축 늘어져 레츠의 검에 매달렸다.

퍽!

검에서 느껴지는 무게가 싫었는지 인상을 찌푸리던 레츠가 웨어 울프의 배를 걷어차서는 주둥이에 박혀 있는 검을 빼 들었다.

"주둔지 안으로 돌아가라."

저음으로 울리는 목소리에 병사들이 그제야 화들짝 놀라며 몸을 움직이기 시작했다. '아, 이젠 죽었구나' 하고 있었는데, 뜻밖의 도움을 받고 살아남게 되었으니 병사들이 가지는 기분은 남다를 수밖에 없었다.

새로운 생명과 그런 생명을 불어넣어 준 레츠.

주둔지로 돌아가는 병사들은 홀로 남겨진 레츠의 뒷모습을 잊지 않으려는 듯이 돌아보고 또 돌아보며, 두 눈에 각인시켰다.

레츠의 검은 빨랐다. 그리고 끊임없었다.

검이 움직이고, 또 움직이고. 한 번이 두 번이 되고, 세 번이 되었을 때, 동료의 피 냄새를 맡고 날뛰던 웨어 울프들이 주춤거리며 레츠에 대해 두려움을 갖기 시작했다.

"아우우우우."

그 순간 구원처럼 들려오는 울음소리에 웨어 울프들이 레츠를 뒤로한 채, 어둠 속에 둘러싸인 숲 속으로 모습을 감추었다.

라이트 불빛이 비치지 않는 숲 속의 어둠으로 들어서자, 웨어 울프의 눈동자가 노랗게 변했다. 그러고는 어둠 또한 노란색으로 물들어 가기 시작했다. 어둠이 사라지고 웨어 울프 특유의 밝음이 생겨난 것이다.

레츠가 어둠 속에 모습을 감추고 있는 웨어 울프를 잠시 바라보다가 천천히 숲 속으로 들어서기 시작했다.

"크르르르."

목책 밖으로 나올 때부터 레츠에게서 시선을 떼지 않던 웨어 울프가 있었다. 처음 레츠와 맞상대했던 무리의 대장이었다.

주둔지 안에서의 싸움은 제대로 된 힘도 써 보지 못하고 웨어 울프가 패배했다. 하지만 숲 속에서의 싸움은 다를 것이다.

이곳은 웨어 울프의 영역이다. 웨어 울프는 레츠에게 자신의 영역 안에서의 싸움이 어떤 것인지를 똑똑히 보여 줄 것이다.

레츠가 숲 속으로 들어서자, 이를 기다리고 있던 웨어 울프가 본격적으로 움직이기 시작했다.

레츠는 조심스레 숲 속으로 들어갔다. 웨어 울프가 어둠이란 이점을 살리기 위해 유인했다는 것을 알았지만 이를 상관치 않았다. 라이트로 밝히고 있는 주둔지만큼 사물을 식별할 수는 없지만, 웨어 울프의 움직임을 놓칠 정도로 어둠에 무기력하지도 않았다.

어두운 숲 속 곳곳에 몸을 숨기고 있는 웨어 울프의 기척을 느낄 수 있었다. 모습은 감췄지만, 자연스레 뿜어져 나오는 살기까지 감추지는 못했다.

잠시 제자리에 서서 웨어 울프의 기척을 살피며 어떻게 할지에 대해 생각하고 있던 레츠는 등 뒤를 훑고 지나가는 한기를 느꼈다.

"……!"

등 뒤에 웨어 울프가 나타나더니 순식간에 레츠의 머리를 향해 왼손을 뻗었다.

팟!

머리를 급격히 숙이자 웨어 울프의 손톱이 근소한 차이로 허공을 가르며 지나갔다.

레츠는 머리를 숙이는 정도로는 웨어 울프의 공격을 벗어날 수 없다고 판단했는지, 아예 앞으로 몸을 굴려서 웨어 울프와의 거리를 벌렸다.

레츠가 몸을 굴려 거리를 벌리는 사이, 웨어 울프는 공격이 실패하자마자 지체 없이 어둠 속으로 몸을 감출 뿐이었다.

자리에서 일어난 레츠는 웨어 울프의 모습 대신, 손톱에 잘려 나부끼고 있는 머리카락만 볼 수 있었다.

웨어 울프가 땅을 박차고 이동하는 순간, 레츠의 눈앞에서 웨어 울프가 사라져 버린 것이다. 그것도 기척까지 함께 말이다.

웨어 울프는 공격이 실패하자 지체 없이 나무 위로 몸을 날려 기척을 지웠다.

"크르르르."

빈틈을 노린 공격이 실패로 돌아갔다. 그러나 공격의 성공 여부는 상관없었다. 레츠가 자신의 공격에 얼마나 빨리 반응을 보일 수 있는지 확인해 본 것이었으니 말이다.

역시나 자신의 손톱을 자를 정도의 실력이 있는 만큼, 결코 얕볼 수 있는 상대가 아니었다. 그래도 마음은 여유로웠다. 어차피 레츠가 자신의 영역 안으로 들어온 이상 죽는다는 사실이 바뀌지 않을 것이다.

나뭇가지에 있던 웨어 울프가 미끄러지듯 줄기를 타고 내려오더니 중간 지점에서 반대편 나무를 향해 몸을 날렸다.

한 번의 도약으로 공중을 격하고 날아간 웨어 울프가 레츠의 등허리를 한 번에 훑고는 반대편 나무로 이동했다.

레츠는 웨어 울프가 움직이는 기척도 느낄 수 없었다. 웨어 울프의 손톱이 등허리를 훑는 순간, 공격을 허용했다는 사실을 깨달을 수 있었다.

그 순간, 레츠가 허리를 강하게 비틀었다. 공격을 비껴가게 만들기 위해서였다.

"크흐."

공격을 허용한 레츠의 입술이 비틀렸다.

동료 웨어 울프들이 살기를 내뿜어 자신의 이목을 집중시킨 사이, 그 배후를 노리는 전략이었다.

레츠 자신이 보기 좋게 적의 작전에 걸려들었다고 여겼다. 최대한 빨리 돌파구를 마련해야 했다.

레츠를 공격하고는 반대편 나무로 이동한 웨어 울프가 자신의 손톱을 바라봤다. 그러고는 진한 아쉬움을 쏟아 냈다. 손톱에 공격을 성공했다는 느낌이 왔지만, 레츠의 살을 뚫는 느낌은 아니었다. 공격을 허용한 순간 허리를 비틀어 공격을 흘릴 줄은 생각도 못했다. 역시나 만만한 상대가 아니었다.

웨어 울프가 나무 꼭대기로 올라가서는 몸을 틀며 나무를 강하게 밟았다. 무릎을 구부리자 허벅지에 하중이 가해지며 근육이 엄청나게 팽창되었다. 굽혔던 무릎을 다시 폈다. 나무도 때를 같이하며 한껏 구부러졌다가 펴졌다. 속도가 배가되었다.

팍!

나무가 흔들리며 웨어 울프의 공격이 레츠에게 알려졌지만, 크게 상관하지 않았다. 한 번에 목숨을 취할 수 있을 거라고 생각하지 않았다.

이번에는 오른손으로 레츠의 상체를 훑었다. 약지와 새끼손가락에서 살을 가르는 감각이 느껴졌지만, 검지와 중지에서는 느낌이 없었다.

레츠에게 잘려 나가서 길이가 짧아졌기 때문이다. 치명상을 입히지 못했지만, 피 냄새가 짙게 배어 나오는 것을 보니 상처가 제법 깊은 듯했다. 웨어 울프는 이번 공격이 만족스러웠다.

두 번째 도약에서 방향이 약간 틀어졌는지, 다음 목표였던 나무와 조금 벗어나 있었다.

왼손을 벌려 손톱을 나무줄기에 박아 넣었다.

그그극!

웨어 울프의 도약력인 만큼, 손톱이 미끄러지며 나무줄기에 깊게 자국을 남겼다. 사실 깊이 박아 넣지도 않았다. 몸이 나가는 방향을 바꿀 목적이었기 때문이다.

일직선으로 날아가던 몸이 나무를 중심으로 방향을 선회하기 시작했다. 그러고는 원하는 방향으로 돌아서자, 나무에 박혀 있던 손톱을 거둬들였다.

세 번째 도약은 두 번째 점프에서 사용된 힘의 여분을 이용한 것이었다. 반대편 나무까지 날아갈 힘이 없었다. 나무 위에서 레츠를 향해 뛰어내린 형상이었다.

휙! 휙!

허공을 가르는 소리가 위협적으로 들려왔다.

한 번의 휘두름으로 레츠의 움직임을 빼앗고, 두 번의 휘두름에서 땅을 박찰 시간을 얻었다.

땅을 박차고 나무 위로 뛰어오를 도약력을 얻었다. 레츠를 뒤로 두고 나무 위로 몸을 숨겼다.

화끈!

웨어 울프가 화끈거리는 왼쪽 옆구리를 만져 보니 피가 배어 나오는 걸 알 수 있었다. 손을 입으로 가져와 손바닥에 묻어 있는 자신의 피를 핥아 먹었다. 레츠가 공격하는 걸 느끼지도 못했는데, 어느새 큼지막한 상처를 입은 것이다.

웨어 울프는 이번 공격을 후회했다. 좀 더 참고 기다렸어야 했는데, 공격이 성공했다고 본능에 몸을 맡겼다가 레츠가 반격할 수 있는 기회를 제공했다는 자책이었다. 이번 공격으로 서로 한 번씩 주고받게 되었다.

레츠는 레츠대로 기분이 좋지 않았다. 분명히 웨어 울프의 몸속에 검을 쑤셔 넣었는데, 웨어 울프는 아무런 타격도 입지 않은 듯한 모습이었다.

뒷목에서 흐르는 피가 갑옷을 타고 흘러내리는 느낌이 생생하게 전해졌다. 웨어 울프에게 당했다는 생각이 들자 미칠 정도로 화가 났다.

피가 멈출 생각을 안 하는 것을 보니, 생각보다 상처가 깊었던 것 같다. 레츠가 흙을 한 줌 쥐고는 상처 난 부위에 문질렀다. 피를 멈추게 할 생각으로 무의식적으로 한 행동이었지만, 상당히 아프고 쓰라렸다.

피가 어느 정도 멈추자 레츠는 웨어 울프의 움직임에 대해서 분석하기 시작했다. 웨어 울프의 움직임은 지형지물을 이용해 본신의 능력을 상승시키는 방식이었다.

오늘 안계를 넓히는 계기가 되었다. 그렇지만 크게 위협이 되지는 않았다. 생전 처음 당하는 공격이라 너무도 쉽게 공격을 허용한 감이 없지 않아 있었기 때문이다.

웨어 울프가 한 번 공격을 시도하고는 반드시 근처에 있는 나무 위로 몸을 피한다는 사실을 알게 된 레츠가 어둠 속에 몸을 숨긴 웨어 울프를 찾기 시작했다.

나무 위에 숨어 있다는 사실을 알게 된 이상 웨어 울프를 찾아내는 것은 별다른 어려움이 없는 일이었다. 레츠는 이미 14살 때, 인간의 감각에 관한 모든 것을 마스터하고 있었다. 레츠가 천천히 자신의 감각을 조절하기 시작했다.

살기에 민감하게 반응하는 감각을 죽이고, 청각을 활성화시키기 시작했다. 땅 위에서 들려오는 소리가 아닌, 나무 위에서 들려오는 소리에 집중했다. 이내 나무 위에서 움직이고 있는 웨어 울프를 찾아낼 수 있었다.

씨익!

입술이 비틀리며 저절로 웃음이 피어났다.

레츠가 웨어 울프의 시야에서 사라진 것은 순식간이었다. 눈 깜박할 사이에 사라진다는 말은 이럴 때를 두고 하는 말이었다.

쾅!

나무 밑동이 강력한 충격에 의해 박살 났다. 작은 조각으로 변해 허공에 흩날리는 나뭇조각 사이로 레츠의 모습이 드러났다.

와자자작!

밑동이 박살 나자 나무가 견디지 못하고 옆으로 무너져 내렸다. 나뭇가지들도 충격을 견디지 못하고 부러져 나갔다. 무너지는 나무와 같이 웨어 울프도 지면으로 떨어지고 있었다.

팟!

웨어 울프가 무너지는 나무에서 뛰어내려서는 순식간에 근처에 있는 나무를 향해 뛰어올랐다.

"어딜 도망가려고!"

레츠가 웨어 울프를 놓치지 않고 따라붙었다. 웨어 울프의 등 뒤에 나타나서는 웨어 울프의 목을 잡아 바닥을 향해 찍어 눌렀다.

쾅!

웨어 울프의 머리 전부가 땅속으로 박히며 흙더미가 튀어

올랐다. 위에서 찍어 누르던 레츠에게까지 충격이 전해질 정도로 강한 충돌이었다. 지면과 강하게 충돌한 웨어 울프의 두개골에 미세한 실금이 가며 뇌진탕을 일으켰다.

한 번, 두 번, 세 번.

레츠는 웨어 울프를 제압할 수 있는 기회가 찾아오자 그걸 놓치지 않았다. 웨어 울프의 얼굴 중 일부분이 함몰되고 나서야 레츠의 손에서 풀려날 수 있었다.

허무할 정도로 너무도 쉽게 웨어 울프를 제압한 레츠였다.

웨어 울프의 실력이 뛰어난 것은 사실이지만, 레츠는 이미 모든 면에서 웨어 울프보다 앞서 있었다. 주둔지건, 숲 속이건 장소에 구애 받지 않는 것이다. 그런데 웨어 울프는 자신의 영역 안에서의 싸움이라는 이유로 레츠의 실력을 제대로 파악하지 못하고 경시하는 마음을 은연중에 가지고 있었다. 그것이 웨어 울프의 패배를 불러왔다.

땅속에 머리를 처박고 꼼짝도 하지 않는 웨어 울프의 다리를 잡고는 레츠가 주둔지를 향해 끌고 갔다. 병사들에게 보여 줄 생각이었다.

레츠가 웨어 울프를 끌고 가는 사이, 퇴로를 차단하며 등장하는 이들이 있었다. 늑대들이었다. 늑대들은 어느 순간, 누가 먼저랄 것도 없이 레츠를 향해 달려들기 시작했다. 레츠는 그런 늑대들을 바라보며 살기를 피워 올릴 뿐이었다.

사각!

공격 범위 안으로 가장 먼저 들어선 늑대의 머리가 레츠의 검에 잘려 나갔다. 그것을 시작으로 레츠의 주위에 신체의 일부가 잘려 나간 늑대들이 쌓여 가기 시작했다. 동료의 피 냄새를 맡은 늑대들이 더욱더 날뛰었지만 일정 거리 이상은 레츠에게 접근할 수 없었다.

한 번의 휘두름으로 두세 마리의 늑대들이 죽어 나갔다. 그러자 쏟아지는 피의 양도 만만치 않았다. 레츠의 주위로 늑대의 피로 이루어진 안개가 피어날 정도였다.

뻔히 죽는다는 사실을 알고 있으면서도, 늑대들은 멈추지 않았다. 그것이 마치 자신들의 사명인 것처럼 주저함도 없었다.

모습을 감추고 있던 웨어 울프가 움직이기 시작한 것은 수십 마리의 늑대가 레츠의 손에 죽어 나간 이후였다. 그들의 움직임은 은밀했으며, 서로 간의 유기적인 움직임은 정밀하기까지 했다. 늑대들이 자리했던 곳에 웨어 울프가 끼어들기 시작했으며, 결국 늑대들은 뒤로 물러나고 그 자리에 웨어 울프가 자리하게 되었다.

웨어 울프가 전면에 나서게 되자, 레츠도 이를 경시하지 못했다.

레츠는 숫자를 불리며 기세를 키우고 있는 웨어 울프 무리를 이대로 방치할 수 없었다. 웨어 울프들이 더 이상 기세를 키우기 전에 선제공격을 감행할 작정이었다. 한 번의 공격으로 적의 기세를 주춤하게 만들어야 했다.

웅! 웅! 웅!

레츠의 검이 푸른빛을 뿜어 대는 유형화된 마나로 인해 잘게 진동음을 뿜어 대기 시작했다. 그러고는 그 진동이 몸 전체로 퍼져 나갔다. 유형화되어 뿜어 대는 마나의 기운이 웨어 울프들의 시선을 단번에 잡아끌었다.

쾅!

선두에서 달려오던 웨어 울프의 몸을 레츠의 검이 직격하며 지나갔다.

검이 몸을 훑고 지나갔지만 살이 잘려 나가는 것이 아니었다. 아예 폭탄을 몸에 안고 터트린 것처럼 굉음을 동반하며 살이 터지고 피가 허공에 뿌려졌다.

수십 마리의 웨어 울프 중 단 한 마리의 웨어 울프가 레츠의 손에 죽었지만, 그 모습이 너무 충격적이었다. 이건 나보다 힘이 세다, 약하다, 하는 의미를 초월하는 강함이었다. 그리고 빛에 휩싸인 인간이라니, 아우라에 휩싸인 레츠의 모습은 웨어 울프들에게 경외감을 불러일으킬 정도였다.

강자가 약자를 잡아먹는다. 웨어 울프들은 그런 약육강식의 세상에 태어났으며, 그런 곳에서 한평생을 살아오고 있었다. 그들 스스로 범접할 수 없는 인간의 강함에 굴복되어 갔다.

레츠는 웨어 울프 사이에서 흘러나오는 기운이 달라지고 있다는 것을 느낄 수 있었다. 그들이 줄기차게 뿜어 대던 살기가 위축되고 있었던 것이다.

레츠도 보여 주기 위해 시도한 공격이 이런 효과를 발휘할 줄은 생각지도 못했다. 단 한 번의 공격에 웨어 울프들이 이빨을 감추고, 손톱을 감췄다.

"크크크크. 하하하하!"

레츠는 미친 듯이 웃어젖히기 시작했다. 스스로 약자임을 드러내는 몬스터라니, 이 얼마나 짜릿한가 말이다.

두려움에 한 발짝도 움직이지 못하는 웨어 울프들을 뒤로하고 레츠는 주둔지로 돌아갔다. 혀를 빼물고 기절해 있는 웨어 울프 대장을 끌고 말이다.

테일 남작은 주둔지 안으로 돌아오는 레츠를 바라보며 착잡한 심정을 감추지 못했다. 자신의 명령을 어기고, 위기에 빠진 병사들을 구하기 위해 움직인 레츠를 어떻게 대해야 할지 감을 잡지 못했기 때문이다.

레츠의 생환을 열렬히 환영하는 병사들의 모습을 바라보던 테일 남작은 길게 한숨을 내쉬었다. 아무리 레츠가 싫다고 하더라도, 그 실력 하나만큼은 인정하지 않을 수 없게 되었다.

†제2장†

소영주에 오르다

"토벌대에서 전해 온 소식을 모두 접했을 것이라고 사료됩니다."

에이드 남작이 말을 꺼내자, 란스 자작이 웃는 얼굴을 숨기지 않고 말을 받았다.

"기분 좋은 소식이 아닐 수 없네."

"테일 남작이 정말 큰일을 해 주었습니다."

토벌대는 지난 3개월 동안 정말 많은 일을 이루어 냈다. 웨어 울프와 오크 무리를 토벌했으며, 중형 몬스터인 트롤과 오우거를 100여 마리나 잡았다. 거기에 더해 놀랍게도 와이번을 잡는 전과를 올렸다.

이는 상당히 고무적인 일이 아닐 수 없었다. 단 1마리의 와이번이지만, 와이번의 사체는 상당히 고가의 재료로 이번 토벌대를 꾸리면서 들어간 비용을 만회하고도 남을 만큼의 비용을 벌어들었다.

처음으로 토벌대를 운영해서 적자가 아닌, 흑자를 기록하게 된 것이다.

"토벌대에서 와이번을 잡는 데 그 누구보다도 레츠의 공헌이 상당했다고 합니다."

"정말 놀라운 일이네. 고작 16살의 나이로 와이번을 잡다니."

에이드 남작의 말을 받으며, 잉그리안 자작이 감탄을 터트리며 대답했다.

레츠가 직접적으로 와이번을 죽인 것은 아니었다. 다만 와이번의 한쪽 날개에 커다란 상처를 입힘으로써, 와이번이 다시 하늘로 날아오를 수 없게 만들었다. 하늘을 날 수 없는 와이번은 토벌대에게 손쉬운 먹잇감일 뿐이었다.

레츠는 토벌대에 속해서 자신의 실력을 아낌없이 펼쳤다. 그로 인해, 토벌대 총대장인 테일 남작의 추천과 병사들의 열렬한 지지를 바탕으로 네이드빌 영주의 인정을 받아 냈다.

차기 크렌스피 영지의 영주. 즉, 소영주의 신분을 획득한 것이다. 이는 레츠 개인의 경사뿐만이 아니라, 크렌스피 영지의 경사였다. 드디어 공석이었던 소영주 자리를 채울 수 있게 되었기 때문이다. 그렇다고 크렌스피 영지에 마냥 좋은 일만 있는 것은 아니었다.

토벌대가 몬스터랜드로 진입한 이후, 네이드빌 영주가 평민인 마르체나를 가까이하기 시작하면서, 크렌스피 영지는 정치적으로 격정에 휩싸일 소지가 다분해졌다.

지금은 테일 남작을 뺀 3명의 가신들이 네이드빌 영주를 자제시키고 있었지만, 그것도 한계에 다다랐다. 요즘 들어서는, 아예 비어 있는 백작부인 자리에 평민 여자를 앉히려 하고 있었다.

에이드 남작이 걱정이 가득한 표정을 숨기지 않고 말을 꺼냈다.

"테일 남작이 영주님의 결정을 어떻게 받아들일지 심히 걱정이 되지 않을 수 없습니다."

"그의 성정으로 봤을 때, 이번 영주님의 결정을 받아들일 수 없겠지. 나도 이번 결정을 받아들일 수 없는데, 테일 남작이야 오죽하겠는가."

크렌스피 가문은 정통적으로 황제파에 속해 있는 가문이다. 귀족들의 힘이 다른 영지에 비해 상대적으로 약한 것이 사실이었다. 하지만 그런 와중에도 귀족의 권익에 앞장서는 이가 있었다. 그가 테일 남작이었다.

귀족도 아닌, 평민 여자를 영지의 최고 지위에 오를 때까지 넋 놓고 바라만 보지는 않을 것이었다. 앞으로 네이드빌 영주의 결정을 크렌스피 영지에 속해 있는 귀족들이 어떻게 받아들일지에 관심이 몰리고 있었다.

화려함보다는 수수한 느낌을 주는 연회장에서 벌어지는 무도회는 소영주의 신분을 획득한 레츠와 토벌대의 무사 귀환을 축하하기 위해서 마련된 자리였다.

악단의 연주가 끊이지 않고 울려 퍼지는 가운데 수많은 귀족들이 연회장을 가득 메우고 있었다.

"토벌대 총대장이신 테일 남작님과 레츠 크렌스피 공자께서 드십니다."

연회장 입구에서 테일 남작과 레츠의 등장을 알리는 시종장의 목소리가 들리자 귀족들의 이목이 한곳으로 모였다. 원래는 신분이 가장 높은 사람만을 소개하지만, 레츠와 테일 남작은 이번 무도회의 주인공이었다. 주인공은 모두 소개하는 것이 관례였다.

토벌대에 참여했던 귀족들이 연회장 안으로 들어섰다. 화려한 모양의 훈장들이 달려 있는 제복을 입고 있는 테일 남작의 뒤로 레츠가 모습을 드러냈다.

"저분이 레츠 님이신가요?"

"어쩜, 저리 여린 몸을 소유하시고도 그 누구보다 강하시다죠."

"토벌대에서 누구보다도 뛰어난 활약을 하셨다죠."

귀부인들은 한자리에 모여서 부채로 입을 가린 채 레츠에 대한 이야기를 꺼내기 바빴다.

아직 정식으로 소영주 지위에 오르지는 않았지만, 레츠는 이미 귀족들로부터 소영주에 준하는 대우를 받고 있었다.

귀족들의 관심이 레츠에게 쏠리는 것은 당연했다. 그중 귀부인들의 관심은 실로 대단했다. 레츠를 가만히 내버려 두지 않았다. 끊임없이 이야기를 건넸으며, 한시도 웃음소리가 그치지 않았다.

토벌대가 영지에 복귀하자마자 무도회에 참여한 레츠는 처음에는 귀족들이 그에게 쏟는 관심에 당황했었지만, 이내 그 모든 걸 받아들이고 즐기게 되었다.

자신과 단 한 마디의 말이라도 나누기 위해서 애절한 눈빛을 보내는 귀족들의 모습은 레츠를 짜릿하게 만들었다.

이제는 귀족의 일원이 되기 위해 몸부림칠 필요가 없었다. 지금부터는 귀족들이 자신의 눈에 띄기 위해 노력해야 했다. 크렌스피 성이 아닌, 레츠라는 이름 앞에 귀족들은 스스로 무릎을 조아릴 것이었다.

"자이엔느 크렌스피 영애께서 드십니다."

시종장의 목소리가 들려오자, 레츠를 둘러싸고 있던 귀부인들이 뒤로 물러서기 시작했다. 자이엔느가 무도회장에 들어선 이상, 레츠의 옆은 이제 자이엔느의 차지였다.

자이엔느는 테일 남작의 안사람인 남작부인을 대동하고 나타났다.

레츠의 시선에 자이엔느의 모습이 박혀 들어왔다. 자연스럽게 틀어 올린 머리 모양에 가슴골이 드러난 드레스를 입은 자이엔느의 모습은 레츠를 설레게 만들었다.

자이엔느는 토벌대를 성공으로 이끈 테일 남작에게 치하하고는 레츠의 앞에 다가와 섰다.

"안녕하세요, 레츠 경. 이번이 두 번째 만남이네요."

손으로 치마 끝을 살짝 잡아 올리며, 인사를 건네 오는 자이엔느의 눈을 바라보며 레츠는 정말 환한 웃음을 보였다.

"그렇습니다, 영애님. 짧은 만남이었는데 소신을 기억해 주시다니 감사합니다."

"호호호. 그걸 짧은 만남이라고 할 수 있나요?"

부채로 얼굴의 반을 가리며 웃는 자이엔느의 모습에, 레츠는 그저 고개를 살짝 숙일 뿐이었다. 그때, 도와준 점을 잊지 않고 있는 것이었다.

"토벌대에서 세운 전과가 남다르다는 소식을 전해 들었습니다. 앞으로 잘 부탁드릴게요."

이번에는 자이엔느가 레츠에게 고개를 숙였다. 레츠는 허리를 꼿꼿하게 편 상태에서 자이엔느의 인사를 받았다.

앞으로는 자이엔느보다 레츠의 신분이 더 높아질 것이다. 자이엔느가 있기에 레츠가 소영주가 될 수 있는 것이지만, 제국은 여자보다 남자의 지위가 높았다.

레츠와 자이엔느는 꽤나 많은 이야기를 나눴다. 더 이상 이야기를 나눌 소재가 없을 때까지 이야기를 나눴다. 앞으로 결혼할 사이였지만, 서로 알고 있는 것이 너무나 없었다. 이제부터는 일부러라도 자주 만남을 가져야 했다.

레츠와 자이엔느가 악단의 반주에 맞춰 춤을 추자, 본격적으로 무도회가 시작되었다. 귀족들이 서로 마음에 맞는 상대를 찾아 춤을 추었으며, 하녀들은 한시도 쉬지 않고 음식과 술을 연회장으로 가져왔다.

무도회가 열린 지도 한참이나 지나, 무르익을 대로 무르익은 이후에 네이드빌 영주가 들어섰다.

"크렌스피 영지의 영주이신 네이드빌 크렌스피 백작님께서 드십니다."

네이드빌 영주가 연회장으로 들어서자 악단이 연주하던 음악을 멈췄으며, 중앙에서 모여 춤을 추던 귀족들도 서로 떨어져 네이드빌 영주를 맞이했다.

엄청난 인원을 이끌고 연회장으로 들어서는 네이드빌 영주는 무엇이 그리도 즐거운지 호탕한 웃음소리를 멈추지 않았다. 그리고 그런 네이드빌 영주와 이야기를 나누는 마르체나의 웃음소리 또한 멈추지 않았다.

네이드빌 영주의 옆에 자리해서 연회장으로 들어서는 마르체나는 너무도 당당했다. 모두의 시선을 한눈에 사로잡고 있었다. 마르체나의 미모는 연회장 안에 있는 그 어떤 여인들보다도 뛰어났다.

자이엔느와 대화를 나누던 레츠가 대화를 잠시 멈추고는 마르체나를 바라봤다. 마르체나 또한 네이드빌 영주와의 대화를 멈추고 레츠를 바라봤다.

서로의 눈이 마주치자 마르체나가 고개를 살짝 숙이며 인사를 건네 왔다. 그녀는 레츠 앞에서도 당당한 모습을 유지했다.

네이드빌 영주의 등장으로 숨을 죽이던 귀족들이 마르체나의 모습을 확인하고는 다들 곱지 않은 시선을 던졌다. 특히 귀부인들은 부채로 입을 가리고는 마르체나에 대한 험담을 늘어놓기 시작했다.

"어떻게 평민이 연회장에 들어올 생각을 할 수 있는지, 정말 뻔뻔한 여자로군요."

"영주님의 총애를 받는다고, 자신이 귀족이라고 여기는 것은 아니겠지요?"

"설마 그렇게까지 몰지각하려고요."

"아무리 영주님이라고 해도, 귀족인 저희들을 계속 이런 식으로 무시할 수는 없는 것입니다."

귀부인들끼리 서로 주고받는 험담이었지만, 조금만 집중하면 누구나 들을 수 있을 크기의 목소리였다. 하지만 귀부인들은 이를 전혀 개의치 않았다. 오히려 마르체나가 들을 수 있게 목소리를 높일 정도였다.

마르체나는 귀부인들이 늘어놓는 험담을 들었지만, 얼굴 표정 하나 변하지 않고 자연스럽게 행동했다. 처음에는 귀부인들이 하는 험담에 어쩔 줄 모르고 당황하기 일쑤였지만, 이제는 어느 정도 적응이 되어서 별반 영향을 받지 않게 되었다.

네이드빌 영주는 마르체나가 귀부인들의 입에 오르내리는 것 자체가 마음에 들지 않았지만, 귀부인들에게 화를 낼 수도 없었다. 그렇지 않아도 마르체나의 일로 귀족들과의 사이가 소원해진 상황에서, 더 이상 귀족들과의 사이가 멀어져서 좋을 것은 하나도 없었다. 그저 쉬지 않고 떠드는 귀부인들을 지그시 바라봐 줄 뿐이었다.

레츠가 그 모습을 물끄러미 바라보고 있으니, 자이엔느가 조용한 목소리로 말을 걸어왔다.

"이런 모습을 레츠 님에게 보여 드리게 되어 부끄럽군요."

레츠가 고래를 돌려 자이엔느를 바라보니 그녀는 마르체나를 바라보고 있었다.

"괜찮습니다. 이제는 한 가족인데요."

레츠의 말에 자이엔느의 볼이 발그스름해졌다. 한 가족이라는 레츠의 말에 부끄러움을 느꼈기 때문이다.

네이드빌 영주의 등장으로 소란스러웠던 연회장이 이내 조용해졌다. 그러고는 오늘 무도회의 피날레 격인 레츠의 직위 수여식이 벌어졌다.

네이드빌 영주의 호명에 레츠가 앞으로 걸어 나와 네이드빌 영주 앞에 무릎을 꿇었다. 네이드빌 영주가 허리에 차고 있는 검을 꺼내 들고는, 천천히 레츠의 양쪽 어깨를 한 번씩 건드렸다.

엄숙한 가운데서 행해지는 요식행위는 이를 지켜보는 귀족들을 잔뜩 흥분하게 만들었다. 마치 자신들이 소영주의 직위를 받는 것처럼 얼굴이 한껏 달아올라 있었다.

"크렌스피 영지를 다스리는 나 네이드빌 크렌스피의 이름으로, 그대 레츠 크렌스피를 크렌스피 영지의 소영주로 임명하노라."

보여 주기 위한 요식행위 뒤에 이어진 네이드빌 영주의 선언에 연회장 안은 한순간에 환희로 가득 찼다.

짝짝짝!

"와아!"

"소영주님이 되신 것을 축하드립니다."

모든 행위를 끝마치고 자리에서 일어난 레츠는 자신을 향해 기다렸다는 듯이 환호와 축하의 인사를 건네는 귀족들의 모습에 격해지는 감정을 주체할 수 없었다.

'하하하하!'

겉으로 표현할 수는 없었지만, 가슴속 깊은 곳에서 터져 나오는 웃음을 참을 수가 없었다. 드디어, 드디어 크렌스피 영지의 소영주가 된 것이다.

그날 레츠는 네이드빌 영주를 시작으로 하루 종일 축하 인사를 받아야만 했다. 4대 가신은 물론, 그와 같이 경쟁을 벌였던 다른 후보들에게도 축하 인사를 받았다.

어제까지는 그들과 같은 신분이었지만, 오늘부터는 그들과는 비교할 수도 없는 신분을 보유하게 되었다. 그런 사실이 레츠를 기쁘게 만들었다.

그들이 레츠를 부를 때 사용하는 소영주님이라는 호칭이 오늘부로 달라진 레츠의 위상을 보여 주고 있었다.

무도회가 끝나고 혼자 침실로 들어선 레츠를 반갑게 맞이하는 이들이 있었다.

"소영주님이 되신 것을 진심으로 축하드립니다."

"소영주님이 되신 것을 진심으로 축하드립니다."

호크와 위릿이 동시에 레츠에게 축하 인사를 건넸다. 하지만 무도회에서 보여 주던 모습과는 다르게 호크와 위릿에게는 싸늘한 눈빛을 보이는 레츠였다.

"왜 아직도 마르체나가 영주 성에 있는 것이지?"

레츠의 호통은 위릿을 잔뜩 주눅 들게 만들었다. 마르체나와 관련된 일은 위릿이 책임지고 있었기 때문이다.

"그것이 제가 알아듣게 잘 설명했지만, 마르체나가 레츠 님이 소영주에 오르는 모습을 보고 싶다고 간청을 해서 어쩔 수가 없었습니다."

"도대체가 일을 어떻게 처리하는 거야! 내가 꼭 손을 써야만 속이 시원하겠어?"

레츠가 참지 못하고 폭발하자, 위릿이 손을 흔들며 그렇지 않다며 해명을 늘어놓기 시작했다.

"아닙니다, 아닙니다. 오늘이 마지막입니다. 진짜입니다. 내일부터 영주 성에서 마르체나와 마주치는 일은 다시는 없을 것입니다."

레츠는 위릿의 해명에도 별다른 표정의 변화가 없었다. 레츠가 원하던 결과가 아니었기 때문이다.

레츠가 토벌대에 참여하기 전, 마르체나가 네이드빌 영주에 의해 매번 불려 갔다. 이는 누가 봐도 네이드빌 영주가 마르체나에게 관심이 있다는 뜻이었다.

처음에 레츠는 마르체나가 네이드빌 영주를 만나는 것을 극도로 꺼렸었다. 하지만 현실적으로 네이드빌 영주를 막을 수 없다는 사실을 깨닫고는 다른 일을 꾀하기 시작했다. 이들의 만남을 자신에게 유리하게 작용시키기로 한 것이다.

레츠는 즉시 마르체나를 불러들여서는 따로 지시를 내렸다. 네이드빌 영주에게 자신에 대해 좋은 말을 계속 들려주라는 것이었다.

자신이 좋아하는 여인이 다른 남자에 대한 이야기를 꺼낸다면 어느 남자라도 질투심이 난다. 하지만 다른 남자를 좋아하는 것이 아니라, 예전에 받았던 은혜에 대해 보답을 하고 싶은 것이란 사실을 주지시켜 준다면 모든 남자는 안도의 한숨을 내쉬게 된다.

레츠가 노리는 것이 바로 보답이었다. 마르체나를 대신해 그녀가 해 줄 수 없는 보답을 네이드빌 영주가 해 주길 바란 것이다.

레츠는 스스로의 능력이 없는 것도 아니었지만, 혹 있을지도 모르는 변수에 대비해 보험을 들어 놓는 심정으로 마르체나를 뒤에서 조종한 것이다. 그리고 만족할 만한 성과를 거두기까지 했고 말이다. 하지만 마지막 일 처리가 마음에 들지 않았다.

레츠가 위릿에게 원한 것은 마르체나의 제거였다. 비밀을 알고 있는 자는 적으면 적을수록 좋은 것이다. 원래 죽은 자는 말이 없는 법이니까 말이다.

"어떻게 처리하는지 두고 보겠다."

꿀꺽.

레츠의 두 눈과 마주친 위릿은 저도 모르게 마른침을 삼켰다. 이용할 수 있는 상대는 최대한 이용해 먹으며, 옆에 두기 부담스러운 자는 가차 없이 처리하는 레츠의 행동에 두려움을 느꼈기 때문이다.

다음 날, 아침부터 동분서주하며 움직이던 위릿은 뜻밖의 상황에 당황하기 시작했다. 마르체나가 영주 성을 떠나지 않고 눌러앉을 생각을 하고 있었던 것이다.

마르체나를 제거하길 원하는 레츠였지만, 위릿은 그동안에 쌓아온 정 때문에라도 그렇게 할 수가 없었다. 다만 마르체나에게 크렌스피 영지를 떠나 줄 것을 종용했었다.

마르체나가 영주 성에서 지내게 되면, 레츠와 계속 마주치게 될 것이다. 그렇게 되면 레츠는 지금과 같이 어떤 방법을 동원해서라도 마르체나를 제거하려 들 것이 뻔했다.

위릿은 자신이 힘이 없다는 것을 알고 있었다. 레츠가 마르체나의 죽음을 원한다면, 자신은 레츠를 막을 수 없다는 것을 말이다. 그래서 마르체나를 설득했다. 살고자 한다면 크렌스피 영지를 떠나라고 말이다.

위릿의 설득이 없더라도, 레츠가 얼마나 위험한 인물인지는 마르체나도 알고 있었다. 그렇기 때문에 레츠의 눈에 띄지 않는 것이 최선이란 사실도 알고 있었다. 하지만 레츠를 너무도 잘 알고 있기에, 역으로 마르체나는 영주 성을 떠날 수가 없었다.

위릿은 영주 성을 벗어나는 것만이 레츠의 손에서 살아남을 수 있다고 했지만, 과연 그의 말을 믿을 수 있는가에서 문제가 발생했다.

그녀가 아는 레츠라면, 비밀을 알고 있는 자신을 절대 살려놓지 않을 것이다. 만약 이번 일로 문제가 발생한다면 그녀는 물론, 레츠의 손과 발이 되어 활동하고 있는 위릿의 목숨까지 빼앗을 인간이 레츠였다.

상황이 이러한데, 위릿의 말을 따라 영주 성을 벗어난다면, 그 순간 자신은 죽은 목숨이나 마찬가지였다.

마르체나는 살고 싶었다. 그래서 자신을 레츠의 손에서 지켜 줄 수 있는 네이드빌 영주 곁에 남기로 결심했다. 마르체나를 믿고 있던 위릿은 난데없이 뒤통수를 맞게 된 것이다.

호크가 안절부절못하고 있는 위릿에게 말을 걸었다.

"마르체나를 만나 보셨습니까?"

"아니오, 만나지 못했소."

"오늘 내에 처리해야 하지 않겠습니까?"

"그래야겠죠."

풀이 죽어 있는 위릿의 모습이 남 같지 않았다.

"영주 성을 넘어야만 하는데, 성공할 수 있겠습니까?"

"도둑 길드의 힘으로는 무리고, 아무래도 어쌔신 길드에 의뢰를 해야 할 듯하오."

호크의 발언은 도둑 길드를 무시하는 것으로 받아들일 수 있었지만, 이번 대상은 영주 성이었다. 영주 성은 기백만으로 넘을 수 있는 곳이 아니었다. 그날, 영주 성에 대한 모든 기록이 도둑 길드에서 어쌔신 길드로 넘어갔다.

위릿이 마르체나의 일을 마무리 짓기 위해 분주하게 움직이는 그 시간, 레츠는 자이엔느와 함께 이스틴 마을로 향했다. 결혼식을 올리기 전에 집안 어른들께 인사를 드리기 위해서였다.

네이드빌 영주의 신경이 마르체나에게 쏠려 있는 지금, 마르체나의 근처에 모습을 드러내서 괜한 오해를 살 필요는 없었다. 위릿이 모든 일을 마무리할 때까지 레츠는 이스틴 마을에 머물 작정이었다.

리콘은 레츠가 자이엔느를 집안 어른들께 인사시키러 찾아왔다는 소식을 접하고는 벅차오르는 감정을 주체할 수 없었다.

리콘의 감회가 남다를 수밖에 없었다.

자신의 아들이 귀족 중의 귀족으로 거듭나는 모습을 직접 확인하고 싶었지만, 그렇게 할 수는 없었다. 이제 레츠는 자신의 아들이 아닌, 크렌스피 영지의 소영주이기 때문이다.

레츠가 크렌스피 영지의 소영주가 된다는 것은, 네이드빌 영주의 양아들로 입적하게 되어 지난 과거와의 인연은 모두 사라진다는 것을 뜻하는 것이다.

오늘의 만남은 공식적으로 리콘과 레츠의 관계를 정리하기 위한 마지막 만남이었다. 오늘이 지나면 리콘은 레츠를 아들이 아닌, 크렌스피 영지의 소영주로서 대해야 한다.

레츠와 자이엔느의 결혼식에도 참여할 수 없었다. 한마디로 레츠와 관계된 모든 것에서 손을 떼야 하는 것이다.

리콘이 응접실로 들어서자, 레츠와 자이엔느가 자리에서 일어나 그를 맞이했다.

"처음 뵙겠습니다, 아버님."

"영애님을 오래 기다리게 한 건 아닌지 모르겠습니다."

"아닙니다."

리콘의 눈에 들어온 자이엔느는 너무도 참하면서도 아름다웠다.

"결혼식 일정은 잡혔습니까?"

"네, 다음 달에 올리기로 영주님과 합의를 봤습니다."

"다음 달이라."

리콘은 겉으로 내색하지 않으려 했지만, 씁쓸해지는 마음을 감출 수 없었다. 리콘이 씁쓸해 하자 자이엔느가 분위기를 바꾸기 위해 레츠에 관해 궁금한 사항을 물어 왔다.

"아버님, 레츠 님은 어릴 때 어떤 아이였나요?"

리콘은 자이엔느의 말에 자신으로 인해 분위기가 내려앉았다는 것을 깨달았다. 오늘은 자신이 결혼식에 참석 못하기 때문에 마련된 자리였다. 축하해 주고, 같이 기뻐해 줘도 모자란 시간이었다.

리콘이 레츠의 과거에 관해 이야기를 늘어놓으며 자이엔느와 웃고 떠들기 시작하자, 가만히 듣고만 있던 레츠도 이야기에 합류하기 시작했다.

레츠는 앞으로 자신의 든든한 후원자가 될 자이엔느에게 좋은 인상을 심어 주고 싶었다. 아주 작은 일에도 크게 웃으며, 발랄한 모습을 보이려고 노력했다.

응접실에 홀로 앉아 술을 마시던 리콘이 인기척을 느끼고는 소리가 들리는 곳을 바라봤다. 레츠가 문을 열고 들어서고 있었다.

"영애님은?"

"방금 잠에 들었습니다."

레츠의 말에 고개를 끄덕이던 리콘이 술잔을 들어 보였다.

"너도 한잔하겠느냐?"

"아닙니다. 그것보다, 지하창고 입구를 철창으로 막아 놓으셨더군요."

리콘이 술잔에 담겨 있는 술을 한 번에 들이켜고는 레츠를 바라봤다.

"남들에게 보여서 좋을 것이 없어서 아무도 지하창고로 들어서지 못하게 막아 놨다. 그보다 언제까지 저런 상태로 방치해 둘 것이냐? 네 부탁에 모른 척하고 있지만, 될 수 있으면 빠른 시일 내에 처리하기 바란다."

"네, 이젠 마무리 지어야죠. 그러려고 왔습니다."

레츠는 리콘이 건네주는 열쇠를 받아서는 지하로 내려갔다. 창고는 잡다한 물품들을 쌓아 두는 곳으로 이용되고 있었다.

퀴퀴한 냄새로 인해 사람들의 발길이 뜸한 곳이었지만, 레츠에게는 매우 중요한 장소였다. 닫혀 있는 철창을 열고 창고 안으로 들어서자 가슴이 세차게 뛰기 시작했다. 심장이 뛰는 소리에 레츠의 얼굴이 기괴하게 변했다.

한눈에 보기에도 비쩍 말라 있는 몸매에, 머리까지 봉두난발이라 얼굴을 알아볼 수 없는 사내가 쇠사슬에 의해 사지가 결박되어 있었다.

"이봐! 사람이 왔으면, 쳐다봐야 할 것 아냐."

레츠의 말에 사내가 힘겹게 고개를 들어 올렸다.

사내는 침조차 말라 버려 달라붙은 입을 강제로 비틀어 억지로 말을 토해 냈다.

"제발 부탁이다. 나를 죽여 다오."

사내의 목소리는 탁함을 넘어 삶에 대한 욕구나 미련을 느낄 수가 없었다. 사내의 본래 목소리는 무저갱 속에 빠져, 다시는 제 목소리를 찾을 수 없을 것 같았다.

"내가 너의 바람을 들어줄 것이라고 생각한 건가? 이거 왜 이래. 이 세상에서 나를 가장 잘 알고 있는 네가 그런 헛된 희망이나 품고 있다니."

레츠의 심장이 세차게 뛰면 뛸수록 사내를 향한 비아냥거림의 강도는 강해져 갔다.

사내는 레츠의 말이 귀에 들어오지도 않았다. 오로지 죽고 싶은 감정뿐이었다. 제발 레츠가 자신을 죽여 주길, 생의 마지막을 장식해 주길 바랄 뿐이었다.

"다시 한 번 말하지만, 세상은 나란 인간이 태어나고 살았었다는 것조차 기억해 주질 않을 것이다. 콜록, 콜록. 하지만 너는 다르다. 나와는 다르게 세상이 너를 떠받들어 줄 것이다."

마른기침을 터트리면서도 사내는 레츠가 듣고 싶어 하는 말을 꺼냈다. 사내는 알고 있었다. 레츠가 원하는 것이 무엇인지 말이다.

"네가 최고다, 레츠. 이 세상 그 누구보다 하늘에 가장 근접한 남자가 바로 너다."

"크하하하! 좋아, 아주 좋아. 그거다. 내가 네놈에게 듣고 싶었던 말이 그거란 말이다, 윌."

쇠사슬에 사지를 결박당해 있는 사내는 윌이었다. 레츠에게 처음으로 패배가 무언지를 각인시켜 준 남자.

"먼저 지옥에 가서 기다려라. 한 세상 떠들썩하게 놀아 보고, 네놈을 뒤따를 테니 말이다."

레츠가 검을 배운 이후, 처음으로 호크 패거리를 이기고 기고만장하던 시절이 있었다. 자신의 힘으로 누군가를 처음으로 굴복시킨 레츠는 거칠 게 없었다. 그때 오래도록 마음속 앙금으로 남아 있던 윌을 찾아갔다.

윌을 찾는 것은 쉬웠다.

이스틴 마을 후미진 곳에서 언제나처럼 한 무리를 이끌고 있었다. 그 옛날 골목대장 시절 윌을 따랐던 이들도 같이 있었다. 레츠에게는 그들 모두와 악연의 고리가 이어져 오고 있었다.

그 옛날 윌을 생각하면 어김없이 뛰었던 심장이 그 순간에도 다시 뛰기 시작했다.

미친 듯이 뛰던 심장이 정상 속도로 돌아왔을 때, 그곳에서 두 발로 서 있는 이는 레츠뿐이었다.

이들을 죽일 생각은 없었다. 하지만 눈먼 칼은 역시나 무서웠다. 무의식적으로 휘두른 레츠의 검에 수많은 사람의 목숨이 사라졌다. 그나마 다행이라면, 윌이 심각한 부상을 입었어도 죽지는 않았다는 것이었다.

레츠는 그때 자신이 몇 사람의 목숨을 빼앗았는지 알지 못했다. 그리고 굳이 알고 싶지도 않았다. 다만 그때는 그 자리를 벗어나야 한다는 생각뿐이었다.

레츠는 살아 있는 윌을 데리고 급하게 그 자리를 벗어났다.

평민이라고 해도 사람을 죽였다는 충격은 대단한 것이었다. 세상이 무너진다면 이 정도의 충격으로 다가오지 않을까 여겨질 정도로 엄청난 무게로 다가왔다.

이제 이 모든 일이 세상 사람들에게 알려지게 되면, 자신은 어떻게 되는 것인지 걱정이 되었다.

한 번 시작된 걱정은 사라질 줄을 몰랐다. 그렇지만 하루가 지나고, 이틀이 지나도, 아무런 일도 벌어지지 않았다.

레츠는 이해할 수가 없었다. 아무리 평민이라도 사람이 죽었다. 그것도 한두 명이 아닌 열 명 내외가 한 장소에서 죽는 일이 벌어졌다. 그런데 세상은 왜 이렇게 조용한지 이유를 알수 없었다.

며칠이 흐른 뒤, 우연한 기회를 통해 레츠는 알 수 있었다. 자신의 손에 죽은 이들이 뒷골목 폭력단의 세력 싸움의 희생자로 변모해 있다는 사실을 말이다. 그리고 세상 사람들은 그수사 결과를 사실인 양 받아들이고 있었다.

웃겼다.

거짓이 진실로 뒤바뀌는 모습에 그저 웃을 뿐이었다. 그러다 문득 레츠는 깨달았다. 세상을 구성하는 요소에는 진실만이 존재하지 않는다는 것과 세상이 그렇게 깨끗하지만은 않다는 사실을 말이다.

힘이 있다면, 권력을 소유할 수 있으며 더 나아가 세상의 이치까지 바꿀 수 있다는 사실을 깨달았다.

레츠에게 있어 세상의 이목을 속이는 것은 너무도 쉬웠다. 월을 지하창고에 던져 놓고는 당당하게 세상을 속이기 시작했다.

월을 통해 도둑 길드란 곳을 알게 되면서, 자코란을 죽이고 뉴튼을 죽였다.

단 두 번이었다.

레츠가 마음먹고 세상의 이목을 속인 건 말이다. 그리고 그 두 번으로 레츠는 원하는 것을 손에 넣을 수 있었다.

너무도 쉬웠다. 땅 짚고 헤엄치는 게 이보다 쉬울까? 레츠에게 세상은 너무도 쉬운 먹잇감이었다.

세상이 우습다며, 세상을 손바닥 위에 올려놓고 저울질하던 레츠에게 등골이 오싹하고, 가슴을 쓸어내릴 일이 발생했다. 월의 존재를 리콘에게 들키고 만 것이었다.

소영주 후보에 올라, 마창시합을 갖게 되면서 몸을 보호해 줄 갑옷이 필요했다. 그래서 리콘에게 갑옷을 보내 달라고 편지를 보냈는데, 하필이면 그 갑옷이 지하창고에 있었던 것이다.

갑옷을 가지러 리콘이 지하창고를 찾았을 때, 윌의 존재를 확인할 수 있었다. 그리고 리콘은 사건의 전말을 알게 되었다.

만약 리콘이 아닌 다른 이가 윌을 봤다면 어떻게 되었을까? 겁 없이 날뛰던 레츠를 주춤하게 만드는 계기가 되었다.

레츠에게 그 일은 자신의 뒤를 돌아보는 계기가 되었다. 앞만 보며 내달리는 것만큼 자신의 지나왔던 길을 되돌아보는 것 또한 중요하다는 것을 알게 되었다.

세상을 속이려고 마음먹었다면, 그리고 세상의 이목을 속였다면, 그렇게 마음먹은 것까지 지워야 했다. 자신이 세상을 속였다는 사실까지 말이다.

지하창고에서 나온 레츠를 리콘이 기다리고 있었다.

"문제가 생기지 않게 확실히 했겠지?"

"그렇습니다."

"그러면 되었다. 올라가서 쉬어라."

"안녕히 주무십시오, 아버님."

레츠와 자이엔느는 하루를 더 머물고 영주 성으로 떠났다. 레츠가 떠나고 난 뒤, 리콘은 지하창고를 아예 흙더미로 매장시켜 버림으로써 윌에 대한 흔적을 지워 버렸다.

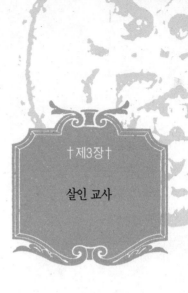

† 제3장 †

살인 교사

태양이 지고 어둠이 내려앉기 시작하자 사람들의 왕래로 북적거리던 영주 성이 이내 조용해져 갔다. 경비병들이 밖으로 나와서 사람들의 통행을 막았기 때문이다. 만에 하나 있을지 모르는 침입자를 미연에 방지하기 위한 목적이었다.

한 치 앞도 내다볼 수 없는 어둠이 내린 영주 성 앞에는 순찰을 도는 경비병들의 인기척만이 전해지고 있었다.

꿈틀.

순찰을 돌고 있던 샤트의 시선에 꿈틀거리는 무언가가 잡혔다.

'뭐지?'

이질적인 무언가를 느낀 샤트가 제자리에 서서 한곳을 유심히 바라봤다.

"안 오고 뭐 해?"

같이 순찰을 돌던 매냐는 샤트가 움직이지 않고 가만히 서 있자 그를 불렀다.

"저쪽에서 무언가가 움직였어."

"뭐?"

하루가 다르게 기온이 떨어지고 있는 계절이었다. 특히 밤에는 두꺼운 외투를 걸치지 않으면 추위에 고생할 정도였다. 순찰 돌다 말고 샤트가 다른 곳에 관심을 표하자 매냐의 목소리에 짜증이 묻어 나왔다.

매냐는 성 밖 순찰을 최대한 빨리 끝내고 싶었다. 그런데 같이 순찰을 돌고 있는 샤트는 굳이 하지 않아도 될 일을 만들어내고 있었다.

"바람에 나부끼는 나뭇가지를 본 거 아냐?"

"지면과 그리 떨어지지 않은 지점이라서 나무는 확실히 아니야."

"그러면 야생동물이겠지."

매냐의 말에는 짜증을 넘어서는 신경질이 묻어났다.

어둠이 내려 한 치 앞도 분간이 어려운데, 멀리 떨어진 곳을 바라보며 지면이 어쩌고저쩌고 하고 있으니 샤트가 좋게 보일 리 없었다.

"확인해 봐야겠어."

"아, 정말!"

순찰을 돌다 의심이 드는 지역을 꼼꼼히 살펴보는 것은 너무도 당연한 일이었다. 그런데도 매냐가 이리 신경질적인 반응을 보이는 것은, 순찰을 돌고 있는 지역이 영주 성 안이 아니라 밖이라는 데 그 원인이 있었다.

성벽 밖을 순찰 돌 때는 융통성을 발휘해야 하는데, 융통성이라고는 찾아볼 수 없는 샤트는 무조건 근무 수칙에 의거해 행동하려고 하니 그와 같은 근무 조에 편성된 병사들만 죽어나고 있었다.

융통성이 없는 것만이 문제가 아니었다. 샤트에겐 그보다 더 심한 문제가 있었다.

아무리 봐도 매냐의 눈에는 의심되는 부분이 없는데도, 샤트는 끝까지 직접 확인하려 하고 있었다. 그것도 순찰 코스를 벗어나면서까지 말이다.

샤트가 숲 속 방향으로 움직이자 매냐는 한숨을 깊이 내쉬더니 어쩔 수 없이 샤트를 따라 움직였다.

"확인하고 싶은 지점이 어디지?"

매냐가 앞서 가던 샤트를 따라잡고는 말을 꺼냈다.

처음부터 하지 않았으면 모를까, 확인하기로 정한 이상 최대한 빨리 확인을 마치는 것이 여러모로 좋았다.

샤트는 두 눈을 부릅뜨고는 숲 속 구석구석을 살피는 데 여념이 없었다. 분명 무언가 움직이는 것을 봤다. 어둠에 의한 착시 현상은 아니었다.

샤트가 심각하게 주위를 살피는 그때였다. 무언가가 샤트와 매냐를 향해 달려들었다.

"헉!"

어둠을 뚫고 미확인 존재가 달려들자, 매냐가 깜짝 놀라서는 헛바람을 내뱉었다.

"아우, 이놈의 고양이."

매냐는 그의 발에 몸을 비비고 있는 고양이를 집어 들고는 멀찍이 집어 던져 버렸다. 허공을 가르고 날아간 고양이는 공중에서 중심을 잡고는 사뿐히 바닥에 내려앉았다.

"그러게 내가 뭐랬어. 야생동물일 거라고 했지?"

고양이로 인해 심장이 덜컥 내려앉았던 매냐가 그것 보라는 듯이 샤트에게 말했다. 그러나 샤트에게서 이렇다 할 말을 들을 수가 없었다.

"뭐야, 또 기절한 거야?"

절로 욕이 터져 나오는 매냐였다.

이거였다. 병사들이 샤트와 근무를 같이하고 싶지 않아 하는 가장 큰 이유가 말이다.

융통성이 없어서 사람을 피곤하게 하는 거야 직업 특성상 이해할 수 있는 부분이었다. 그런데 지금처럼 조금 놀랐다고 대책 없이 기절해 버리는 통에 남겨진 자들만 고생이었다.

근무 중에 몇 번이나 기절했던 샤트지만 뒤를 봐주는 빽이 든든한지 지금까지 잘리지 않고 경비대에 붙어 있었다.

짝! 짝!

매냐는 기절해 있는 샤트의 뺨을 가차 없이 때렸다. 손에 착 감겨 오는 맛이 제법 괜찮았다.

"정신 차려. 언제까지 기절해 있을 거야?"

"어? 어."

뺨에서 느껴지는 아픔에 의해 깬 샤트가 머리를 흔들며 정신을 차리려고 노력했다.

"그거 뭐였어?"

"고양이."

"나는 웨어 울프가 달려드는 줄 알고 얼마나 놀랐던지."

"됐어. 확인했으니 그만 가자."

"응."

매냐는 아직도 얼떨떨해 있는 샤트를 이끌고 그곳을 벗어났다.

그들이 다시 순찰을 돌기 위해 떠나 버린 자리에 은밀하게 몸을 숨기고 있는 사람이 있었다.

사냥꾼 복장을 하고 있는 그는, 자신의 몸을 감춰서 순찰 도는 병사들의 관심을 일부러 끌었다.

목적을 가지고 샤트의 눈에 띄어서 순찰 도는 병사들을 불러들인 것이다. 그러고는 최대한 병사들의 시선을 잡아 두다가 준비해 간 고양이를 풀어놓아 병사들의 관심을 다른 곳에 쏠리게 만들었다.

병사들이 순찰 코스를 벗어난 그 순간, 병사들이 떠나 버린 자리를 은밀하게 파고드는 여덟 명의 사람들이 있었다. 머리부터 발끝까지 검은색 옷으로 몸을 감춘 그들은, 지면에 최대한 몸을 밀착해서는 성벽을 향해 포복으로 접근해 갔다.

성벽에 도착하자마자 그들은 각자 준비해 간 갈고리를 성벽 위로 집어 던져 고정시켰다. 갈고리에는 헝겊이 두껍게 감싸고 있어서 성벽과 부딪치고도 아무런 소리도 나지 않았다.

갈고리가 고정되자 누가 먼저랄 것도 없이 곧바로 성벽을 타고 넘어갔다. 이들은 위릿이 고용한 어쌔신들이었다.

어쌔신들이 올라선 성벽은 벽면과 벽면이 만나는 모서리 부분으로 이곳은 근무를 서는 병사들의 관심이 부족할 수밖에 없는 사각이었다.

어쌔신들은 특수 가공 처리된 낚싯줄을 꺼내더니 성벽 밖에 고정시키고는 조심스레 낚싯줄을 타고 바닥으로 내려갔다. 그러고는 부싯돌을 이용해서 낚싯줄을 불태웠다. 낚싯줄은 열기에 너무 약했다. 한순간에 불에 타 사라졌다.

성벽을 넘어 들어온 어쌔신들은 낚싯줄을 태우고는 잠시 대기했다.

낚싯줄을 불로 태운 것은 성벽을 넘었다는 증거를 지우는 한편, 영주 성 안에 있는 조력자에게 자신들이 성벽을 넘었다는 사실을 알리는 방편으로 사용하기 위해서였다.

어쌔신들은 조력자에게 필히 전해 들어야 하는 정보가 있었다. 어쌔신들이 기다리는 조력자는 위릿이었다.

네이드빌 영주는 귀족들이 마르체나를 탐탁지 않게 여긴다는 것을 알게 된 이후부터는 마르체나의 안전에 상당한 노력을 기울이고 있었다. 하루에도 몇 번씩 마르체나가 지내는 장소를 바꿀 정도였다. 오늘 밤 위릿으로부터 마르체나가 기거하는 장소를 전달받아야 했다.

어쌔신들이 낚싯줄을 불태우고 1분여의 시간이 지나기 전에 사전에 약속된 장소에서 불이 켜졌다 꺼지기를 5번 반복되는 장면을 볼 수 있었다. 그러고는 다시 1분여의 시간이 지나고 3번이나 켜졌다 꺼지기를 반복했다.

처음 5번의 깜박임은 마르체나에 대한 암살 의뢰를 계획대로 밀고 나간다는 신호였고 뒤에 3번의 깜박임은 마르체나가 기거하고 있는 장소를 알려 주는 신호였다.

위릿으로부터 영주 성 내의 지도를 건네받고 이를 숙지한 이후였기에 영주 성내의 지리를 완벽하게 숙지하고 있었다.

어쌔신들의 움직임은 은밀했으며, 한 치의 망설임도 없이 거침없이 목표를 향해 움직였다.

낮은 포복으로 전진하던 어쌔신들이 어느 순간에는 건물 위로 올라가서 지붕과 지붕 사이를 넘나들기까지 했다.

경계를 서는 병사들은 어쌔신들의 침입을 눈치 채지 못했다. 이는 너무도 당연한 일이었다. 사전에 경계를 서는 병사들의 근무교대 시간 및 순찰 코스를 완벽하게 알고 있는 상황에서 병사들에게 발각된다는 것은 말이 안 되는 일인 것이다.

외성을 가로질러 내성 입구에 도착한 것은 순식간이었다.

내성을 지키는 병사들의 숫자는 외성을 지키는 병사들의 수보다 많았으며, 간간이 기사들도 섞여 있었다. 그만큼 내성이 가지는 의미는 대단했다.

어쌔신들도 내성 안에 들어가기 위해서 매우 신중하게 움직였다. 잠깐의 방심에도 모든 것이 물거품이 될 수 있었기 때문에 자신들의 존재를 철저하게 감췄다.

한 어쌔신이 가슴에 고이 간직해 뒀던 수면초를 꺼내 들었다. 바짝 말라 있는 것이라 부싯돌로 불을 붙이자 열기를 뿜어내며 타들어 가기 시작했다.

수면초가 타들어 가면서 연기를 뿜어냈지만, 아무런 냄새도 나지 않았다. 하지만 그 연기에 단련되지 않고 처음 맡는 이들은 신경이 느슨해지면서 몸이 빨리 피곤해진다.

어쌔신들이 수면초를 태워서 얻고자 하는 것이 이것이었다. 경계를 서는 기사나 병사들의 집중력을 흩트려 놓아서 손쉽게 내성 안으로 진입하려는 것이다.

어쌔신이 불을 붙인 수면초는 쉼 없이 연기를 내뿜으며 널리 퍼져 나갔다.

수면초를 태우는 그 시간, 다른 어쌔신은 품 안에서 분해되어 있던 크로스보우를 꺼내어 조립하기 시작했다. 수면초가 효과를 발휘하기 위해서는 시간이 필요했다. 그 시간을 활용하려는 것이었다.

수면초를 태우고 30분 정도 지나고 나서야 어쌔신들은 본격적으로 내성을 넘기 위해 몸을 움직이기 시작했다.

내성과 가장 가까이 붙어 있는 건물의 지붕 위로 올라간 어쌔신들은 크로스보우에 장착된 화살을 성벽을 향해 발사했다.

특수 가공 처리된 낚싯줄이 연결된 화살은 성벽에 날아가 깊숙이 박혀 들어갔다.

화살을 발사했던 어쌔신이 낚싯줄을 당겨서 지붕 위에 단단히 고정시켰다. 그러고는 가느다란 낚싯줄에 의지해서는 성벽을 넘기 시작했다. 어쌔신들이 내성 안으로 넘어간 것은 순식간이었다.

내성 안으로의 진입을 성공한 어쌔신들의 표정에 만족감이 묻어났다. 그렇지만 내성 안에 진입했다는 흥분감도 한순간이었다.

일차 목표를 완벽하게 성공했다. 지금까지 외성을 지나 내성 안으로 진입한 이는 그 누구도 없었다.

최초로 무언가를 이루어 냈다는 것은 대단한 것이다. 충분히 자부심을 가질 만했다. 하지만 아직은 목표를 달성하지 않았으며, 그 목표를 달성하기 위해서는 수많은 난관이 기다리고 있었다.

한 명의 어쌔신이 오른 주먹을 들어 올리더니 다른 어쌔신들의 시선을 이끌었다. 그러고는 검지 하나를 폈다. 그러자 여덟 명의 어쌔신 중 반에 해당하는 어쌔신들이 고개를 끄덕이고는 선두에 나서서 움직이기 시작했다.

남겨진 네 명의 어쌔신들은 앞서 움직이는 어쌔신들이 시야에서 사라질 때까지도 그 자리에 계속 머물러 있었다.

동료들과 따로 떨어져 움직이는 어쌔신들은 위릿이 알려 준 장소를 향해 매우 빠르게 다가서기 시작했다.

사전에 모의된 계획에 따라 은밀하고 치밀하게 움직이던 어쌔신들은 지금까지와는 다른 방법을 선택했다.

경계를 서고 있는 두 명의 병사를 노리고 한 명의 어쌔신이 접근했다. 이 어쌔신은 몸을 숨기고 조심스레 지붕 위로 올라가서는 이내 한 병사를 향해 뛰어내렸다.

어쌔신은 지붕 위에서 뛰어내리면서 그대로 병사의 어깨를 밟아 버렸다.

콰작!

갑작스럽게 어깨에 가해진 충격에 병사는 아무런 대처도 할 수 없었다. 그저 어쌔신의 몸무게를 고스란히 감내해야 했다. 그리고 그 대가는 너무도 참혹했다. 병사의 어깨뼈가 부러지고, 척추가 내려앉아 버린 것이다.

경계를 서던 한 명의 병사를 덮친 어쌔신이 곧바로 옆에 있는 병사의 목을 향해 거침없이 단검을 찔러 넣었다.

"끄륵!"

동료의 몸을 덮치는 어쌔신을 넋 놓고 바라보던 병사는 자신의 목에 단검이 박힌 그 순간에도 몸이 굳어서는 아무런 행동도 하지 못했다. 그저 바람 빠지는 소리와 함께 모로 쓰러질 뿐이었다.

경계를 서던 병사를 해치운 어쌔신은 한시의 지체도 없이 곧바로 다른 목표물을 향해 몸을 움직였다.

내성에 들어선 순간, 자신들의 존재가 발각되는 것은 시간 문제였다. 아무리 몸을 숨기려고 해도 외성과는 달리 내성 안에는 상시 대기하고 있는 병사의 숫자가 엄청났다. 그리고 기사들이 존재했다. 그들을 지켜보고 있는 눈이 많이 존재하는 것이다.

마르체나가 있는 곳까지 들키지 않고 접근한다는 것은 불가능에 가까웠다. 이런 이유 때문에 처음엔 이번 의뢰를 거절하기도 했다. 하지만 위릿이 절대 거부할 수 없는 금액을 제시하자 의뢰를 받아들일 수밖에 없었다.

어쌔신들은 그들의 앞을 막아서는 존재들에게 가차 없이 살수를 퍼부었다. 최단 시간 내에 목표물에 접근하기 위해 거치적거리는 존재를 제거하는 것이었다. 하지만 꼬리가 길면 밟히는 것은 당연했다.

내성에 들어서면서 병사들에게 발각되는 것을 감수하고 일을 진행시키고 있었다.

철저하게 자신들의 존재를 숨기는 것이 불가능하다면, 차라리 목표물에 조금이라도 접근하는 것이 이번 의뢰를 성공할

가능성이 높았다.

"침입자다. 어쌔신들이 침입했다."

한밤중에 울려 퍼진 외침은 영주 성을 발칵 뒤집어 놓았다. 어쌔신이라니, 있을 수도 있어서도 안 되는 일이 일어나고 있는 것이다. 경계를 서던 병사들은 물론, 잠을 자고 있던 자들까지 전부 일어나 침입자를 찾기 시작했다.

어쌔신들은 자신들로 인해 영주 성이 발칵 뒤집혔지만 침착했다.

병사들에게 발각되는 순간 네 명의 어쌔신들은 서로 다른 방향을 향해 몸을 움직이기 시작했다. 내성에 있는 병사들을 혼란스럽게 만들기 위해서였다. 그 효과는 바로 나타났다.

영주 성 안에 어쌔신들이 침입했다. 그렇다면 가장 먼저 떠오르는 것은 네이드빌 영주에 대한 암살 위협이었다.

영주 성의 경비를 책임지고 있는 와이든은 어쌔신의 침입을 확인한 순간 병사들을 이끌고 네이드빌 영주가 머물고 있는 영주관을 향해 몸을 날리다시피 전속력으로 뛰어갔다.

와이든은 어쌔신들이 내성 안에 진입할 때까지 알아차리지 못했다. 그 시간 동안 무슨 일이 벌어져도 벌어질 수 있는 시간이었다. 최악의 상황까지 생각해 둬야 했다. 두 눈으로 직접 네이드빌 영주의 안전을 확인해야만 했다.

와이든은 영주관을 향해 달려가면서도 자신이 해야 할 일은 잊지 않았다. 병사들에게 어쌔신들의 행방을 찾으라고 명령한 것이다. 단, 내성 안에 침입할 정도의 실력을 보유하고 있으니 절대 개인적으로 어쌔신을 잡으려고 하지 말고 다른 병사들과 협력해서 어쌔신이 있는 주변을 포위하라고만 명령했다.

사방으로 흩어진 어쌔신들, 그리고 그런 어쌔신들을 잡기 위해 쫓는 병사들로 인해 영주 성 안은 흡사 전쟁터를 방불케 했다.

"왜 이리 소란이냐?"

어쌔신들로 인해 소란스러워지자 잠에서 깬 네이드빌 영주가 무슨 일이 벌어졌는지 확인하려고 했다. 그러나 네이드빌 영주의 말에 답하는 이는 없었다.

네이드빌 영주 근처에 아무도 없는 것이 아니었다. 다만 어쌔신이 침입했기에 그 무엇보다 네이드빌 영주의 안위를 책임져야 하는 기사들이 네이드빌 영주의 질문에 답할 시간조차 아까웠는지 몸으로 직접 보여 주고 있을 뿐이었다.

"영주님, 잠시 실례하겠습니다."

영주가 잠을 자고 있는 방 안으로 우르르 몰려든 기사들이 네이드빌 영주에게 강제로 갑옷을 입히고 다른 안전한 장소로 이끌고 갈 뿐이었다.

"지금 범하고 있는 무례에 대해서는 나중에 벌을 달게 받겠습니다."

아무리 급박한 상황이라도 이런 행동은 분명 잘못된 것이었다. 기사들은 자신들에 의해 끌려가다시피 안전한 장소로 이동하고 있는 네이드빌 영주를 향해 고개를 숙이며 용서를 빌었다.

그때였다. 와이든이 기사들에 의해 모처로 옮겨지고 있는 네이드빌 영주를 찾아온 것은 말이다.

와이든은 네이드빌 영주가 안전하다는 사실을 알게 되자 한 시름 놓게 되었다. 그러나 네이드빌 영주는 달랐다.

"놔! 놔! 놓으란 말이다."

네이드빌 영주는 지금 상황을 받아들일 수 없었다.

아무리 급박해도 최소한 무슨 일이 벌어지고 있는지는 알고 있어야 했다. 그 자신이 바로 영주였기 때문이다.

네이드빌 영주가 강하게 반발을 하고 나서자 기사들이 모두 한 발짝 뒤로 물러섰다. 그 모습을 보고 와이든이 자초지종을 설명했다.

"어쌔신이라니."

네이드빌 영주는 참담한 심정을 감출 길이 없었다.

크렌스피 영지가 만들어지고 지금까지 단 한 번도 없던 일이 지금 일어나고 있었다.

모욕도 이런 모욕이 없었다. 그리고 이번 일은 자신만으로 끝날 일이 아니었다. 전대 크렌스피 영주들의 얼굴에 먹칠을 하는 행위였다.

"누구야? 누가 사주를 한 것이야! 당장 어쌔신들을 잡아들여라!"

불같이 화를 터트리는 네이드빌 영주로 인해 기사들과 와이든이 긴장하기 시작했다. 특히 와이든은 영주 성의 경비를 책임지는 위치에 있었기에 그 심정은 이루 말할 수 없었다.

화를 내던 네이드빌 영주가 멀어져 가는 와이든을 불렀다.

"잠깐. 마르체나, 마르체나는 지금 어디에 있느냐?"

영주 성 안으로 어쌔신이 침입했다는 소식을 접한 네이드빌 영주가 처음 떠올린 용의자는 케레이트 백작이었다.

뉴튼의 죽음으로 케레이트 영지와 사이가 틀어질 대로 틀어진 관계로 자신의 목숨을 노란다고 해도 놀라지 않을 정도였기 때문이다. 하지만 이내 다른 생각이 네이드빌 영주의 머릿속을 강타했다.

어쌔신들의 목표가 자신이 아닐지도 모르는 것이다. 이런 생각이 떠오르자 마르체나의 얼굴이 스치고 지나갔다.

네이드빌 영주는 자신이 직접 마르체나가 있는 곳으로 가고 싶었으나, 수하들의 반대로 포기할 수밖에 없었다. 대신 경비대장인 와이든을 마르체나에게 보냈다. 무슨 일이 있더라도 어쌔신들로부터 마르체나의 목숨을 구하라고 명령했다.

와이든은 네이드빌 영주의 명령을 받고 착잡한 심정을 감출 수가 없었다. 그가 경비대의 총책임자로 있는 이유는 네이드빌 영주의 안전을 책임지기 위해서였다. 그런데 어쌔신이 영주 성으로 침입한 최악의 상황에서 네이드빌 영주가 아닌, 마르체나의 안전을 책임져야 하는 자신의 처지를 받아들이기는

쉽지 않았다.

　평민인 마르체나가 무엇이라고 네이드빌 영주의 안전보다 더 우선으로 해야 하는지 전혀 납득할 수 없었다. 그저 명령이기에 어쩔 수 없이 움직일 뿐이었다. 그나마 다행이라면 서로 다른 방향으로 움직이는 어쌔신들을 사살했다는 보고에 조금은 안심할 수 있었다.

　"포위망을 풀지 말고 구석으로 몰아라."

　"천천히 적의 숨통을 틀어쥔다."

　어둠 속에 몸을 숨기고 있기에 어쌔신이 무서운 것이지, 밖으로 드러난 어쌔신은 별다른 위협이 될 수 없었다.

　지금도 그랬다. 어쌔신들이 어둠에 몸을 숨기고는 내성 안에 진입할 때까지 아무도 눈치 채지 못하고 있었기에 기사들과 병사들이 경악했던 것이지, 이미 밖으로 모습을 드러낸 어쌔신을 처리하는 것은 별다른 어려움이 없었다.

　각자 다른 방향으로 몸을 피한 어쌔신들을 쫓아 일사불란하게 움직인 병사들은 이미 포위망을 형성한 이후였다.

　병사들이 포위망을 형성하고 그 가운데에 어쌔신을 가두자, 그 누구라고 해도 포위망을 뚫고 빠져나가기란 불가능했다.

　"어쌔신에게 더 이상 접근하지 마라."

　"활을 이용해서 원거리 공격을 해라."

　선두에 서서 명령을 내리는 기사의 통제에 따라 병사들이 일사불란하게 움직였다.

병사들을 통제하는 기사들은 영주 성 안으로 침입한 어쌔신들을 살려 둘 생각이 없었다. 철저하게 죄를 물어야 했다. 그것도 최대한 지독하게 말이다. 수십 발의 화살이 단 한 명의 어쌔신을 향해 날아갔다.

"시신을 처리하라."

"네, 알겠습니다."

형체도 알아볼 수 없을 정도로 온몸에 화살이 박힌 어쌔신을 병사들이 처리하기 시작했다.

"아직 숨어 있는 어쌔신이 존재할지도 모른다. 경계에 만전을 기해라."

"네."

사방으로 흩어졌던 어쌔신들을 모두 찾아내서 처리했다. 그렇지만 혹시라도 있을지 모르는 또 다른 침입자를 찾아내기 위해 경계를 강화할 것을 지시한 것이다.

선두에 나섰던 동료가 병사들에게 발각된 그 순간, 기다렸다는 듯이 뒤에 대기하고 있던 어쌔신들이 움직이기 시작했다.

어쌔신들이 동서남북 중 한 방향을 골라 흩어지자, 병사들도 어쌔신들의 움직임에 맞춰 네 방향으로 나눠져서는 어쌔신들을 쫓아가기 바빴다. 드디어 기다리던 기회가 찾아온 것이다. 아니, 스스로 기회를 만들었다는 것이 더욱 정확했다. 선두에 나선 어쌔신들의 희생으로 마르체나가 있는 곳까지 갈 수 있는 길이 열렸다.

병사들에게 발각되어 쫓기고 있던 어쌔신들도 자신들의 역할이 무엇인지 확실하게 인지하고 있었다. 병사들에게 쫓기는 와중에도, 더 유난스럽게 자신들의 존재를 만천하에 드러내었다.

동료들이 발각되지 않고 마르체나가 있는 곳까지 숨어들게 하기 위해서 말이다. 스스로 미끼 역할에 충실했다. 그 끝이 죽음뿐일지라도 말이다.

모든 것이 어쌔신들의 뜻대로 흐르고 있었다. 동료들의 희생이 발생했지만, 과정이 어떻든 간에 결과만 만족스러우면 모든 것이 좋았다.

누구에게도 들키지 않고 안전하게 마르체나가 있는 곳까지 도착한 어쌔신들이 방문을 열고 안으로 들어갔다.

"……!"

없다.

여기 분명히 있어야 할 마르체나가 없었다.

'함정이구나!'

텅 빈 방 안의 모습을 확인하고 처음 가진 생각은 함정에 빠졌다는 것이다. 누군가 어쌔신 길드의 파멸을 원하고 있다는 것이었다. 그렇기 때문에 절대 거절할 수 없는 돈을 제시하여 어쌔신 길드의 전력을 해치려고 한 것이라고 말이다.

절대로 성공할 수 없는 의뢰를 받아들이게 만들어 손도 안대고 코를 풀려는 속셈이었다. 그리고 자신의 길드는 보기 좋게 속아 넘어가고 말이다.

눈앞에 보여 주는 돈의 유혹을 뿌리치지 못하고, 죽을 것이 분명한데도 불속으로 뛰어드는 부나방과 같은 모습이었을 것이다.

"철수한다."

영주 성 안으로 들어온 이후 처음으로 입을 열었다. 그 목소리에는 누군가의 손에 놀아난 자의 참담함이 묻어 있었다.

어떻게든 살아남아야 했다. 그리고 자신을 함정에 빠뜨린 자의 숨통을 끊어 놓고 싶었다.

"목표물입니다!"

"뭐?"

"목표물이 지금 도망가고 있습니다."

마르체나가 없다고 생각했다.

있어야 할 곳에 없으니, 누구나 다 그렇게 생각할 것이다. 도망치고 있는 마르체나의 모습을 확인한 어쌔신의 눈에 희열이 묻어 나왔다. 자신들은 함정에 빠지지 않은 것이다. 그저 한 인간이 살고자 하는 몸부림을 착각한 것뿐이었다.

마르체나는 미칠 것 같았다. 결국 우려하던 일이 터지고 말았다. 그래도 위릿을 믿었었는데, 설마 했던 일이 현실로 일어나자 저절로 눈물이 흘러내렸다.

어쌔신이 영주 성 안으로 침입했다는 소식을 접하자마자 마르체나는 당장 방을 박차고 나왔다. 그녀를 시중들고 있는 하녀가 밖으로 빠져나가려는 마르체나를 막아서며 애원했지만, 마르체나는 본능적으로 알 수 있었다. 방 안에 있으면 죽는다는 사실을 말이다.

어쌔신들의 목표는 자신이었다. 레츠가 사주한 것이 분명했다. 이곳에서 도망쳐야 했다.

그녀의 예상은 정확했다. 방을 빠져나오고 얼마 지나지 않아 복면으로 얼굴을 가린 이들이 나타난 것이다.

하녀와 같이 방을 빠져나와 몸을 숨긴 마르체나는 어쌔신들이 조용히 떠나 주길 간절히 기원했다. 여기서 개죽음당하기는 싫었다. 그러나 그것은 한낱 꿈에 불과할 뿐이었다.

"소리쳐!"

"네?"

"살고 싶으면 소리치란 말이야!"

마르체나는 어쌔신들이 숨어 있는 자신들을 발견해 냈다는 것을 알았다. 그러자 그녀는 눈물만 하염없이 흘리고 있는 하녀를 이끌고 뛰기 시작했다. 그러고는 하녀에게 소리치라고 외쳤다.

절대 어쌔신들의 손아귀에서 벗어날 수 없었다. 살고자 한다면 다른 이의 도움이 절실했다.

"어쌔신이다! 어쌔신이 나타났다!"

"살려 주세요!"

마르체나와 하녀는 목이 터져라 외쳤다. 제발 살려 달라고 말이다.

어쌔신들은 그녀들이 떠드는 소리에 신경 쓰지 않았다. 자신들의 존재가 드러나도 상관없었다. 어차피 죽음은 각오하고 있었다.

마르체나와 하녀가 아무리 죽기 살기로 도망치고 있다고 해도 체계적인 훈련을 받은 어쌔신들을 따돌릴 수는 없었다. 빠른 속도로 간격이 좁혀지고 있었다.

"정말 마르체나가 목표일 줄이야."

이젠 끝이라고 여길 쯤에 구원자가 등장했다. 네이드빌 영주의 명령을 받고 달려온 와이든이었다.

"멈추지 말고 계속 달려!"

와이든은 자신을 발견하고 달리는 속도가 줄어드는 마르체나를 향해 외쳤다. 그 소리에 주춤거리던 속도가 다시 빨라졌다. 그러고는 와이든을 지나쳐 계속 달려갔다.

"쳇!"

마르체나가 도망치자 어쌔신이 짧게 불만을 표출했다. 새로 등장한 와이든의 존재는 상관없었다. 그저 마르체나를 놓친 것에 대한 불만이었다.

가장 앞에 있던 어쌔신이 와이든을 향해 몸을 날렸다. 그리고 남은 세 명의 어쌔신들은 와이든을 지나쳐 마르체나의 뒤를 계속 쫓았다.

"젠장!"

그 모습을 본 와이든이 짜증을 부렸다. 네이드빌 영주의 명령이 떠올랐기 때문이다.

최대한 빨리 눈앞에 있는 어쌔신을 처리해야 했다.

어쌔신 또한 빠른 시간 안에 와이든을 처리하고 앞서 간 동료들과 합류해야 했다. 처음부터 전력을 기울였다.

어쌔신이 들고 있던 단검에 소드 오러가 생성되었다. 그 모습을 본 와이든의 입가에 미소가 번졌다.

어쌔신이 와이든을 도발하여 정면 대결을 유도했다. 빠른 시간 안에 결판을 보기 위해서는 정면 대결이 최선이었기 때문이다. 그러나 와이든은 달랐다.

와이든은 심장을 노리고 달려드는 어쌔신을 직접 맞상대할 생각이 없었다. 그저 옆으로 발을 옮기며 몸을 빙글 돌렸다. 그렇게 되자 자연스럽게 어쌔신의 공격을 흘려보낼 수 있었다. 그러고는 어깨로 어쌔신의 몸을 슬쩍 들이받았다.

와장창!

건물 유리창이 요란한 소리와 함께 산산이 부서졌다. 그리고 부서진 잔해와 함께 어쌔신이 건물 밖으로 떨어졌다. 와이든이 어쌔신을 유리창을 향해 밀어 버린 것이다.

바닥에 떨어진 어쌔신을 잠깐 바라보던 와이든이 마르체나가 있는 곳으로 뛰어갔다.

와이든으로 인해 잠깐의 시간을 번 마르체나는 살아남기 위해서는 어떻게든 이 위기를 돌파해야 했다. 그런데 자꾸만 하녀가 뒤처지기 시작했다. 이대로 가다가는 어쌔신에 의해 죽을 것이 뻔했다. 어떻게든 손을 써야 했다.

"까아악!"

하녀가 터트린 비명이 건물 안을 울리며 멀리 퍼져 나갔다.

"살고 싶으면 도망쳐!"

어쌔신의 목표는 어디까지는 마르체나 그녀 자신이었다. 하녀는 어쌔신들의 관심 밖이었다. 이층에서 내려오자 마르체나가 곧바로 하녀를 반대 방향을 향해 밀어 버렸다.

마르체나에 의해 옆으로 떠밀린 하녀는 마르체나가 자신을 버린 것이라고 여겼다. 그래서 악착같이 마르체나를 따라가려고 했다.

"나를 따라오지 마. 살고 싶다면 나와 멀어지란 말이야!"

살려고, 살고 싶기에 마르체나를 따라가려 하고 있는데, 마르체나는 오히려 살고 싶다면 그녀와 멀어지라 하고 있었다. 순간적으로 하녀는 패닉 상태에 빠져 버렸다. 이도 저도 아무것도 하지 못하고 그 자리에 멍하니 서 있었던 것이다.

서걱!

어쌔신이 하녀의 목에 박힌 단검을 신경질적으로 뽑아 들었다. 그리고 이내 앞을 향해 뛰어갔다. 그가 떠난 자리에는 하녀의 시체만 차갑게 식어 가고 있었다.

"아악! 안 돼!"

마르체나가 영주 성으로 들어온 이후 유일하게 그녀의 편이
되어 주었던 하녀였다. 그런데 자신의 손으로 그녀를 죽음 속
으로 밀어 넣어 버린 것이다. 마르체나는 자신이 그렇게 혐오
스러울 수가 없었다.

어쌔신들은 마르체나가 잡힐 것 같으면서도 잡히지 않자 신
경이 많이 날카로워져 있었다. 그래서 길 한가운데서 우물쭈
물거리는 하녀를 처리해 버렸다.

하녀는 일종의 화풀이 대상이었다.

"이만 끝내자."

어쌔신들은 이 이상 마르체나를 살려 두면 일이 잘못될 수
도 있다고 판단했다. 그래서 유일한 무기인 단검을 마르체나
를 향해 집어 던졌다.

앞만 보며 달려가던 마르체나는 본능적으로 어쌔신들이 자
신을 향해 단검을 집어 던지려고 한다는 것을 알 수 있었다.
마르체나는 어쌔신들의 움직임에 맞춰 품속에 고이 간직해 뒀
던 단검을 꺼내 들었다.

챙! 챙!

허공을 가르고 날아간 세 개의 단검 중 두 개의 단검을 쳐
낼 수 있었다. 그렇지만 마지막 한 개의 단검은 어쩔 수가 없
었다. 그녀의 현재 실력으로는 두 개가 한계였다.

"아악!"

허벅지에 단검이 박힌 고통에 마르체나가 저도 모르게 비명을 질렀다. 그러고는 달리던 탄력을 이기지 못하고 앞으로 넘어졌다.

우당탕!

앞으로 넘어지던 마르체나는 어디선가 레츠의 커다란 웃음소리가 들려오는 것 같았다.

어쌔신들은 마르체나가 도둑 길드 소속이었다는 사실을 몰랐다. 그래서 마르체나가 단검을 쳐 내는 모습에 당황했다. 그러나 마지막 단검이 허벅지에 박히는 모습을 보고는 웃을 수 있었다.

드디어 최종 목표에 도달했다. 이제 마지막 처리만 남아 있었다. 바닥에 떨어진 단검을 주워 들고는 마르체나에게 다가갔다.

"거기까지다."

와이든이었다.

와이든이 이층에서 마르체나와 어쌔신들 사이로 뛰어내렸다.

레츠에게는 불행스러운 일이었지만, 마르체나에게는 다시없을 행운이었다.

"아무리 생각해도 정말 놀라워. 어떻게 내성 안으로 들어올 수 있었지?"

와이든의 질문에 답하는 어쌔신은 없었다.

"흐음, 말하기 싫다 이건가? 어쩔 수 없지. 무기를 버려라."

와이든의 말이 끝나기도 전에 수많은 병사들이 건물 안으로 들어와 어쌔신들을 향해 활을 조준하기 시작했다.

수많은 병사들의 모습에 어쌔신들이 단검을 내려놓았다. 마르체나를 눈앞에 두고도 의뢰에 실패한 것이다. 모든 것이 끝났다.

† 제4장 †

위기 뒤에 기회가 찾아오다

레츠와 자이엔느가 영주 성으로 돌아가고 있는 그때, 영주 성은 어젯밤에 벌어진 사건으로 한바탕 난리가 나 있었다. 특히 네이드빌 영주의 분노는 대단했다.

어젯밤 침투한 어쌔신들이 노린 목표가 네이드빌 영주라고 생각했다. 그래서 자고 있는 영주를 깨워 비밀 통로를 통해 몸을 피하게 하기까지 했다. 그런데 알고 보니 어쌔신들의 목표는 영주가 아니라 마르체나였다.

영주는 도통 이해할 수 없었다. 왜 그 자신이 아니라, 마르체나가 어쌔신의 암살 목표가 되었는지 말이다. 그것도 영주 성 안에 기거하는 틈을 노려서 말이다.

마르체나의 존재가 싫었다고 하더라도, 영주 성에 있을 때만은 건드리지 말았어야 했다. 그것이 자신인 영주에 대한 배려였으며, 충성이었기 때문이다. 그런데 어쌔신을 사주한 누군기는 이 모든 것을 깨 버렸다. 이는 있을 수도 없는 일이었다.

다음 날, 영지의 4대 가신들이 네이드빌 영주의 이름으로 영주 성으로 불러 모아졌다. 귀족들이 모이자, 네이드빌 영주가 간밤에 있었던 일을 꺼내며 목소리를 높이기 시작했다. 어떻게 영주 성에 어쌔신의 침입을 허용할 수 있느냐고 말이다.

네이드빌 영주가 얼굴에 핏발을 세우는 모습과는 대조적으로 회의장에 모인 귀족들은 너무도 차분한 모습을 보였다. 간밤에 있었던 어쌔신의 침입이 마치 아무것도 아니란 것처럼 말이다.

회의장에 모인 귀족들은 네이드빌 영주와는 다르게 생각하고 있었다.

영주 성에 어쌔신이 침입한 것은 분명 큰일이었다. 하지만 어쌔신들의 목표가 네이드빌 영주가 아닌, 마르체나란 사실을 알게 된 이후로 이번 일을 크게 부풀리고 싶어 하지 않았다.

네이드빌 영주의 이름으로 한곳에 모인 가신들은 분명 자신들 사이에 이번 일의 배후가 존재한다고 여겼다.

예상했던 것보다는 빨랐지만, 언젠가 이런 일이 터질 것이라 짐작하고 있었다. 네이드빌 영주의 애첩으로 등장한 마르체나를 눈엣가시처럼 여기는 귀족들은 많았으니까 말이다.

귀족들은 누가 배후에 존재하는지, 대충은 짐작하고 있었다. 다만 이번 일에 대해서만큼은 연관되고 싶지 않았다. 네이드빌 영주와 가신들 간의 세력 싸움으로 번질 수 있었다. 그래서 다들 한발씩 물러설 뿐이었다.

네이드빌 영주도 귀족들의 이런 반응을 눈치 챌 수 있었다. 막말로 귀족들이 마르체나를 싫어하는 것은 상관없었다. 어디까지나 마르체나는 평민이니 말이다. 하지만 영주 성으로 어쌔신을 불러들인 일만큼은 용서할 수 없었다.

"이번 일에 그 누가 개입되어 있건, 절대 용서치 않을 것이다. 내가 직접 그자를 잡아 영주 성에 어쌔신을 불러들인 것에 대한 책임을 물어 교수대에 세울 것이다."

영주가 사는 곳에 어쌔신을 침입시킨다는 것은 이유 불문하고 반역 행위로 간주되었다. 누가 뭐라고 해도 명분은 네이드빌 영주에게 있었다. 영주가 어떤 행동을 보일지 귀족들이 숨죽이며 지켜보고 있었다.

레츠가 영주 성에 들어서는 순간, 무언가 일이 벌어졌다는 것을 느낄 수 있었다. 위릿이 성공적으로 일을 마무리했다고 여겼다. 그런데 아니었다.

레츠와 자이엔느가 영주 성으로 들어서자, 경비대장 와이든이 달려와 지난밤에 있었던 사건을 빠짐없이 보고하였다. 어쌔신이 침입해서 마르체나의 목숨을 노리는 일이 발생했다고 말이다. 다행히 어쌔신들을 모두 제거했지만, 그 와중에 기사와 병사들이 목숨을 잃는 사태가 벌어졌다고 했다.

와이든의 이야기를 들은 자이엔느는 너무 놀라 아무런 말도 하지 못하고 입만 뻥긋거렸다. 레츠는 위릿이 일만 크게 벌여 놓고, 정작 마르체나를 제거하는 데 실패했다는 사실에 머리가 지끈거리며 아파 왔다.

레츠가 보기에 마르체나는 정말 별 볼일 없는 여자였다. 그런 여자 하나 제대로 처리하지 못하는 위릿이 한심할 따름이었다. 그리고 이렇게 일을 크게 벌려 놓고 아직까지 자신에게 보고조차 하지 않은 위릿의 일 처리가 마음에 들지 않았다.

레츠가 당장 위릿을 찾았다.

위릿은 호크와 이 일을 어떻게 대처해야 할지에 대해 회의 중이었다.

"소영주님."

위릿은 레츠를 보는 순간 잔뜩 긴장했다. 자신이 저질러 놓은 잘못으로 레츠가 어떻게 나올지 예측할 수 없었기 때문이다.

레츠가 위릿의 모습을 확인하자마자 바닥을 박차고 몸을 날렸다.

퍽!

묵직하게 울려 퍼지는 소리와 함께 배를 걷어차인 위릿이 땅바닥을 뒹굴며 정신을 차리지 못했다.

숨이 막혀 오더니 창자가 뒤틀리는 고통이 전해졌다. 속이 뒤틀린다는 것이 이렇게 고통스러울 줄은 몰랐다. 위릿은 차라리 기절이라도 해서 고통에서 해방되고 싶었다.

"일을 그따위로 처리해 놓고 지금 여기서 뭐 하고 있는 것이냐!"

고통을 참지 못해 바닥을 기고 있는 위릿을 향해 레츠의 호통이 터져 나왔다. 그러고는 옆에서 잔뜩 긴장하고 있는 호크를 노려봤다.

짝!

언제 움직였는지 레츠의 손이 호크의 뺨을 때리고 지나갔다.

"네놈은 일을 이따위로 벌여 놓을 때까지 저놈 옆에서 뭐 했어!"

"죄송합니다."

호크는 부어오르는 뺨을 부여잡고 레츠에게 고개를 숙이며 용서를 구했다.

"그렇게 해서 나를 제대로 보좌할 수나 있겠어!"

"죄송합니다."

호크는 그저 고개를 조아릴 뿐이었다.

짧은 순간 급격하게 흥분했던 레츠가 심호흡을 반복하며 스스로 흥분을 가라앉히기 위해 노력했다. 지금은 흥분할 때가 아니란 사실을 잘 알고 있었기 때문이다.

"아직 영주님께 다녀왔다는 인사를 올리지 못했다. 갔다 와서 앞으로 어떻게 할 것인지에 대해 대책을 논의하도록 한다."

레츠는 네이드빌 영주가 이번 일을 어떻게 생각하고 있는지를 파악하는 것이 우선이라고 여겼다. 대책을 세우는 것은 그 다음이었다.

레츠는 자이엔느와 함께 네이드빌 영주에게 잘 다녀왔다는 인사를 올렸다. 그리고 눈치껏 이번 사건에 대해 어떻게 대처할지를 묻고 싶은데, 마땅히 말을 꺼낼 만한 기회가 없었다.

레츠가 어떻게 네이드빌 영주에게 자연스레 말을 붙일까 고민하는 사이, 옆에 있던 자이엔느가 조금은 흥분한 모습으로 네이드빌 영주에게 먼저 말을 꺼냈다.

"아버님, 어젯밤 불미스러운 사건이 있었다면서요?"

"그런 일이 있었지. 하지만 별일은 아니니 그렇게 신경 쓸 필요는 없다."

네이드빌 영주는 자이엔느가 이번 일에 관여하는 것을 꺼리고 있었다. 하나뿐인 딸에게 아비의 치부를 알리고 싶지 않은 마음에서였다.

마르체나를 좋아하고 있지만, 왠지 모르게 자이엔느 앞에서는 그것이 쑥스럽고 부끄러웠다.

자이엔느가 이번 일에 관여하게 되면 필연적으로 마르체나로 인해 네이드빌 영주와 4대 가신 간에 반감이 생기고 있는 것을 알게 될 것이 뻔했다.

겉으로 내색은 하지 않지만, 자이엔느가 마르체나를 싫어하고 있다는 걸 알고 있는 네이드빌 영주는 자이엔느가 더 이상 마르체나를 싫어하지 않도록 항시 신경 쓰고 있었다.

"아버님, 제가 정말 그러하길 바라시나요?"

촉촉하게 젖어 오는 눈망울로 물어 오자 네이드빌 영주는 끝내 자이엔느와 시선을 마주할 수 없어 고개를 돌려 그녀의 시선을 외면해 버렸다.

네이드빌 영주가 마르체나를 알게 되면서, 자이엔느와 조금씩 거리를 두고 있었다. 그 점이 못내 서운한 그녀였다. 그래서 자이엔느가 마르체나를 싫어하고 있는지도 몰랐다.

"아버님이 그리하길 원하시니, 소녀는 이 일에 관해서 더이상 신경 쓰지 않을게요. 하지만 아버님, 소녀는 아버님께서 가신들과 다툼을 벌이지 않기를 간절히 바라고 있어요."

네이드빌 영주는 이번 일만큼은 자이엔느가 모르길 바랐다. 그래서 모두에게 함구하라고 명령까지 내렸는데 자이엔느는 이미 모든 것을 알고 있었다.

"끄응."

절로 앓는 소리가 터져 나왔다. 하지만 네이드빌 영주는 이번 일만큼은 조용히 넘어갈 생각이 없었다. 철저하게 배후를 조사해서 처벌할 작정이었다. 네이드빌 영주가 다시 한 번 자이엔느의 시선을 외면했다.

옆에서 부녀지간에 나누는 대화를 지켜보던 레츠가 그들이 잠시 멈춘 틈을 놓치지 않고 말을 꺼냈다.

"영주님, 영애님은 영주님과 고위 귀족 간의 불화를 걱정하고 있는 것입니다. 영주님이 전면에 나서서 고위 귀족과 얼굴을 붉히는 일이 발생한다면, 영주님의 체면이 손상될 것입니다. 그럴 바에는 제3자가 나서는 것이 옳다고 봅니다. 영주님만 허락해 주신다면 제가 책임지고 이번 일의 배후를 파헤쳐 보겠습니다."

자이엔느를 외면하고 있던 네이드빌 영주의 시선이 레츠에게 향했다. 레츠가 꺼낸 말이 네이드빌 영주의 관심을 이끌어 내는 데 성공한 것이다.

"그게 무슨 말이냐? 좀 더 자세히 설명해 보라."

"어젯밤, 영주 성을 침입한 어쌔신이 있었습니다. 이는 절대로 그냥 넘어가서는 안 되는 중대한 사건입니다. 허나 가신들은 이번 일을 그냥 묻혀 두길 원하고 있습니다. 영주님의 안위를 최우선적으로 여겨야 하는 그들이 자신들의 책무를 저버리는 이유가 무엇이겠습니까? 그들 중에 이번 사건을 공모한자가 있다는 반증이 아니겠습니까."

"그래 너의 말대로, 영지의 가신이라는 자들은 이번 일을 없던 것으로 하고 싶어 한다. 그런데 과연 네가 그런 고위 귀족의 방해공작을 뚫고, 범인을 찾아낼 수 있을까? 그런 능력을 보유하고 있느냐 말이다."

네이드빌 영주가 말은 부정적으로 했지만, 레츠는 방금 전 그의 말에 주먹을 말아 쥐는 네이드빌 영주의 모습을 놓치지 않았다. 레츠의 말에 네이드빌 영주가 크나큰 관심을 나타내고 있는 것이다.

"제가 그러한 능력이 없었다면, 소영주가 되지 못했을 것입니다. 저에게 기사단을 사용할 수 있는 권한을 주시면, 한 달 이내에 이번 일의 배후를 찾아내서 영주님 앞에 무릎 꿇게 만들겠습니다."

"좋아. 그 말을 듣고 싶었어."

그날, 레츠는 크렌스피 유일의 기사단 단장이 되었다.

레츠는 네이드빌 영주로부터 확답을 얻은 후에 마르체나를 찾아갔다. 간밤에 있었던 암살 기도로 인해 불안을 느낀 마르체나가 돌출 행동을 할 수도 있었기 때문이다.

"무슨 일로 저를 찾아오셨죠?"

레츠를 보자마자 마르체나가 날카로운 말투로 몰아붙였다. 아직 범인이 누구인지 밝혀지지 않았지만, 누가 뒤에서 조종했는지 정도는 눈감고도 알 수 있었다.

"말에 가시가 있군."

레츠의 말에 마르체나는 당연하다는 듯이 날카로운 표정을 감추지 않았다.

마르체나는 생각지도 않은 네이드빌 영주의 접근으로 어쩔 수 없이 레츠와 다른 길을 가게 되었지만, 될 수 있으면 그와는 얽히고 싶지 않았다. 하지만 그것도 어제부로 끝이었다.

"어제 보내 주신 선물은 제가 잘 받았습니다."

뼈 있는 마르체나의 말에도 레츠는 담담했다.

"선물? 어떤 선물을 말하는 것이지? 나는 선물을 보낸 적이 없는데."

"어제 저를 죽이기 위해 어쌔신을 침입시키지 않으셨다는 말입니까? 도대체가 말이 되는 소리를 하세요."

"너를 죽이기 위해 어쌔신을 투입했다고? 훗. 비약이 너무 심한 것 아닌가? 내가 왜 너를 죽인단 말인가?"

비웃음을 터트리며 말하는 레츠의 행동에 마르체나는 자리를 박차고 일어나 레츠를 노려봤다.

"제가 소영주님에 대해 많은 것을 알고 있기 때문이죠. 다른 말이 필요하나요?"

"마르체나! 지금 나를 뭐로 보고 그따위 말을 지껄이는 것이냐? 내가 만약 너를 제거하기로 마음먹었다면, 너는 어젯밤에 어쌔신이 아닌 내 손에 의해 죽었어. 지금 이 순간도 너를 죽일 마음만 있다면, 너는 내 손에 죽어."

느긋하게 의자에 앉아 있던 레츠의 몸에서 마르체나를 압박하는 기운이 쏟아져 나왔다. 마르체나는 돌변한 레츠의 박력에 놀라 엉덩방아를 찧었다.

"똑똑히 들어 둬라, 마르체나. 나는 레츠 크렌스피다. 내가 바로 레츠 크렌스피라고! 네가 함부로 판단하고 진단한다는 자체가 나에 대한 모독이다. 그리고 이 세상 그 누구도 나를 내려다볼 수 있는 자는 없다. 그것이 황제라고 해도 말이다."

레츠는 감히 자신의 모든 것을 알고 있다는 듯이 말하는 마르체나의 행동을 용납할 수 없었다.

"오늘 너를 만나러 온 것은 어쌔신을 사주한 자를 잡는 일을 내가 맡게 되었다는 것을 알려 주고자 온 것이다. 안심해라, 마르체나. 나는 너를 죽이지 않는다. 그리고 영주님께서는 가신들 중 한 명이 너를 죽이기 위해 어쌔신들을 사주했다고 여기고 계신다."

넘어져서는 일어나지 않는 마르체나를 남기고 레츠는 그곳을 빠져나갔다.

위릿과 호크는 잔뜩 긴장해서는 레츠의 처분만을 기다리고 있었다. 위릿은 그것이 더 심해서, 레츠가 조금이라도 움직임을 보이면 움찔거리며 두려움을 드러냈다.

"어쌔신 길드의 위치를 알고 있느냐?"

"웨리스 마을에 있다는 것만 알고 있을 뿐, 정확히 어느 곳에 위치해 있는지는 모릅니다. 그리고 알고 계시겠지만, 저희처럼 사람들에게 떳떳하지 못한 일을 하는 이들은 길드에 등록만 해 놓을 뿐, 용병 길드처럼 길드 사무실에 모여 있지 않습니다."

어쌔신 길드가 위치한 지역을 알고 있다는 것만으로도 큰 성과였다. 도둑 길드의 수장을 수하로 들인 보람을 이제야 누리게 되었다.

"그런 것 정도는 나도 알고 있다. 내가 원하는 것은 길드 사무실에 있는 어쌔신 등록 문서이다. 길드에 등록된 어쌔신들의 이름 정도는 길드 사무실에 있겠지?"

"그건 그렇습니다."

"얼마의 시일이 필요하지? 그들의 위치를 파악하려면 말이야."

위릿은 자신에게 실수를 만회할 기회가 찾아왔다는 것을 본능적으로 깨달을 수 있었다. 마르체나의 일로 레츠의 미움을 사게 되었다고 여기고 있던 위릿은 이렇게 쉽게 자신에게 다시 기회를 줄 거라고는 생각지 않았었다.

"일주일, 일주일 안에 어쌔신 길드의 위치를 찾아 보이겠습니다."

"좋아. 이번에는 나를 실망시키지 않길 바란다."

레츠는 위릿에게 당부이자 경고의 말을 남기고는 호크를 바라봤다. 레츠는 이번 일을 계기로 호크가 가지고 있는 문제점을 뜯어 고칠 작정이었다.

"호크."

"네, 소영주님."

"이번 마르체나 일을 계기로 너에게 매우 실망하고 있다. 너는 위릿과 달리 나를 직접적으로 보조하는 역할을 맡고 있다. 하지만 너는 너의 역할을 수행할 능력이 부족하다. 이번 일도 너는 위릿을 제대로 보조하지 못했다."

"죄송합니다. 그것에 대한 처벌을 달게 받겠습니다."

레츠는 마르체나의 일을 위릿에게 위임했다. 그러면서 호크에게 위릿을 도와주라고 명령했다.

위릿은 위릿 나름대로 레츠의 지시를 수행하기 위해 노력했다. 그것이 영주 성 안으로 어쌔신을 불러들이는 결정적인 실수를 저지르게 되었지만 말이다. 그렇다고 하더라도 주도적으로 문제를 해결하기 위해 노력은 기울였다.

문제는 호크였다.

위릿이 영주 성으로 어쌔신을 침투시키려 한다는 것을 알면서도 그것을 막지 못한 것이다.

영주 성으로 어쌔신을 불러들인다는 것은 많은 문제를 야기시킬 것이 뻔했다. 만약 마르체나를 제거하는 데 성공했다고 해도, 그건 그것대로 문제였다.

애초부터 잘못된 결정이었다. 그렇다면 호크는 위릿을 막았어야 했다. 그것이 호크를 위릿에게 붙인 이유였으니 말이다. 하지만 호크는 위릿이 결심한 작전에 따라, 어떻게 하면 안전하게 어쌔신을 영주 성으로 침투시킬지를 파악하는 데 노력했다.

지금도 그렇다. 레츠가 잘못을 지적하자, 호크는 곧바로 그 지적에 대해 잘못을 시인했다. 레츠가 호크에게 원하는 것은 이런 것이 아니었다.

물론 레츠가 호크에게 절대적인 복종을 원하는 것은 맞다.

그렇다고 생각의 사고까지 하지 못하게 막은 것은 아니었다.

앞으로 레츠는 소영주란 신분에 걸맞게 영지의 운영에 대해 배우고 이를 실천하게 될 것이다. 그렇게 되면 현실적으로 그 많은 일들을 혼자서는 해결할 수 없을 것이다. 그때, 레츠는 위릿보다는 호크의 도움을 필요로 할 것이었다.

레츠가 개인적인 일을 처리하기 위해서는, 호크가 혼자서 공적인 일을 처리할 줄 알아야 했다. 하지만 지금과 같은 행동을 보이는 호크는 절대 그 일을 해낼 수 없었다. 그래서 생각한 것이 리콘의 도움을 얻는 것이다.

리콘이 신분의 한계로 인해 실력을 펼칠 기회를 얻지 못해서 그렇지, 지난바 능력 하나만큼은 정말 대단했다. 그렇기에 짧은 시간 내에 용병 길드의 명성을 드높일 수 있었던 것이다.

호크는 자신을 리콘에게 돌려보내는 레츠의 결정에 별다른 불만이 없었다. 솔직히 용병 일 말고는 다른 일에 별다른 재능도 없었다. 이번 기회에 리콘에게 충분히 배워 두는 것이 훗날을 위해 좋겠다고 판단했다.

"소영주님, 마르체나는 어떻게 하실 생각이십니까? 영주님 곁에 마르체나가 존재하는 한 어떤 일이 벌어질지 아무도 모르는 것입니다."

호크는 마르체나를 제거해야 한다고 주장했다. 처음부터 마르체나를 살려 둘 생각이었다면 모를까, 한 번 암살을 시도한 이상 이제는 무조건 마르체나를 제거해야 하는 것이다.

"내가 언제 마르체나를 살려 둔다고 했느냐? 기회를 봐서 이번에는 내가 직접 움직일 것이다."

　테일 남작은 네이드빌 영주가 마르체나를 가까이 둔다는 사실을 접했을 때, 가슴속에서 무언가가 울컥 하고 치솟아 오르는 것을 느낄 수 있었다. 어떻게 한 지방을 다스리는 영주가 평민에게 마음을 빼앗길 수 있는지, 정말 있을 수도 없는 일이 지금 크렌스피 영지에서 일어나고 있었다.

　딱 까놓고 말해서, 귀족이 평민을 좋아할 수도 있다. 그건 한 지방을 다스리는 영주도 마찬가지다. 우스갯소리로 사랑에는 국경도 없다는 말이 있는 것처럼 말이다. 하지만 네이드빌 영주만은 그러면 안 된다.

　현재 네이드빌 영주는 부인이 없다. 5년 전 백작부인이 지병으로 세상을 떠나면서 크렌스피 영지는 영주의 부인 자리가 공석으로 있는 것이다.

　백작부인이 세상을 뜨고 얼마 후, 4대 가신들이 모두 네이드빌 영주에게 새 신부를 맞이할 것을 권했던 적이 있었다. 언제까지고 영주부인 자리를 공석으로 비워 둘 수 없기 때문이었다. 하지만 네이드빌 영주는 이를 완고히 거절했다. 자신은 죽은 백작부인을 잊을 수 없다는 이유에서였다.

　테일 남작은 그때 네이드빌 영주의 말을 듣고 감동까지 했었다. 이 얼마나 숭고한 사랑인가 하고 말이다. 그런데 그런 네이드빌 영주가 죽은 백작부인을 까맣게 잊어버리고 평민을 사랑하고 있었다.

이는 백작부인에 대한 모독이었으며, 더 나아가 귀족 전체에 대한 모독이었다.

어떻게 평민을 죽은 백작부인과 동격으로 여길 수 있는지, 예전 백작부인을 사랑하던 영주가 맞는지 의심이 될 정도였다.

테일 남작은 당장에 네이드빌 영주를 찾아갔다. 그러고는 죽은 백작부인을 봐서라도 평민인 마르체나를 멀리해야 한다고 간청을 드렸다. 그때 네이드빌 영주는 분명 제고해 보겠다고 테일 남작에게 말했다. 분명히 그랬다.

물론 어쌔신이 영주 성으로 침입하기 전에 있었던 일이었다. 그렇다고 하지만 네이드빌 영주는 영지의 가신들을 의심해서는 안 된다. 이렇게 4대 가신 가문을 의심하는 것은 말도 안 되는 행동이었다.

어쌔신이 영주 성 안으로 들어온 이상, 크렌스피 영지 내에 있는 어쌔신을 토벌하는 것은 너무도 당연한 일이었다.

테일 남작도 그 부분에 있어서는 전적으로 수긍할 수 있었다. 그렇지만 그 대상이 어쌔신에 한정된 것이 아닌, 가신들 중에 범인이 있다고 단정하고 일을 추진하는 것은 있을 수 없는 일이었다.

테일 남작에게 있어 이번 일은 정말 치욕이 아닐 수 없었다. 지금까지 살아온 존재 자체를 부정하는 행위인 것이다.

테일 남작이 이끄는 자크 남작가문은 가문의 권력과 명예를 추구하는 대신, 크렌스피 백작가문 밑으로 들어가 가신을 자처하고 있었다.

귀족 가문이 권력과 명예를 추구하는 것은 귀족들 사이에서는 당연한 미덕으로 비춰지는 것이었다.

귀족이 자신이 속한 가문의 이름을 드높이고, 더 나아가 제국의 이름을 드높이는 것은 제국에 속해 있는 귀족으로서 당연한 역할이기도 했다.

테일 남작의 선조께서 당신의 가문보다 크렌스피 백작가문의 가신으로 들어와 크렌스피 백작가문의 권력과 명예를 드높이는 데 힘을 보태는 이유는 별것 없었다.

크렌스피 백작가문이 다른 그 어떤 귀족 가문보다 자크 남작가문을 위해 주기 때문이었다.

크렌스피 백작가문이 황족과 연관된 가문은 아니었지만, 그래도 선조께서 충성의 맹세를 하는 것에 주저함이 없었던 것은, 자신을 알아주는 이에게 한 목숨 바치는 것 또한 귀족에게는 대단히 명예로운 일이었기 때문이다.

그렇다. 테일 남작에게 있어 네이드빌 영주에게 충성하는 것은 개인으로나, 가문으로나 매우 명예로운 일이었던 것이다. 그리고 네이드빌 영주에게 충성하고 있다는 사실에 강한 자부심을 가지고 있었다.

크렌스피 영지에서 테일 남작이 귀족파의 대표 인물로 대두

되고 있지만, 오히려 테일 남작은 전혀 그렇게 생각하고 있지 않았다.

귀족들 간에도 충성의 정도에는 차이가 분명 존재했다. 테일 남작은 네이드빌 영주가 그 점을 분명히 따져 주길 바랐던 것뿐이었다.

그 누구보다 네이드빌 영주에게 충성하고 있으니, 그 누구보다 좋은 대우를 받고 싶다는 것이다.

네이드빌 영주가 마르체나와 만나는 것을 반대하는 것도, 다른 이유가 있는 것이 아니었다.

귀족이, 그것도 한 지방을 다스리는 영주가 평민을 사귄다는 것은 명예로운 일이 아니었다. 그리고 더군다나 이 일은 죽은 백작부인의 명예를 실추시키는 일이기도 했다.

네이드빌 영주의 명예가 훼손된다면, 영주의 수하를 자처하는 테일 남작의 명예까지 훼손되는 일이다. 그리고 주군이 잘못된 길을 걷고 있으면, 주저 없이 바른 길로 걸을 수 있도록 옆에서 직언을 할 줄 알아야 하는 것이다.

그런데 이런 자신의 마음도 몰라주고 네이드빌 영주는 소영주인 레츠에게 임시 기사단장의 자리까지 내리면서 자신을 비롯한 가신들을 조사할 수 있는 수사권을 내렸다.

테일 남작의 낙담은 이루 말할 수 없었다.

네이드빌 영주에 대한 충성을 의심받고 있다는 사실을 받아들일 수 없었다. 이 일은 테일 남작 개인의 문제로 끝나는 것이 아닌, 자크 남작가문의 선조들의 명예가 걸린 일이었다.

무언가를 크게 결심한 테일 남작이 네이드빌 영주를 찾아갔다.

"영주님, 테일 남작께서 만남을 요청하셨습니다."

"들어오라고 해라."

집사의 말에 네이드빌 영주가 손에 들려 있는 책을 내려놓고 말했다. 지금 심정으로는 테일 남작을 만나고 싶지 않았지만, 그렇게 할 수는 없었다.

테일 남작의 면담 요청을 허락은 했지만, 탐탁지 않게 생각하는 마음이 겉으로 드러나 있었다. 네이드빌 영주 또한 그런 마음을 굳이 감추고 싶지 않았다. 어쌔신에 관한 일을 덮어 두려고 하는 가신들이 싫었기 때문이다.

테일 남작은 네이드빌 영주에게 인사를 올리고는 바로 본론을 꺼냈다.

"영주님, 이번 어쌔신에 관한 일을 소영주께 위임했다는 사실이 정말입니까?"

"그렇다. 소영주가 이번 일에 대해 관심이 크다는 것을 알기에 내가 허락했다."

테일 남작은 네이드빌 영주가 가신들을 의심한다는 소식을 접했을 때, 사실이 아니라고 믿고 싶었다. 그래서 네이드빌 영주를 찾아온 것이다. 그런데 네이드빌 영주가 그렇다고 하고 있었다. 하늘이 무너지는 테일 남작이었다.

"어째서 소영주께 이번 일을 맡기신 겁니까? 가신들을 믿지 못하시는 것입니까? 아니, 소신을 믿지 못하시는 것입니까?"

"흥. 가신이라는 그대들이 그날 나에게 보여 준 행동은 너무나도 충격이었다. 내가 가신들을 믿지 못하는 것이냐고? 그건 너무도 당연하다. 어쌔신이 영주 성을 넘어 들어왔는데도 가신들은 그 일을 특별하게 여기지도 않았다. 아니, 오히려 어쌔신에 관한 일들을 쉬쉬하기 바빴을 뿐이다. 이런 내 말이 틀렸는가?"

테일 남작은 네이드빌 영주에게 그건 틀렸다고 말해 주고 싶었다. 영주께서 생각하는 것이 틀렸다고 말이다.

그날 가신들이 어쌔신에 관한 일을 숨기고 싶어 했던 것은 영주님을 위해서였다고 말하고 싶었다. 그러나 끝내 입이 떨어지지 않았다.

어쌔신이 영주 성을 넘었다는 것은 크렌스피 영지의 영주인 네이드빌 크렌스피의 명예에 치명적인 악영향을 끼치는 요인이 될 것이 분명했다.

자기 집 하나 제대로 지키지도 못하는 영주가 몬스터랜드를 방어한다며 호들갑을 떨고 있다면 다른 지역의 귀족들에게 손가락질 받을 게 뻔했다.

어쌔신 길드를 처단해야 했다. 그리고 네이드빌 영주가 지내는 영주 성 안으로 어쌔신이 침입하도록 사주한 자를 잡는 것도 중요했다. 하지만 테일 남작은 그 모든 것보다 네이드빌 영주의 명예를 지키는 것을 더 중요하게 생각했다.

테일 남작은 자신의 마음을 몰라주고, 오히려 화를 내는 네이드빌 영주를 뒤로하고 나올 수밖에 없었다. 밖으로 나오는 테일 남작의 두 눈에서 뜨거운 눈물이 흘러내렸다.

†제5장†

어쌔신 길드

레츠는 테일 남작이 네이드빌 영주에게 면박만 받고 쫓겨나 다시피 영주 성을 떠났다는 소식을 접하고는 그 즉시 기사단을 움직였다.

드디어 기다리던 시기가 도래했기 때문이다.

네이드빌 영주와 가신들 사이에 틈이 발생한 지금이야말로 자신의 존재를 부각시킬 수 있는 절호의 기회란 사실을 레츠는 본능적으로 알 수 있었다.

아직 위릿이 어쌔신 길드의 본거지를 찾아내지 못했지만, 레츠는 이를 개의치 않았다. 지금과 같은 기회는 다시 찾아오지 않을 것이란 것을 레츠는 너무도 잘 알고 있었다.

레츠가 선두에 서서 기사단을 이끌고는 닥치는 대로 어쌔신을 잡아들이기 시작했다. 위릿이 미리 건네준 문서에는 어쌔신들의 위치가 빼곡하게 적혀 있었다. 이들은 어둠이 아닌, 태양이 비추는 밝은 곳에서 생활하는 어쌔신들이었다.

어쌔신에게 암살을 의뢰하기 위해서 그들과의 만남은 필수였다. 하지만 의뢰인과의 직접적인 만남은 어쌔신들에게는 위험 부담이 상당했다.

의뢰자가 한순간에 돌변할 수도 있기 때문에 의뢰인과 어쌔신의 직접적인 만남을 어쌔신 길드에서는 막고 있었다.

점조직으로 되어 있는 이들은 어쌔신 길드에 속해 있기에 어쌔신으로 분류되고는 있지만, 실제적으로 암살 훈련을 받지 않았다.

어쌔신 길드에 의해 관리되는 이들이 의뢰인과 어쌔신 간의 연결 고리가 되어 주고 있었다.

레츠가 지금 상대하는 어쌔신들이 이들이었다. 길드에 속해 있는 하위 길드원이 잡혀 들어가자 어쌔신들이 더욱 어둠 속으로 몸을 숨기기 시작했다.

레츠가 네이드빌 영주의 이름으로 크렌스피 영지에 있는 어쌔신들을 잡아들이고 있다는 소문이 빠른 속도로 영지에 퍼졌다. 그러자 영지가 들썩이기 시작했다.

오랫동안 크렌스피 영지에 뿌리내리고 있는 어쌔신들을 토벌하는 것은 불가능하다고 여겨지고 있었다. 이제까지 그 누구도 성공하지 못한 일이었으니 말이다.

처음엔 많은 귀족들도 그렇게 생각했다. 네이드빌 영주가 보여 주기 위해 연출하고 있다고 말이다. 하지만 그런 생각도

오래가지 않았다.

레츠가 눈에 보이는 성과를 내기 시작했기 때문이다. 각 마을에 숨은 어쌔신 길드에 소속되어 있는 이들을 잡아들이기 시작한 것이다. 그것도 한두 명으로 그치는 것이 아니었다.

레츠가 기사단을 이끌고 들어서는 마을은 그날 이후 어쌔신들의 그림자도 찾아볼 수 없을 정도로 엄청난 수의 어쌔신들을 잡아들였다.

귀족들도 레츠가 잡아들이는 이들이, 흔히 사람들이 말하는 어쌔신이 아니란 것을 알고 있었다. 그러나 레츠에 의해 영주 성으로 압송되는 사람들의 수가 상당했다. 그리고 그들 전부가 어쌔신 길드와 접촉한 증거가 드러난 이들이었다.

영주 성으로 압송되는 수많은 사람 중에 어쌔신 길드의 위치를 알고 있는 사람이 나올 수도 있는 것이다. 그리고 그건 영주 성으로 잡혀 들어오는 사람이 많으면 많을수록 확률이 높아지는 것이었다.

레츠의 활약이 뛰어나면 뛰어날수록 불안해지는 것은 귀족들이었다.

레츠의 손에 어쌔신과 접촉한 의뢰인들의 명단이 쌓여 간다는 소문이 돌자, 귀족들의 동요가 겉으로 드러날 정도였다.

귀족에게 있어 어쌔신은 물과 불의 관계였다.

매년 수많은 귀족들이 어쌔신들에 의해 암살 위협에 시달리고 있으며, 실제로도 상당수의 귀족들이 살해당하고 있었다.

이런 점만 놓고 봤을 때는, 귀족들과 어쌔신은 같은 하늘 아래 존재할 수 없는 철천지원수지간으로 볼 수 있었다. 하지만 현실은 그렇지 않았다.

어쌔신 길드에 의뢰되는 귀족 암살 건의 대부분이 그들과 똑같은 신분을 소유한 귀족들의 의뢰였다.

자신의 손을 더럽히지 않고, 증거도 없이 깔끔하게 정적을 처리할 수 있는 방법 중 하나가 어쌔신 길드에 의뢰하는 것이다. 의뢰비가 높아서 그렇지 성공 확률도 매우 높았다.

자신이 어쌔신의 암살 목표가 되지 않는다는 전제하에서, 귀족들에게 어쌔신들은 그저 써먹기 좋은 도구일 뿐이었다. 하지만 그것도 자신의 신분이 노출되지 않았을 때에나 가능한 것이었다.

지금처럼 남에게 숨기고 싶은 정보가 드러나게 된다면, 어쌔신을 고용하는 귀족은 없을 것이다.

레츠의 활약이 대단하면 대단할수록 뒤가 구린 귀족들이 아무도 모르게 레츠와 일대일 면담을 원하고 있었다.

레츠가 어디까지 정보를 습득했는지 파악하기 위해서였다. 그렇지만 소영주의 신분이 된 레츠를 마음대로 만날 수는 없었다. 따로 이유가 없는 한 레츠와의 면담은 없었다. 그렇게 되자 더욱 몸이 달아오르는 귀족들이었다.

레츠와 직접 만날 수 없다면, 자신을 대신해 레츠를 만나 줄 이를 찾기 시작하는 귀족이 늘어났다. 귀족들이 레츠의 가족을 찾기 시작한 것이다.

리콘은 용병 길드로 끊임없이 밀려오는 귀족들의 행렬에 할 말을 잃어버렸다.

레츠가 소영주의 자리에 올랐을 때도, 이 정도로 많은 귀족들이 찾아오지는 않았었다. 그리고 귀족들은 맨손으로 찾아오지도 않았다.

리콘은 레츠에게 해가 될까 봐 귀족들이 건네주는 것은 그것이 무엇이든 무조건 거절했다.

자신이 무언가를 받는 순간, 그것은 대가성 뇌물이 된다는 것을 잘 알고 있기 때문이었다.

리콘이 귀족들의 선물을 거절하고 있는 그때, 솔첸과 라이덕은 귀족들의 선물을 얼씨구나 하면서 찔러 주는 대로 주워 담기 바빴다.

지금 받는 것의 두 배에 달하는 무언가를 해 줘야 한다는 사실을 알고 있었지만, 귀족들이 건네는 선물을 거절하지 않고 받았다.

솔첸과 라이덕은 귀족들이 자신에게 원하는 것이 있어서 이런 선물을 건네는 게 아니란 것을 잘 알고 있었다. 귀족들은 자신들이 아닌, 레츠와 어떻게든 연결 고리를 만들고 싶어 한다는 것을 말이다.

귀족들을 레츠에게 소개시켜 주는 것이야 어려운 일이 아니었다. 귀족들이 레츠와의 인연을 어떻게 발전시켜 가는지는 개인의 능력에 달린 것이다. 그것까지 책임져 줄 수는 없는 것이다.

레츠는 자신으로 인해 리콘이 어떤 상황에 놓이게 됐는지 잘 알고 있었다. 이미 어쎄신들을 잡아들임으로 해서 귀족들이 어떤 반응을 보일지 충분히 예상하고 있었다. 그리고 그 대상이 자신이 아닌 리콘이 될 거란 것도 이미 예상하고 있었다. 자신은 절대로 귀족들을 만나지 않을 테니까 말이다.

레츠는 곧바로 리콘에게 사람을 보냈다. 귀족들이 건네는 선물을 받아 두라고 말이다.

특히 현금이나 보석 종류로 건네는 것은, 그것이 노골적인 뇌물이라도 무조건 다 받으라고 했다. 리콘이 왜냐고 물으니, 훗날 영지를 다스리게 됐을 때 사용될 자금이라고 했다.

리콘에게는 영주가 된 후에 사용될 여유 자금이라고 말했지만, 레츠는 크렌스피 영지의 영주가 되기 전에 자신만의 비밀 단체를 만들 생각이었다. 자신의 뜻에 무조건적으로 복종하는 이들을 체계적으로 길러 낼 생각이었다.

한 단체를 만들고 유지하는 데 천문학적인 자금이 들어가는 것은 당연했다. 레츠는 지금부터 그에 따르는 자금을 모아 둬야 했다.

"소영주님, 란스 자작께서 만나 뵙기를 청하십니다."
"알겠다."

하인이 조심스레 들어와서 레츠에게 란스 자작이 찾아왔다는 이야기를 전했다. 그러자 레츠는 책상 위에 이리저리 어질러져 있는 것을 치우기 시작했다. 남에게 보여서는 좋을 것이 없는 내용을 다루고 있었기 때문이다.

"들어오시라고 해라."

"알겠습니다."

하인이 문을 조심스레 닫고는 사라졌다. 이후 조금 소란스러워지더니 란스 자작과 테일 남작이 들어왔다.

"어서 오십시오, 그런데 어쩐 일이십니까? 이렇게 저를 다 찾아오시고 말입니다."

"이번에 소영주에 오르신 것과 영애님과의 결혼을 축하할 겸해서 왔습니다."

"하하하! 이거 감사합니다. 그렇지 않아도 4대 가문의 수장 분들과 함께하는 자리를 마련하려고 생각하고 있었습니다."

"그렇습니까? 이거 저희가 시간을 잘 맞춘 것 같습니다."

레츠와 가신들은 서로 덕담을 나누면서 가볍게 차를 한 잔씩 마셨다. 그러면서 서로 가슴에 품고 있는 생각은 꺼내지 않았다. 그러다 레츠가 본격적인 내용을 꺼냈다.

"이제 서로 인사치레는 하였으니, 저를 찾아오신 이유를 말씀해 보시지요."

"소영주님께서 먼저 말을 꺼내 주시니, 제가 말하기가 한결 편해지는군요. 다름이 아니라, 소영주님께서 여기 있는 이 친구를 좀 구제해 주셨으면 해서입니다."

"그게 무슨 말씀이십니까?"

레츠는 란스 자작의 말에 이해할 수 없다는 표정을 지었다.

"영주님께서는 이번 암살 사건의 배후에 귀족들이 연루되어 있다고 생각하고 있습니다. 그것도 여기에 있는 테일 남작을 가장 의심하고 계십니다."

"테일 남작을 말입니까? 조금은 당황스럽지만, 영주님께서 아무런 증거도 없이 심증만으로 테일 남작을 의심하지는 않을 것입니다."

"솔직히 말해서 저도 처음에는 테일 남작을 의심했었습니다. 그런데 요 며칠 사이 테일 남작이 하는 모습을 보고는 그 생각을 철회했습니다. 소영주님, 오늘 이 친구가 무얼 했는지 아십니까? 영주님께 자신의 무죄를 입증하겠다고 집에서 목을 매달았습니다."

"정말입니까?"

레츠가 란스 자작의 이야기를 듣고는 테일 남작을 바라봤다. 그러자 가만히 자리를 차지하고 있던 테일 남작이 나직하게 말을 꺼냈다.

"저는 정말로 마르체나에 대한 암살을 의뢰하지 않았습니다!"

자신의 무죄를 주장하는 테일 남작이었다. 그러나 허무하면서도 아무런 생기도 느껴지지 않는 목소리였다.

레츠는 이런 목소리를 들어 본 경험이 있었다. 윌이 삶이 아닌 죽음을 택했을 때 했던 말과 똑같았다.

윌을 떠올려서 그런지 레츠의 심기가 불편했다.

"설마 했는데, 란스 자작님의 말이 사실이군요. 자신의 무죄를 주장하기 위해서 죽음을 택하시다니. 실망입니다, 테일 남작님."

노골적으로 불편한 심기를 드러내는 레츠였다. 이렇게 되자 오히려 란스 자작이 당황하기 시작했다.

"소영주님, 테일 남작에게 너무 화를 내시진 말아 주십시오. 테일 남작도 얼마나 힘들었으면 자살할 생각까지 했겠습니까."

란스 자작의 말에 절로 고개가 끄덕여지는 레츠였다.

레츠가 생각하는 테일 남작은 누가 뭐라고 하든 자신이 옳다고 여기는 것을 끝까지 밀고 나갈 수 있는 추진력을 가지고 있는 사람이었다.

그런 점이 너무 지나쳐 독단적이고 외골수적으로 비춰지는 문제만 없다면 말이다.

자신의 가치관이 정확한 테일 남작이 누명에 빠졌다고 자살을 시도했다니 정말 생각지도 못한 일이었다.

"이번 마르체나 사건과는 무관하다면서요. 그런데 무엇이 문제입니까? 저는 테일 남작님의 행동을 이해할 수 없습니다."

"영주님이 제 결백을 믿어 주지 않습니다."

테일 남작의 말에 레츠는 헛웃음을 쳤다. 너무도 치기 어린 이유라고 여긴 것이다. 그러나 란스 자작은 레츠와는 조금 달랐다. 테일 남작에게 네이드빌 영주의 신뢰가 어떤 의미인지 조금은 알고 있었기 때문이다.

"영주님이 테일 남작님의 결백을 믿어 주지 않는다고요? 하지만 여기 계신 란스 자작님은 테일 남작님의 결백을 믿어 주지 않습니까?"

레츠의 말에 테일 남작이 고개를 들어 란스 자작을 바라봤다.

란스 자작과 테일 남작은 서로 신분 차이를 떠나 어릴 적부터 허물없이 지낸 친구 사이였다. 그런 자신의 오랜 지기의 얼굴이 많이 상해 있었다.

자신이 자살을 시도했다는 소식을 접한 이후 많이 힘들어했다는 것을 느낄 수 있었다.

"제가 테일 남작님께 이런 말을 하게 될 줄은 정말 몰랐습니다. 큼큼. 저도 란스 자작님처럼 테일 남작님의 결백을 믿습니다. 그리고 제가 영주님께 그 결백을 증명해 보이겠습니다."

레츠는 무엇이 그리 민망했는지 말하는 도중 몇 번이나 헛기침을 해 댔다.

"거봐라. 내가 뭐라고 했냐? 소영주님은 너의 결백을 믿어 줄 거라고 했지."

란스 자작의 말에 테일 남작이 고개를 끄덕이며 동조했다.
그의 눈빛에 삶에 대한 욕구가 조금씩 묻어 나오고 있었다.

레츠의 지시로 위릿이 네이드빌 영주의 총애를 받고 있는
마르체나를 암살하려고 했다.

끝내 마르체나를 죽이지 못하고 미수로 끝난 사건이었지만,
이 사건 하나로 크렌스피 영지가 발칵 뒤집혔다.

무슨 일이 일어나더라도, 그것이 세상이 뒤집히는 사건이라
하더라도, 네이드빌 영주와 가신들은 절대 반목해서는 안 된
다. 그런데 지금 네이드빌 영주와 가신들 사이가 눈에 보일 정
도로 삐걱거리기 시작했다.

평민인 마르체나가 죽고 사는 문제는 귀족들에게는 정말 아
무런 일도 아니었다. 그러나 네이드빌 영주에게 있어서는 심
각한 문제였다.

자신의 권위에 정면으로 도전하는 이가 나타난 것이기 때문
이다. 네이드빌 영주는 이 일을 결코 조용히 넘어갈 생각이 없
었다.

네이드빌 영주와 가신들 사이가 삐걱거리자 레츠의 몸값이
올라가기 시작했다.

어쌔신들을 토벌하는 데 가시적인 성과를 거두자 네이드빌
영주와 가신들 사이를 중재할 수 있는 유일한 존재로 부각되
었다. 범인을 잡기 위해서는 우선적으로 어쌔신 길드를 토벌

해야 하기 때문이다.

레츠가 네이드빌 영주에게 어쌔신을 잡는 역할을 자청한 이유가 여기에 있었다.

귀족들을 압박하여 자신의 정치적 입지를 키우고, 뒤에서는 귀족들이 찔러 주는 돈을 챙기기 위해서였다. 그런데 생각지도 못한 월척이 걸려들려 하고 있었다.

레츠가 어쌔신을 잡는다고 영지를 한바탕 뒤집어엎어 버리자, 사건의 당사자인 어쌔신 길드의 마스터인 레커트는 속에서 끓어오르는 화를 참아 내지 못하고 있었다.

한평생을 바쳐서 일궈 놓은 길드가 단 며칠 사이에 한 사람에 의해 속수무책으로 무너져 내리고 있었기 때문이다.

있어서도, 있을 수도 없는 일이 현재 일어나고 있었다.

"마스터님, 결단을 내리셔야 합니다."

"그렇습니다. 더 이상은 뒤로 물러설 곳도 없습니다."

페일과 콜린이 레커트에게 결단을 내리길 강요하고 있었다.

그동안 레츠로 인해 어쌔신 길드는 상당한 타격을 입었다. 무력만을 놓고 봤을 때는 예나 지금이나 별반 달라진 것은 없었다. 그렇지만 그런 무력을 움직일 수 있게 보조해 주는 손발이 잘려 나가고 있었다.

이는 심각한 상황이었다. 어떻게 해서든 어쌔신 길드에서 대책을 세워야 했었다. 하지만 그렇게 하질 않았다.

크렌스피 영지 안에 길드가 존재하는 이상, 네이드빌 영주와 맞서서는 길드에 악영향만 끼칠 것이 자명했기 때문이다.

영주 성 안에서 지내는 마르체나에 대한 암살 의뢰를 받아들인 순간, 네이드빌 영주와는 절대 공존할 수 없게 된 것이 사실이었다. 하지만 어쌔신 길드는 언제나 귀족들과 같은 하늘 아래 존재할 수 없는 존재였다. 이제 와서 새삼스러울 것도 없었다.

네이드빌 영주의 분노는 당연했다. 레커트도 예상하고 있었으며, 그에 따른 대비도 충분히 준비해 놓았다.

막말로 길드가 반 토막 나더라도 다시 재건할 수 있는 충분한 자금을 확보하고 있었다. 그러한 자금을 제시했기에 마르체나에 대한 암살 의뢰를 받아들인 것이다.

모든 것을 다 따져 보고 마르체나에 대한 암살 의뢰를 받아들인 것이었는데, 현실은 냉혹하기만 했다. 어떻게 된 일인지, 어쌔신 길드에 치명적으로 작용할 수 있는 정보가 레츠의 손으로 넘어간 것이다.

레츠는 철저하게 어쌔신 길드의 약점을 파고들었다. 그러했기에 어쌔신 길드의 실질적인 무력은 그대로 유지되고 있는 것이었다. 하지만 무력만으로는 길드를 운영할 수 없었다. 이건 기본이었다.

길드원들도 이 같은 사실을 알고 있었다. 더 이상 어둠 속으로 숨어들어서는 살아남을 수 없다는 것을 말이다.

차라리 길드를 타 영지로 이전하는 한이 있더라도 레츠의 앞길을 막아서야 한다고 주장하고 있었다.

무력은 충분했다. 괜히 어둠 속에 숨어든 세력 중 최정상에 위치하고 있는 것이 아니었다.

아무리 크렌스피 영지의 소영주라고 해도 어쌔신 길드를 무시할 수 없었다. 아니, 어쌔신 길드가 보유한 무력을 무시할 수 없는 것이다.

"소영주가 아무래도 도둑 길드와 손을 잡은 것 같습니다. 이 세계에서 저희 길드보다 앞선 정보력을 보유하고 있는 곳은 도둑 길드뿐입니다."

페일의 말에 레커트가 고개를 끄덕였다. 그도 이번 일에 도둑 길드가 개입되어 있을 것이라고 짐작하고 있었다.

어쌔신을 잡을 수 있는 방법 중의 하나가 도둑 길드가 갖고 있는 정보니 말이다.

"도둑 길드가 개입되어 있다면, 이곳의 위치도 얼마 못 가 밝혀질 것입니다. 그 전에 저희 쪽에서 먼저 선수를 쳐야 합니다."

"그렇습니다. 저희 쪽에서 먼저 움직이면, 아무리 기사단이라도 충분히 해 볼 만합니다."

레커트도 알고 있었다. 그리고 충분히 분노하고 있었다.

기사단이라고 하지만, 무력에서는 자신들도 절대 뒤지지 않았다. 어둠 속으로 몸을 감춘 것은 그들이 무서워서가 아니라

더러워서 피할 뿐이었다.

"좋다. 소영주와 그가 이끄는 기사단들에게 길드의 힘을 절실히 깨닫게 해 준다. 그러고는 크렌스피 영지를 뜬다."

"넵."

제국을 놓고 봤을 때는 중소 규모의 길드일 뿐이지만, 그래도 길드원들의 실력 하나만큼은 어디에 내놔도 전혀 손색이 없었다.

크렌스피 영지에 어쌔신 길드를 세우기 위해서 수많은 이들이 피를 흘려야 했다. 그 피를 헛되게 할 수 없었다.

어쌔신 길드의 힘을 보여 줄 것이다.

어쌔신이라고 해서 정면 대결을 펼치지 않는 것이 아니다. 길드의 힘으로 충분히 기사단을 찍어 눌러 버릴 수 있었다. 그들은 그렇게 생각했다.

어쌔신 길드가 기사단과 한판 붙을 결심을 하고 있는 그때, 레츠는 이미 어쌔신 길드의 위치를 파악한 후였다.

레츠는 이미 기사단을 웨리스 마을에 잠입시켜 놓았다. 기사단은 지금 어쌔신 길드에 대한 포위를 끝내고는 레츠의 명령이 떨어지기만을 기다리고 있었다.

정확한 위치를 몰랐다 뿐이지, 어쌔신 길드가 웨리스 마을에 자리하고 있다는 사실은 이미 알고 있었다. 위럿이 어쌔신 길드의 위치를 파악할 때쯤 해서, 기사단을 웨리스 마을에 대기시켜 놓은 것은 너무나 당연한 일이었다.

위릿이 어쌔신 길드를 찾아내는 순간, 곧바로 기습하기 위한 행동이었다.

위릿이 웨리스 마을에서 어쌔신 길드를 찾는 동안 어쌔신들의 눈과 귀를 잡아 두기 위해 정말 한바탕 요란스럽게 유난을 떨었다.

그 결과, 귀족들로부터 부수입도 얻어 내고 말이다. 그러고는 원래 목표였던 어쌔신 길드를 노리기 위해, 아무도 눈치 채지 못하게 기사단을 웨리스 마을에 대기시켜 놓기까지 했다.

경쟁자와 똑같이 행동해서는 절대 우위를 차지할 수 없다.

무언가를 결정했을 때, 단숨에 밀고 들어갈 수 있는 추진력이 필요했다. 그러기 위해서는 그 누구보다 뛰어난 정보와 그 정보력을 뒷받침할 수 있는 무력을 보유하고 있어야 했다.

레즈는 지금 그 모든 것을 손에 넣고 있었다. 그러하기에 행동에 거침이 없었다. 자신감에서 뿜어져 나오는 추진력이라 할 수 있었다.

상대방의 움직임에 맞춰서 행동하는 것은 있을 수도 없는 일이다. 상대방의 움직임에 맞춰서는 자신이 원하는 것을 절대 손에 넣을 수 없었다.

상대방을 자신의 손아귀 안으로 끌어들일 수 있어야 한다. 자신이 가장 자신하는 것으로 상대를 상대할 수 있어야 했다. 그런 것이 진정한 능력이었다.

"소영주님, 어쌔신 길드의 움직임이 심상치 않습니다. 어쌔신들이 길드 사무실로 모여드는 것이 무언가를 꾸미고 있는 것 같습니다."

"훗."

위릿의 말에 코웃음 치는 레츠였다.

"아무래도 기사단을 향해 검을 겨눌 것 같습니다. 이에 대비하는 것이 좋겠습니다."

"하하하! 이제 와서 과연 무엇을 할 수 있단 말인가! 어쌔신들이 기사들의 포위를 뚫고 빠져나올 수나 있을까? 아니, 자신들이 포위당했다는 사실이나 알고 있을까?"

"그래도 어쌔신입니다. 어떤 움직임을 보일지 예측하기 어렵습니다."

"예측할 필요도 없다. 그들이 어떻게 행동할지는 이미 눈에 선하다. 목숨을 도외시하고 정면 돌파를 시도할 것이다."

레츠의 말에 위릿의 눈썹이 꿈틀거렸다. 머릿속에서 기사단과 어쌔신들 간의 무력 차이를 가늠해 보고 있었다.

"정면 돌파 말입니까? 그렇게 되면 기사단의 피해가 심해질 수 있습니다."

"걱정하지 마라. 어쌔신들이 공격하기 전에 우리가 먼저 선수 칠 것이다."

기사단이 공격을 감행해야 어쌔신들은 자신들이 포위당했다는 사실을 깨닫게 될 것이다.

"우리도 더 늦기 전에 출발하자. 기사단을 이끄는 단장으로서 선두는 내 몫이니까 말이다."

레츠가 기사단을 향해 움직였다. 그리고 반격을 준비하고 있을 어쌔신 길드의 마스터를 생각하며 한껏 비웃어 줬다.

늦다. 어쌔신 길드의 반응은 생각했던 것보다 너무 늦었다. 아니, 너무 어중간한 시기에 반응을 보이고 있다는 게 정확할 것이다.

레츠에게 맞서기로 정했다면, 지금보다 배는 빠르게 움직였어야 했다. 그래야 레츠와 기사단에 타격을 줄 수 있었을 것이다. 그런데 지금은 이미 반격에 대한 대비도 마쳤으며, 오히려 레츠가 선제공격을 하려고 하고 있었다.

차라리 지금처럼 아무런 반응도 없이, 완벽하게 모습을 감추는 게 어쌔신 길드를 위해서는 나은 결정이었다. 하지만 현실은 어쩔 수 없었다. 어쌔신 길드가 보유한 정보력이 레츠에 미치지 못하기 때문이다.

크렌스피 영지의 소영주란 지위에서 얻게 되는 정보력과 도둑 길드의 자체 정보력이 합쳐진 레츠의 정보력은 정말 막강했다. 크렌스피 영지 내에서만큼은 단연 최고였으니 말이다.

웨리스 마을에 있는 유일할 도서관 건물이 어쌔신들의 안식처로 활용되고 있었다.

2층으로 되어 있는 도서관이었다.

"어쌔신들이 자신의 모습을 감추기 위해 길드 건물을 도서관으로 만들어 버린 건가. 정말 대단하군."

레츠는 도서관 건물을 올려다보며 감탄하고 있었다. 아무도 예상하지 못한 곳에 보금자리를 마련하고 있었던 것이다.

어둠에 속해 있는 길드들은 전부라고 할 정도로 사람들의 눈과 귀에서 멀어져야 한다. 그러면서도 많은 사람들이 자연스럽게 드나들 수 있어야 한다.

길드에 속해 있는 길드원들이 자신의 신분을 감추고 손쉽게 드나들 수 있게 만들어야 하는 것이다.

뜨내기 사람들이 드나들 수 있는 여관이나 술집 등을 길드에서 운영하는 이유도 여기에 있었다. 자신들의 진면목을 숨기는 데 이만한 위장술도 없었다. 그런데 어쌔신 길드는 이보다 한발 앞서서 자신들을 숨기고 있었던 것이다.

"도서관입니다. 일반인이 포함됐을 가능성이 높습니다."

"일반인이라고? 그걸 누가 확인시켜 줄 수 있는데? 자네는 어쌔신과 일반인을 구별할 수 있나? 그리고 이렇게 아침 일찍부터 도서관을 찾는 이들이 몇이나 될까?"

위클렌트는 레츠의 말에 침묵할 수밖에 없었다. 이번 일에 일반인을 끌어들이고 싶지 않았지만, 그도 어쌔신을 구별할 방법이 없었다.

"도서관 안에 있는 사람들은 전부 어쌔신이다. 어린이, 여자, 노인을 가릴 것 없이 전부 어쌔신이다."

"알겠습니다."

"기사단을 준비시켜라."

위클렌트는 블랙윙 기사단의 최고참이었다. 임시 기사단장이 된 레츠와 기사단원 간의 가교 역할을 하고 있었다.

레츠의 명령이 떨어지자, 위클렌트가 기사단을 이끌고 나타났다. 어쌔신과의 사투를 대비해 완전 무장을 마친 상태였다.

"위클렌트, 대원들에게 확실하게 주지시켰겠지? 다시 한 번 말하지만, 우리는 이곳에 대결을 펼치러 온 것이 아니다."

"알겠습니다, 소영주님."

기사들은 목숨을 걸고 하는 대결이라고 해도 예와 식을 따졌다. 그것이 적이라고 해도 마찬가지였다. 하지만 레츠는 그걸 받아들일 수 없었다.

레츠는 이곳에 대결을 펼치러 온 것이 아니었다. 어쌔신들을 토벌하기 위해 찾아온 것이다.

"지금부터 어쌔신들이 영주 성 안으로 넘어 들어온 것에 대해 징벌을 내린다. 3인 1개조로 움직이며, 반항하는 자는 죽여도 무방하다."

"알겠습니다."

"선두는 내가 맡는다."

도서관 앞에 기사단이 모습을 드러내자, 사람들이 웅성거리는 소리가 커져 갔다. 더 이상 지체할 수 없었다.

레츠가 선두에 서서는 도서관으로 뛰어 들어갔다. 기사단들도 이에 질세라 레츠의 뒤를 이어 도서관으로 들어섰다.

쾅!

문을 박차고 도서관 안으로 난입을 시도했다.

"꺄악!"

갑자기 들려온 굉음에 도서관 사서인 여인이 비명을 토해 냈다.

갑작스런 굉음에 비명을 토해 냈지만, 사서가 급하게 자신의 입을 막았다. 자신이 도서관 안에서 소리를 질렀다는 사실을 깨달은 것이다.

문을 박차고 들어선 레츠는 모든 사람들의 시선이 자신에게 쏠리는 것을 느낄 수 있었다.

"나는 크렌스피 영지의 소영주인 레츠 크렌스피다. 모두 그 자리에서 움직이지 마라. 이곳이 어쌔신 길드란 사실이 밝혀졌다. 조금이라도 움직인다면, 그 즉시 어쌔신으로 간주할 것이다."

레츠의 외침이 터지자 도서관 안은 쥐 죽은 듯 고요해졌다. 어쌔신이라니, 도서관에 있는 사람들이 황당해져서 어이없다는 표정을 했다. 하지만 레츠에 이어 기사단이 도서관 안으로 밀고 들어오자 무슨 일인가가 정말 벌어졌다는 걸 깨달았다.

도서관에 갑옷과 검으로 무장한 무리가 들이닥치다니, 그것도 영지의 소영주라고 자신을 소개한 이까지 있었다. 조용했던 도서관의 웅성거림이 커져 갔다.

"정숙해 주십시오. 이곳은 도서관입니다. 무언가를 오해하신 것 같네요."

사서가 자리에서 일어나 레츠에게 다가왔다. 사서가 조심스레 말을 걸어왔지만, 레츠는 이를 무시하고 뒤따라 들어오는 기사단을 향해 고개를 돌렸다.

"다시 한 번 말하지만, 어린이, 여자, 노인을 조심해라."

"알겠습니다."

기사단은 레츠를 지나쳐 도서관에 들어온 사람들을 강제로 한쪽으로 몰고 가기 시작했다. 지정된 장소에 사람들을 모아 놓고 감시하기 위해서였다.

"이게 무슨 소리지?"

레커트가 1층에서 들리는 소리에 페일에게 물었다. 하지만 계속 레커트 옆에 붙어 있던 페일이 1층에서 일어나는 소란의 원인을 알 수는 없었다.

"지금 가서 알아보고 오겠습니다."

"그러도록."

레커트는 블랙윙 기사단에 맞서기로 작정하고는 흩어져 있던 어쌔신들을 길드로 불러들이고 있었다.

큰 싸움을 앞두고 상당히 예민해져 있었던 터라 작은 소란에도 민감하게 반응할 수밖에 없었다.

페일이 돌아오길 기다리고 있던 레커트는, 헐레벌떡 뛰어오는 콜린을 확인할 수 있었다.

소란을 알아보기 위해 페일을 보냈는데 콜린이 나타난 것이다. 둘이 서로 엇갈린 모양이었다.

"마스터님, 습격입니다."

"뭐야! 도대체 무슨 소리를 하고 있는 것이냐!"

"블랙윙 기사단입니다. 적에게 길드의 위치가 발각된 것 같습니다."

"젠장."

콜린의 말에 자리를 박차고 일어났던 레커트의 얼굴에 당황한 표정이 역력했다.

"피해 상황은?"

"1층의 절반이 이미 적들의 손에 넘어갔습니다. 적들이 완전 무장까지 하고 있어서 반격이 여의치 않습니다."

"어떻게 기사단의 접근을 눈치 채지 못할 수가 있었단 말이냐? 그것도 완전 무장을 한 기사단을 말이다."

"죄송합니다. 제 불찰입니다."

지금 일어나고 있는 현실을 믿을 수 없는 레커트였다.

아무리 어쌔신 길드가 정보력에서는 도둑 길드에 밀린다고 하지만, 어떻게 완전 무장을 갖춘 기사단의 움직임을 놓칠 수가 있는지 믿을 수가 없었다. 그것도 결전을 앞둔 상대였는데 말이다.

"마스터! 마스터!"

레커트는 현실을 받아들이지 못하고 잠시 정신을 놓고 있었다. 콜린이 외치는 소리를 듣고서야 자신이 이렇게 넋 놓고 있을 때가 아니란 것을 깨달았다.

"건물 내에 있는 어쌔신의 숫자가 얼마나 되지?"

"채 50명이 안 되는 것으로 알고 있습니다. 그것도 대부분이 2층에 모여 있습니다."

"절반에도 미치지 못하는 숫자인가."

레커트는 생각하고 또 생각했다. 지금 자신이 무엇을 해야 하는지를 빠르게 판단해야 했다.

"우선 길드원들과의 합류가 우선이다."

"제가 앞장서겠습니다."

레커트와 콜린이 지하 은신처를 빠져나왔다.

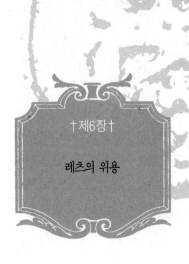

†제6장†

레츠의 위용

레츠를 따라 도서관에 들어온 위릿은 감회가 새로웠다.

어쌔신 길드의 위치를 알아내기 위해 얼마나 많은 노력을 기울였는지 이루 말할 수 없었다.

위릿은 자신의 실수를 만회하기 위해 정말 눈물겨운 노력을 기울였다. 무슨 수를 쓰더라도 일주일이라는 기한 내에 어쌔신 길드를 찾아내야 했던 것이다.

시간이 촉박할 수밖에 없었다. 그리되자 무리수를 두게 되었으며, 어쌔신들에게 발각되기도 했다. 결과적으로 어쌔신 길드를 찾아냈지만, 그 과정에서 많은 수의 길드원들이 죽어 나갔다.

위릿은 그 피에 대한 대가를 받아 내야 했다. 하지만 도둑 길드의 무력으로는 어쌔신들을 직접 상대할 수 없었다.

분통이 터지는 일이지만 그것이 현실이었다. 대신 도둑은 도둑으로서의 능력을 발휘하면 되는 것이다.

위릿에게 레츠의 은밀한 명령이 따로 내려왔다. 어쌔신 길드의 위치를 찾아내는 것만큼 중요한 일이었다. 어쌔신들이 도서관을 길드로 이용해 왔다는 증거를 찾아내야 했다.

도서관이 어쌔신 길드인 것은 분명했다.

위릿이 확인하고, 또 확인을 했기에 확실했다. 그러나 위릿은 이를 증명할 증거를 확보하는 데까지는 실패했다.

도서관 안으로 도둑을 잠입시켜 보지도 못했다. 도둑 길드의 능력으로는 어쌔신 길드의 위치를 파악한 것으로 만족해야 했다.

기사단이 휩쓸고 지나간 곳을 위릿과 도둑 길드원들이 찾아들어가 구석구석을 열심히 뒤지기 시작했다. 레츠의 지시로 숨어 있는 비밀 장소를 찾는 것이다.

그때, 튼튼하게 고정되어 있는 줄로만 알았던 책장이 반쯤 돌아가더니, 지하 통로로 연결되는 계단이 나타났다. 지하를 빠져나온 레커트와 비밀 통로를 찾고 있던 도둑 길드원들이 마주친 것이다.

먼저 움직인 것은 콜린이었다.

가장 가까이에 위치해 있는 자를 노려 단검을 집어 던졌다.

"피해!"

위릿의 외침이 터진 것도 그때였다. 하지만 이미 늦은 대처였다.

생각지도 못하게 레커트와 조우한 위릿은 처음에 어정쩡하게 그들을 대했다. 그리고 그 대가는 참혹했다.

방금 전까지 같이 살아 숨 쉬던 동료가 콜린이 던진 단검에 의해 피를 뿌리며 뒤로 넘어갔다. 손도 써 보지 못하고 죽은 것이다.

"피해! 빨리 피하란 말이야!"

지금은 죽은 동료를 안타까워하고 있을 때가 아니었다.

위릿은 목이 터져라 외쳐 댔다. 눈앞에 갑자기 나타난 어쌔신들을 상대할 실력을 갖추지 못했다. 무조건 몸을 피해야 했다.

레커트는 레커트대로, 위릿을 살려 보낼 수는 없었다. 아직 자신의 존재를 들켜서는 안 되었다. 최소한 2층에 있는 동료와 합류하고 난 이후여야 했다.

레커트는 위릿 일행을 보는 순간, 이들이 도둑 길드원이란 사실을 느낄 수 있었다. 하지만 이들의 신분은 중요하지 않았다. 그저 최대한 빠르게, 그리고 조용히 눈앞에 있는 위릿 일행을 죽여야 했다.

레커트가 앞장섰으며 콜린이 그 뒤를 따랐다.

레커트의 움직임이 기묘하게 변하기 시작했다. 단검이 허공을 화려하게 수놓았다.

"네트, 뒤로 피해!"

위릿의 다급한 목소리가 터져 나왔지만, 이미 늦었다. 레커트의 단검이 네트의 목을 꿰뚫은 것이다.

네트가 죽는 모습에 위릿은 등줄기를 타고 지나가는 한기를 느낄 수 있었다. 이는 다른 이들도 마찬가지였을 것이다. 무력에서 너무도 큰 차이를 보이고 있었다.

비밀 통로에서 모습을 드러낸 어쌔신들의 실력이 상당했다. 벌써 두 명의 동료가 눈 깜박할 사이에 죽었다. 이들의 손아귀에서 몸을 피하는 것조차 힘들 것 같았다.

레커트와 콜린을 피하기 위해 이곳을 빠져나갈 수도 없었다. 이곳을 벗어나기 위해서는 등을 보여야 했고, 등을 보인 순간 이들의 손에 죽는다는 것을 본능적으로 알 수 있었다.

위릿이 죽어 있는 동료를 바라보며 입술을 깨무는 횟수가 점점 많아졌다.

처음 레츠는 위릿을 위해 따로 기사를 배정해 줬었다. 도둑 길드원들의 안전을 위한 조치였다. 그러나 위릿은 레츠의 배려를 정중히 거절했다.

숨겨진 비밀 통로를 찾는 모습을 기사에게 보여서 좋을 게 없다는 판단 때문이었다. 비밀 통로를 찾는 모습을 보고 혹시라도 정체가 탄로 날까 염려했기 때문이다. 그런데 지금에 와서는 자신의 그런 결정을 후회했다.

한 번의 선택이 생사의 기로에 놓이게 될 줄은 미처 생각지 못했다.

위릿의 얼굴을 타고 땀방울이 흘러내렸다. 이도 저도 못하는 현실이 막막하기만 했다. 그때 남아 있는 수하들이 위릿에게 말했다.

"마스터, 먼저 몸을 피하십시오. 여기서 다 개죽음당할 필요는 없습니다."

"바울의 말에 찬성입니다. 길드를 위해서 저희 둘보다는 마스터께서 살아남으셔야 합니다."

"나 살자고 수하들을 죽이란 말이냐!"

바울과 호린의 말에 위릿이 버럭 화를 냈다. 그렇지만 바울과 호린은 위릿이 어떤 반응을 보이든 아예 신경도 쓰지 않았다. 이곳에 없는 사람 취급하고 있었다.

위릿은 그 모습을 보고 다시 화를 내려고 했다. 그러나 끝내 턱밑까지 치고 올라오는 말을 토해 낼 수는 없었다.

위릿은 자신을 살리려고 레커트에 맞서는 바울과 호린이 떨고 있는 모습을 발견했기 때문이다. 바울과 호린은 죽는다는 생각에 그 두려움을 온몸으로 표현하고 있었다.

왜 두렵지 않겠는가?, 어쌔신들을 피해 미친 듯이 도망치고 싶을 것이다. 그러나 그렇게 하지 않았다.

도둑 길드를 위해 위릿을 살려 보낸다? 아니다. 도둑 길드를 위해서 선택한 것이 아니었다. 자신들을 위해 선택한 것이었다.

바울과 호린도 자신들이 여기서 살아남지 못한다는 사실을 알고 있었다. 그만큼 어쌔신들의 실력이 발군이었다.

아무리 발악을 해도 자신이 살아남을 수 없다면, 동료 중 누군가는 살리고 싶었다. 그것이 위릿이었고 말이다.

만약 이곳에서 위릿이 살아남는다면, 위릿은 바울과 호린의 남겨진 가족을 보살펴 줄 것이었다.

위릿도 자신이 왜 살아남아야 하는지를 알 수 있었다. 바울과 호린이 무엇을 원하는지를 말이다.

"네놈들이 원하는 대로 살아 줄 테니, 내가 몸을 피할 수 있도록 확실히 막아라."

위릿의 목소리는 장난스러웠지만, 남겨진 자를 위한 연민과 안쓰러움이 고스란히 묻어 나오고 있었다.

"이놈들은 걱정하지 마시고 똥줄 빠지게 도망이나 치십시오."

"남겨진 자들은 아무 걱정 하지 마라. 네놈들의 가족은 내가 확실히 보살핀다."

바울과 호린은 듣고 싶었던 말을 들어서 그런지, 마음이 차분해지며 두려움을 제법 이겨 낼 수 있었다.

"누가 언제 보내 준다고 하더냐! 여기 있는 놈들은 단 한 명도 살아 돌아갈 수 없다!"

레커트는 속에서 터져 나오는 울분을 참지 못하고 터트렸다.

위릿을 향해 마스터란 호칭을 사용하는 것으로 봐서는 위릿이 도둑 길드의 수장인 것 같았다.

처음에 마주쳤을 때는 서로의 신분을 알아보지 못해서, 서로에 대해 별다른 감흥이 없었다. 하지만 위릿의 신분을 알게 된 지금은 아니었다.

위릿이 도둑 길드의 수장이었다.

그 말은 크렌스피 영지의 소영주와 함께 어쌔신 길드를 이 지경으로까지 몰고 간 장본인 중의 한 사람이라는 뜻이었다. 그런 자가 감히 자신의 앞에서 도망에 대해 운운하는 모습에 화가 났다.

절대 용서할 수 없었다. 레커트가 위릿을 향해 바닥을 박차고 달려 나갔다. 그 모습을 보고 호린이 막아섰다.

"나를 넘어서지 않고는 마스터에게 단 한 발짝도 다가설 수 없다!"

"그럼 죽어!"

레커트는 자신의 앞길을 막아서는 호린에게로 공격 방향을 바꿨다. 위릿이 도망치고 있었지만, 눈앞에 있는 호린 또한 도둑 길드 소속이었다. 살려 둘 이유가 없었다. 죽는 순서만 약간 달라질 뿐이었다.

호린을 상대하는 사이 위릿이 이곳을 벗어나겠지만, 뒤쫓는 데는 크게 어려움이 없을 것이다. 지금은 눈앞에 있는 호린을 처리하는 것이 우선이었다.

기어이 죽고 싶다는 놈을 죽여 주는 것이 어쌔신의 도리 아니겠는가.

목숨을 도외시하고 덤벼드는 상대는 조심해야 했다. 어떤 움직임을 보일지 전혀 예측할 수 없는 것이다.

레커트는 차분히, 그러나 빠르고 화려하게 호린을 공격했다.

위릿이 몸을 피할 시간을 벌기 위해 자신의 목숨을 던진 호린이었지만, 그렇다고 없던 실력이 갑자기 생기지는 않았다.

레커트의 한 번의 공격에 호린의 몸이 버티지 못했다. 치명상이었다. 엄청난 양의 피를 흘리자 호린은 몸에서 힘이 빠져나가는 것을 느낄 수 있었다.

힘이 없었다. 눈앞에 있는 레커트를 막아야 하는데, 힘이 빠졌다. 그것이 너무도 분하고 억울했다.

"아직이다. 이 정도의 상처로 날 죽일 수 있다고 생각하지 마라."

"지독한 새끼."

레커트의 공격에 치명상을 입은 곳만도 서너 번, 죽었어도 한참 전에 죽었어야 했다. 그러나 호린은 버텨 냈다.

위릿이 조금이라도 멀리 도망칠 수 있는 시간을 벌기 위해서 말이다.

호린은 레커트가 내지르는 단검을 단 한 번도 피하지 못하고 온몸이 난자당해 죽어 갔다. 그러나 호린은 죽는 그 순간까지도 레커트의 발을 잡아 두기 위해 노력했다.

"젠장."

레커트의 입에서 짜증이 튀어나왔다. 생각보다 시간을 지체했기 때문이다. 레커트뿐만이 아니었다. 콜린도 목숨을 도외시한 바울 때문에 위릿을 쫓아가지 못했다.

레커트와 콜린이 떠난 자리에 싸늘하게 죽은 바울과 호린만이 남겨졌다.

위릿은 바울과 호린을 남겨 두고 자신만 몸을 피했다는 사실이 견디기 힘든 상처로 다가왔다. 동료의 희생으로 살아남았다는 사실이 위릿을 괴롭게 만들고 있었다.

위릿의 얼굴을 타고 눈물이 흘러내렸다.

자신을 살리고자 죽음을 택한 바울과 호린의 모습이 눈에 선했다. 지금쯤 차디찬 바닥에 몸을 뉘었을 것이다. 시체도 제대로 건사하지 못하는 자신의 처지가 너무도 처량했다.

위릿이 레커트를 피해 도서관 1층 복도를 달릴 때였다.

쾅!

갑자기 닫혀 있던 문이 박살 나며 문짝이 위릿을 덮쳤다.

문이 부서지며 발생한 먼지가 가라앉자, 잘게 부서진 문짝에 깔려 신음을 흘리는 위릿의 모습이 보였다.

"뭐야, 이거. 왜 네가 넘어져 있어?"

왼손에 누군가의 멱살을 잡고 나타난 레츠는 문짝의 잔해에 깔려 신음을 흘리고 있는 위릿을 발견하고 허탈해 했다.

레츠는 기사들을 2층으로 보내고는 1층에 남아서 어쌔신 잔당들을 상대하고 있었다. 그때, 레츠는 누군가 급하게 뛰어가는 기척을 느낄 수 있었다.

자신과 같이 도서관에 들어온 동료 중에 이처럼 급하게 도서관을 뛰어다닐 이는 없었다.

레츠는 지금 문밖에서 들려오는 기척의 주인은 어쌔신일 거라고 단정했다. 그래서 문을 부숴서 어쌔신이라 착각한 위릿을 공격하게 된 것이다.

정말 허탈했다.

비밀 통로를 찾고 있어야 할 위릿이 왜 여기에 넘어져 있는지 레츠는 전혀 납득할 수 없었다.

위릿은 갑자기 자신을 덮쳐 온 문짝과 부딪쳐 상당한 충격을 입은 뒤였다.

정신을 제대로 차릴 수가 없었다. 자신이 왜 여기에 누워 있는지도 생각나지 않을 정도였다. 그저 이곳을 빨리 벗어나야 한다는 마음뿐이었다. 그러나 몸이 말을 듣지 않았다. 나오는 건 고통에 찬 신음이었다.

레츠는 그런 위릿을 보며 혀를 찰 뿐이었다.

탁, 탁, 탁, 탁!

위릿이 넘어져 있는 모습에 난감해 하고 있던 레츠의 귀로 누군가 뛰어오는 소리가 들려왔다. 한 명이 아니었다. 두 명이 내는 발자국 소리였다.

레커트와 콜린은 위릿이 동료와 만나기 전에 처리하기 위해서 한걸음에 달려오고 있었다. 그러다 복도 한가운데 떡하니

서 있는 레츠를 발견했다. 그리고 그 앞에 넘어져 있는 위릿의 모습도 볼 수 있었다.

레츠는 뛰어오던 레커트와 콜린의 모습을 보고는 대충 상황이 어떻게 된 것인지 유추할 수 있었다.

어쌔신에게 쫓기는 동료는 없을 것이라고 장담했는데, 지금 보니 그렇지도 않았다.

레츠와 레커트 일행이 대치하고 있는 사이 넘어져 있던 위릿이 정신을 추스르고는 레츠에게 어떻게 된 상황인지 설명했다.

"저를 제외한 모든 동료가 저들 손에 죽었습니다."

"킥!"

레츠는 저도 모르게 웃음이 터져 나왔다.

황당했다. 위릿의 말은 그 자신도 저들 손에 죽을 수도 있었다는 소리였다.

힘들게 손에 넣은 도둑 길드가 잠깐 한눈을 판 사이 공중분해 될 뻔했다. 레커트를 바라보는 시선이 변한 것도 그때부터였다.

어쌔신들에게 당해서 빌빌거리는 위릿이 좋게 보일 리가 없었다. 레츠가 넘어져 있는 위릿의 다리를 툭툭 걷어차며 말했다.

"너는 뒤로 빠져 있어."

위릿은 레츠의 명령에 기다시피 몸을 움직였다.

"하아. 네놈들, 사람을 완전 짜증나게 만들었어."

몸을 움직이는 위릿을 바라보던 레츠가 고개를 돌려 레커트를 바라봤다.

레츠의 얼굴에 짜증스런 표정이 가득했다. 그리고 두 눈에서는 자연스레 살기가 피어나고 있었다.

레커트는 처음 레츠를 봤을 때, 앳된 얼굴을 소유하고 있어서 별다른 감흥을 받지 않았다. 그저 위릿이 넘어져 있는 모습에 조금 의아해 하고 있었을 뿐이다. 그러다 레츠의 손에 잡혀 있는 누군가를 보게 되었다.

"페일!"

페일. 페일이었다.

자신의 명령을 받고 상황 파악을 하기 위해 움직였던 페일이 레츠의 손에 잡혀 있었다.

"아! 이자를 알고 있나?"

레츠가 죽은 듯이 손에 매달려 있는 페일의 모습을 제대로 확인할 수 있게 레커트의 눈앞에 들어 보였다.

"몰래 숨어서 나를 공격할 기회를 엿보고 있기에 손 좀 보고 있었다."

레츠가 손에 들려 있는 페일을 레커트를 향해 던졌다. 별다른 힘을 사용하지 않았기에 멀리 날아가지는 않았다.

"너희 동료라면 와서 데려가라."

페일을 집어 던지고는 레커트를 향해 도발하는 레츠였다.

그 모습을 보고 참지 못한 레커트가 움직이려는 순간, 죽은 것처럼 늘어져 있던 페일이 레커트를 향해 고개를 들어 힘겹게 바라봤다. 그러고는 있는 힘을 다해 레커트에게 부르짖었다.

"도, 도망치십시오. 이자는 악마입니다."

"누가 악마란 것이냐!"

레츠는 자신을 보고 악마라고 떠드는 페일의 행동에 짜증을 내며 페일의 머리를 발로 차 버렸다.

퍽!

묵직하게 울리는 소리와 함께 페일이 힘없이 모로 넘어갔다.

"페일!"

레커트가 큰 소리로 페일의 이름을 불렀다. 하지만 레커트와 페일의 사이는 너무 멀리 떨어져 있었다. 쉽게 도와줄 수 있는 거리가 아니었다.

레츠가 천천히 걸어가서는 페일의 등 위에 오른쪽 발을 올려놓았다.

"내 수하들을 전부 죽였다고?"

레커트를 향한 말에 살기가 묻어났다.

레츠가 천천히 허리를 굽히고는 왼 손바닥으로 페일의 턱을 잡았다. 그러고는 페일의 턱을 잡고 있던 왼손을 힘주어 잡아당겼다.

우둑!

순간적으로 가해진 힘에 의해 페일의 목이 기이하게 꺾였다.

그 모습을 보고 레커트가 저도 모르게 입술을 깨물었다.

죽었다. 눈앞에서 페일이 죽은 것이다.

"이 새끼! 가만 안 두겠어."

레커트는 눈앞에서 페일이 죽는데 아무런 행동도 하지 못한 자신에게 분통이 터졌다. 그리고 그 분노는 고스란히 레츠에게 향했다.

곧 단검을 빼 들고 레츠를 향해 돌진할 태세였다. 하지만 레커트는 뒤로 물러설 수밖에 없었다. 콜린이 레커트를 막은 것이다.

"마스터, 몸을 피하셔야 합니다."

"무슨 소리야?"

콜린의 말에 레커트가 강하게 불만을 표출했다. 말도 안 되는 소리 하지 말라며 말이다. 하지만 콜린은 레커트를 바라보며 고개를 저을 뿐이었다.

"페일이 했던 말을 잊으셨습니까?"

콜린의 말에 레커트가 잠시 멈칫거렸다. 페일이 레츠를 지칭하며 했던 말이 머릿속을 헤집고 있었다.

레커트와 콜린보다는 페일의 실력이 처지는 것이 사실이다. 그렇다고 페일의 실력이 무시될 정도는 아니었다. 더군다나 죽기 전에 마지막으로 꺼낸 말이 있었다.

레츠를 악마라고 지칭했던 행동은 겉으로 보기에 그저 그런 사람으로 보인다고 섣불리 판단하지 말라는 충고였으며 경고였다. 그의 말에 무게가 실릴 수밖에 없었다.

레츠는 자신을 바라보며 주춤거리는 레커트와 콜린의 모습에 그저 웃을 뿐이었다.

"훗, 내가 무서운가?"

동료의 죽음을 목격하고도 아무런 행동도 하지 않는 레커트와 콜린을 향한 도발이었다. 그러자 레커트가 움찔거리며 반응을 보였지만, 콜린이 뒤에서 레커트를 막아섰다.

레커트도 알고 있었다.

지금은 앞을 막아서는 레츠를 상대할 것이 아니라, 2층에 있는 동료와 합류하는 것이 우선이었다. 페일에 대한 복수는 그 이후였다.

"마스터, 2층을 향해 먼저 움직이십시오."

"그럼 너는?"

레커트의 질문에 콜린은 그저 환한 웃음을 보일 뿐이었다.

"젠장! 젠장! 젠장!"

레커트는 단 한 명이 가세했다고 전세가 뒤바뀌어 버린 지금의 모습을 받아들일 수 없었다.

조금 전까지만 하더라도 저들은 수하가 목숨을 버림으로써 위릿의 목숨을 살렸었다. 그런데 얼마 지나지도 않아 이제는 자신을 살리기 위해 콜린이 목숨을 걸고자 하고 있었다.

"한 가지만 묻자. 네 이름이 무엇이냐?"

"하하! 하하하하! 곧 죽을 놈이 내 이름은 알아서 뭐 하게?"

다른 이유는 없다. 나중에 복수를 하기 위해서 필요할 뿐이었다.

레츠는 레커트의 질문에 한동안 크게 웃고는 주저 없이 자신의 이름을 밝혔다.

"레츠 크렌스피."

"소영주!"

이름을 밝힌 레츠로 인해 레커트는 물론 콜린까지 놀라움을 감추지 않았다.

어째신 길드를 이 지경으로 만든 장본인이었다. 레커트는 순간적으로 레츠를 죽이면 모든 것이 예전 상태로 돌아갈 것이라고 생각했다.

레츠를 죽이면 말이다.

콜린은 처음부터 레츠를 주의 깊게 살폈다. 그러자 겉으로 드러나는 짜증스러운 얼굴 뒤에 감춰진 살기를 느낄 수 있었다.

일반적으로 마나를 이용해 만든 살기가 아니었다. 레츠라는 인간 자체에서 뿜어져 나오는 살기였다.

페일이 경고하기 전에 콜린은 레츠가 얼마나 위험한 사람인지 알 수 있었다.

레커트와 힘을 합쳐도 레츠 한 사람을 당해 내지 못한다는 것을 자연스레 알게 되었다. 그래서 레커트를 막았다.

어떻게라고 묻는다면 따로 설명할 수는 없었다. 말로는 설명할 수 없는 무언가가 강력하게 경고를 보내오고 있었다. 이곳을 벗어나라고, 레츠에게서 멀어지라고 말이다.

꿀꺽.

콜린이 자신도 모르게 마른침을 삼켰다.

어떻게 해서든 이 자리를 벗어나고 싶었다. 그렇지만 레츠를 피해 이곳을 벗어날 수 있을 거라고는 생각되지 않았다.

싸워 보지도 않고 겉으로 드러나는 기세만으로 패배를 시인하는 자신의 모습이 너무도 한심했지만, 어쩔 수 없었다. 약자에게 현실은 언제나 냉혹한 것이다.

콜린이 레츠의 기세에 몸이 굳어 있는 사이, 레커트는 다른 생각을 하고 있었다.

작고 초라해 보이는 겉모습과는 달리 레츠가 강하다는 사실에 몸을 피할 결심을 했지만, 막상 레츠의 신분을 알게 되자 욕심이 생겨났다.

콜린과 힘을 합치면 레츠를 이길 수 있을 거라는 생각이 들었다. 둘이 하나를 감당하지 못할 이유가 없었다. 그것도 콜린과 레커트 자신이라면 말이다.

단검을 잡고 있는 손에 힘이 들어갔다. 레츠와 맞서 싸울 결심을 한 것이다. 그러나 그런 레커트를 콜린이 다시 한 번 막아섰다.

"왜?"

단검을 잡고 있는 손을 막아서는 콜린의 행동에 레커트가 의문이 가득한 얼굴로 돌아봤다. 그러나 콜린은 그런 레커트를 향해 고개를 가로저을 뿐이었다.

"마스터, 제가 막고 있겠습니다. 그사이 몸을 피하십시오."

싸우기 전부터 포기하는 콜린의 행동에 급격하게 올라갔던 레커트의 투지가 힘없이 꺾였다.

"두려우냐?"

"죄송합니다, 마스터."

직접 말하지는 않았지만, 레커트는 콜린의 마음을 알 수 있었다. 레커트는 콜린을 뒤로한 채 힘없이 돌아설 수밖에 없었다.

그런 둘의 모습을 말없이 지켜보던 레츠가 움직이기 시작했다. 레커트를 이대로 보내 줄 생각이 없었다. 수하들을 죽인 죗값을 받아 내야 했다.

"하하하! 지금 내 손에서 벗어날 수 있다고 여기는 건가?"

몸을 피하는 레커트의 모습을 보며 큰 소리로 웃던 레츠가 웃음을 멈추고는 한 자 한 자 힘주어 내뱉었다.

레츠가 검을 꺼내 들고는 성큼성큼 걸어서 콜린에게 다가섰다. 콜린과의 사이가 가까워질수록 레츠의 걸음걸이는 빨라졌다.

콜린은 레츠가 다가오자 거대한 산이 밀고 들어오는 압박감을 느꼈다. 생각했던 것 이상으로 레츠의 기세가 대단했다.

"마스터! 빨리 몸을 피하십시오."

콜린이 레커트를 향해 소리쳤다. 그의 음성에는 다급함이 배어 나왔다. 콜린의 외침에 머뭇거리던 레커트가 고개를 떨어뜨리고는 힘없이 돌아섰다.

"이미 늦었다."

콜린을 홀로 남겨 두고 몸을 피하는 레커트를 바라보며 레츠가 차갑게 외쳤다.

몸을 피할 생각이었다면, 처음 레츠와 마주쳤을 때 곧바로 피했어야 했다. 지금 와서 레츠로부터 몸을 피할 수 있길 바란다는 것은 무리였다.

레츠의 목표로 정해진 이상, 죽음은 정해진 것이나 마찬가지였다.

성큼성큼 다가선 레츠가 아무런 망설임도 없이 콜린의 허리를 향해 검을 베어 갔다. 가볍게 휘둘렀지만, 검에 체중이 제대로 실려 있었다.

창!

순식간에 공격을 감행해 오는 레츠의 행동에 당황한 콜린이 단검으로 레츠의 검을 막아 냈다. 그러나 그 힘을 전부 해소하지 못해 몸이 커다랗게 들썩였다.

"윽!"

콜린이 신음을 내뱉으며 욱신거리는 오른손을 자연스럽게 감싸 안았다.

레츠의 검을 막아섰을 때 받은 충격이 뼛속까지 전해졌기 때문이다.

콜린은 아픈 손을 부여잡고는 레츠에게 반격할 생각도 못하고 연신 뒤로 몸을 빼내기 바빴다. 그러나 그건 콜린의 바람일 뿐이었다.

단 한 번의 공격을 제대로 방어하지 못하고 몸을 피하는 콜린을 본 레츠가 진한 살기를 뿜어내며 웃었다.

"약해!"

레츠가 콜린이 뒤로 물러선 거리만큼 한 걸음에 다가서서는 가차 없이 검을 휘둘렀다. 위에서 아래로 떨어져 내리는 검은 콜린을 단번에 두 쪽으로 갈라놓을 태세였다.

"젠장."

콜린은 푸른빛에 휩싸여 있는 레츠의 검을 보고는 어금니를 강하게 물었다.

쾅!

굉음과 함께 콜린이 들고 있는 단검이 박살났다.

힘없이 늘어진 콜린의 오른팔을 타고 피가 흘러내렸다. 단검이 박살 나며 파편이 살 속으로 박혀 들어갔던 것이다. 손아귀도 찢어져 더는 오른손을 사용할 수 없게 되었다.

"크윽!"

뼛속을 파고드는 고통을 참지 못하고 신음을 토해 냈다. 그러고는 급하게 몸을 뒤로 빼냈다.

최대한 레츠와 멀어지기 위해서였다. 하지만 레츠는 콜린을 놓아줄 생각이 없었다.

레츠가 곧바로 몸을 피하는 콜린을 향해 손을 뻗었다.

"……!"

뒤로 몸을 빼내던 콜린이 당황했다.

뒤로 피하던 자신의 머리카락을 레츠가 잡아챘기 때문이다. 단 한 수에 콜린은 이도 저도 못하는 처지에 빠지게 되었다.

레츠는 콜린의 머리카락을 잡자마자 강하게 잡아당겼다. 그러자 콜린의 머리가 자연스레 딸려 왔다. 콜린의 새하얀 목이 레츠의 시야에 들어왔다.

푸악!

피가 뿜어지며 목이 잘린 콜린이 몸을 한 차례 들썩거리더니 차디찬 바닥에 쓰러졌다.

레츠는 자신의 손에 들려 있는 콜린의 머리를 한번 바라보고는, 저 멀리 몸을 피하고 있는 레커트를 향해 집어 던졌다.

툭, 데구르르.

정신없이 앞만 보고 달리던 레커트는 자신의 앞에 날아와 떨어진 콜린의 머리를 보고는 얼굴에 핏기가 싹 가셨다. 하지만 달리던 것을 멈추지는 않았다.

"어디까지 도망칠 작정이지?"

언제 따라잡았는지 레츠가 레커트에게 말을 걸었다. 레츠의 말은 비수가 되어 레커트의 심장을 파고들었다.

레커트는 무조건 살아남아 2층에 있는 어쌔신들과 만나야 했다. 그렇게 하기 위해서 콜린이 목숨을 걸고 몸을 피할 수 있는 시간을 벌어 준 것이다. 그러나 그것도 이젠 아무런 소용이 없었다.

콜린이 레츠에게 죽은 것도 모자라 레커트는 레츠에게서 벗어나지도 못했다. 한마디로 콜린의 행동은 아무런 보상도 얻을 수 없었다.

레커트는 이런 상황에서까지 살아남기 위해 발버둥 치는 자신의 모습이 너무도 비참했다.

전력을 다해 뛰어가던 레커트의 걸음이 조금씩 느려지기 시작하더니, 이내 제자리에 멈춰 섰다. 그러고는 뒤따라오는 레츠를 향해 돌아섰다.

"이제 나를 상대할 마음이 생긴 것인가?"

레츠는 자신을 피해 도망치는 것을 포기하고 돌아서는 레커트를 향해 손가락을 까닥이며 그를 도발했다.

마음가짐을 새롭게 가진 레커트는 그런 레츠를 향해 날카로운 단검을 들이밀며 달려들었다. 단검이 허공을 하나 둘 수놓기 시작하더니 이내 수많은 잔상을 만들며 레츠를 압박했다.

"킥!"

레츠는 그런 레커트의 공격을 비웃을 뿐이었다. 그러고는 빈틈을 노리고, 빠르고 강하게 검을 찔러 넣었다.

레커트의 얼굴에 당황한 표정이 역력해졌다. 자신의 공격을 너무도 쉽게 무력화시키는 레츠의 모습을 그저 두 눈을 동그랗게 뜨고 바라봐야만 했다. 레커트의 왼쪽 어깨를 뚫으며 검이 박혀 들었다.

"크윽."

신음이 절로 튀어나왔다.

레커트는 참을 수 없는 아픔을 느꼈다.

검에 의해 입게 된 상처보다 레츠에게 별다른 위협이 되지 못하는 자신의 무능에 마음이 더 아팠다.

"젠장, 젠장! 죽으란 말이야!"

레커트는 온몸을 쥐어짜며 자신의 감정을 실어 레츠를 향해 외쳤다. 그러고는 레츠를 행해 무턱대고 달려들었다.

푸학!

어깨에 박힌 검을 무시하고 레츠를 향해 달려들자, 어깨에 박혀 있던 검이 자연스레 뼈와 살을 뚫고 튀어나왔다.

아팠다. 그러나 레커트는 이를 악물고 참았다. 몸이 검에 난자당해 망신창이가 되어도 상관없었다. 그저 눈앞에 있는 레츠를 죽일 수만 있다면 말이다.

"훗!"

멧돼지처럼 저돌적으로 달려드는 레커트의 모습에 레츠가

비웃음을 흘리고는 슬쩍 뒤로 물러났다.

미처 날뛰는 레커트를 굳이 정면에서 상대할 필요는 없었다. 그러나 그런 레츠의 행동은 레커트에게 기회를 제공하는 계기가 되었다.

레커트가 들고 있던 단검이, 성인 남성의 손바닥 크기보다도 작아 보이던 단검이 갑자기 늘어나 레츠를 덮친 것이다.

서걱!

레츠는 자신의 가슴을 자르고 지나가는 레커트의 단검으로 인해 당황했다. 생각지도 못한 공격을 허용한 것이다.

레츠는 레커트의 손에 들려 있는 단검을 바라봤다. 레커트의 손에 들려 있던 단검은 이제 단검이라고 할 수 없는 모습을 보여 주고 있었다.

특급 어쌔신들은 자신의 특색에 맞게 한 가지씩 비장의 수를 가지고 있다. 페일과 콜린은 유감스럽게도 특급에 속해 있지 않았지만, 레커트는 달랐다. 레커트는 어쌔신 길드를 창설하기 전부터 특급 어쌔신이었다.

어쌔신들이 즐겨 사용하는 것은 단검이었다. 은밀하게 상대를 제압하는 데에는 유용한 무기였다. 그러나 레커트는 단검이 마음에 들지 않았다. 검날의 길이가 너무 짧다는 이유에서였다. 그래서 생각해 낸 것이 무기의 변형이었다.

단검의 약점을 극복하기 위해 만들어진 무기였다. 레커트가 원할 때마다 무기의 길이를 마음대로 조절할 수 있었다.

레커트의 단검은 오 등분으로 분리되어 특수 가공 처리된 철사에 의해 연결되어 있었다.

"재미난 물건을 가지고 있군."

"이것이 너를 죽음으로 인도할 것이다."

"훗! 그런 조잡한 편법으로 나를 이길 수 있다고 생각하나?"

레커트가 들고 있는 무기가 위협적인 것은 인정한다. 사람이 무의식적으로 갖고 있는 사고의 틈을 파고드는 방식은 정말 칭찬하지 않을 수 없었다. 하지만 거기까지다.

무기의 이점을 살리려면 단 한 번의 기회에 성공했어야 했다. 밖으로 드러난 수는 더 이상 위협이 될 수 없었다.

레츠는 레커트를 경시하던 마음을 접었다. 그렇게 되자 레츠 주위의 공기가 무겁게 변했다.

레츠의 가슴을 빨갛게 물들이는 피를 바라보며 레커트는 자신감을 회복했다. 철옹성같이 느껴졌던 레츠도 사람이란 사실을 깨달은 것이다. 자신감을 회복한 레커트의 무기가 뱀의 그것과 같은 움직임을 보이기 시작했다.

허공에 수많은 똬리를 만들어 내며 레츠의 목숨을 노리기 시작했다.

어깨뼈가 보일 정도로 심각한 부상을 입은 후였다. 피가 한시도 쉬지 않고 계속 흘러내렸다. 레커트에게 주어진 시간이 한정되어 있었다.

레츠가 당황하고 있는 지금이 다시없는 절호의 기회였다. 목숨을 도외시하며 레커트는 레츠를 공격하기 시작했다.

레츠는 처음에는 그런 레커트의 공격을 막아 내는 데 급급한 모습을 보여 줬다. 생전 처음 경험하는 공격 방식이라 상당히 어려움을 느낀 것이 사실이었다. 그러나 그것도 얼마 지나지 않아 적응하기 시작했다.

레커트의 공격에 연신 뒤로 밀리던 레츠가 어느 순간 레커트의 품으로 파고들며 검을 휘둘렀다. 그러자 레커트가 기다렸다는 듯이 무기를 기묘하게 움직여 레츠의 검을 감아 왔다. 그러고는 있는 힘껏 잡아당겼다.

"억!"

공격을 시도했던 레커트가 탄성을 토해 내며 당황스러워하기 시작했다. 레츠의 검을 빼앗으려고 잡아당겼는데, 이상하게 아무런 저항감도 느껴지지 않았다. 이렇게 되자 오히려 레커트는 자신의 힘을 감당하지 못하고 중심을 잃어버렸다.

오른손이 들려지며 레커트의 가슴이 그대로 드러났다. 레츠는 그것을 놓치지 않고 더욱 빠르게 레커트의 품으로 파고들었다.

레커트는 그의 품으로 파고드는 레츠의 모습에 들려 있던 오른손을 허겁지겁 아래로 내리쳤다.

팍!

레커트의 품으로 파고들던 레츠가 오른손을 뻗어 레커트의 팔꿈치를 손바닥으로 쳐올렸다.

레커트의 오른손이 펴지지 못하게 막은 것이다. 그러고는 오른손을 뻗어 레커트의 손목을 잡아챘다.

레커트는 레츠가 하는 행동을 그저 바라볼 수밖에 없었다. 왼쪽 어깨를 다친 상태에서 오른쪽 손까지 레츠에게 제압당하자 레커트는 레츠의 움직임에 대항하여 아무런 조취도 취할 수 없었다.

으드득!

"으아악!"

뼈가 뒤틀리는 소리와 함께 레커트의 비명이 터져 나왔다. 레츠가 강제로 레커트의 어깨를 탈골시켜 버린 것이다.

레커트는 그 고통을 참지 못하고 바닥에 넘어져서는 미친 듯이 몸부림치며 비명을 질러 대기 시작했다. 레커트는 어깨에 느껴지는 고통에 미칠 지경이었다. 검에 어깨가 관통당해도 이처럼 아프지는 않았다. 차라리 빨리 죽고 싶은 마음뿐이었다.

레츠는 바닥에 넘어져 비명을 지르는 레커트를 뒤로하고 그곳을 떠났다.

"어딜 가는 것이냐? 나를 죽이고 가라!"

멀어져 가는 레츠를 확인한 레커트가 목이 터져라 외쳤다. 그러나 레츠는 레커트를 무시할 뿐이었다.

레츠는 위릿이 있는 곳으로 이동했다.

"복수를 원한다면 직접 해라."

레츠는 위릿의 발아래 단검을 던져 줬다.

레커트의 손에 죽은 수하들의 복수를 하고 싶다면 남의 손을 빌리지 말고 직접 하라는 뜻이었다.

"알겠습니다."

위릿이 발아래 놓여 있는 단검을 집어 들었다. 레츠는 그 모습을 보고는 몸을 돌려 이층으로 향했다. 어쌔신과의 결전은 아직 끝나지 않았다.

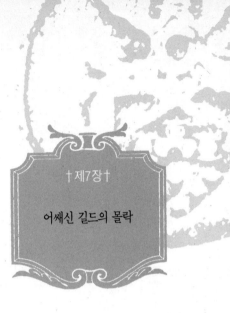

†제7장†

어쌔신 길드의 몰락

2층으로 올라온 레츠를 기다리고 있는 것은 숨어서 기회를 엿보고 있던 어쌔신의 습격이었다.

몸을 숨길 만한 자리를 정하고는 그곳에서 꼼짝을 하지 않고 기다리고 있었다. 방심한 상대가 나타나길 말이다.

그런 어쌔신의 눈에 레츠가 들어왔다. 앞만 바라보며 거침없이 움직이는 레츠는 어쌔신의 눈에는 손쉬운 먹잇감으로 다가왔다.

레츠가 눈앞을 지나가는 순간을 놓치지 않고 어쌔신이 몸을 날렸다. 그러고는 힘껏 단검을 찔러 넣었다.

"죽어!"

어쌔신은 이번 공격이 성공할 것이라고 믿어 의심치 않았다. 그런데 레츠의 몸에 단검을 찔러 넣는 순간, 어느 사이에 레츠의 두 눈을 마주 보고 있는 자신을 느낄 수 있었다. 아니,

레츠가 어쌔신의 눈을 바라봤다고 하는 것이 정확했다.

무언가 잘못되었다고 느낀 순간, 어쌔신은 레츠를 공격하던 것을 멈추고 몸을 반대로 틀었다.

서걱!

왼쪽 어깻죽지가 화끈해지더니 엄청난 고통이 밀려왔다.

"크윽."

어쌔신이 고통을 참지 못하고 신음을 뱉어 냈다.

레츠에게 기습을 시도하다 무언가 싸늘해지는 느낌에 몸을 피한다고 피했는데, 어느 순간 어깨를 베이고 말았다.

공격 속도가 정말 대단했다. 선제공격을 했던 어쌔신보다 더욱 빠른 속도로 검을 휘두르는 레츠였다.

레츠는 어쌔신의 어깨를 베고도 기분이 안 좋았다. 단 한 번에 어쌔신을 죽이려고 했었다. 그런데 뜻대로 이루어지지 않았다. 짜증이 울컥 치밀었다.

어깨를 베이고는 주춤거리는 어쌔신을 향해 레츠가 한 발 다가섰다. 그러고는 마무리 공격을 단행했다.

"안 돼!"

레츠에게서 멀어지겠다는 일념 하나로 안간힘을 쓰던 어쌔신이 놀라 눈을 부릅떴다. 그의 눈은 차갑게 번뜩이는 검을 볼 수 있었다.

촤악.

레츠의 검이 어쌔신의 목을 훑고 지나가자, 피가 한순간에

분수처럼 뿜어져 나왔다.

2층에 올라오자마자 기습을 감행한 어쌔신을 죽이고 블랙윙 기사단이 있는 곳으로 걸어가는 레츠였다. 그러다 뭐가 불만이었는지 갑작스레 분통을 터트렸다.

"왜 이렇게 숨어 있는 쥐새끼가 많은 거야?"

언제 꺼내 들었는지 검을 손에 쥐고는 나무로 되어 있는 벽면을 향해 찔러 넣었다.

"커헉."

벽면 너머에서 사람 허파에서 바람 빠지는 소리가 들려왔다.

몰래 숨어 있던 어쌔신이 또 존재했었는지, 레츠가 검을 찔러 넣었던 벽면이 빨갛게 물들고 있었다.

"일 처리를 이 정도로밖에 못하나?"

레츠는 블랙윙 기사단이 하는 일 처리가 마음에 들지 않았다.

1층에 있는 어쌔신들을 어느 정도 정리한 이후에 레츠는 블랙윙 기사단원들을 전부 2층으로 올려 보냈었다.

2층에 있는 어쌔신들이 다른 일을 꾸밀 시간을 주지 않고 깔끔하게 처리하길 원했기 때문이다. 그런데 블랙윙 기사단은 그들이 지나간 자리에 흔적을 남겨 놓고 있었다.

2층에 있는 어쌔신들을 전부 토벌하길 바란 것이 아니었다. 하지만 최소한 지나간 자리에는 남겨진 어쌔신이 존재해서는 안 됐다.

기사단이 지나간 자리에는 수많은 어쌔신들이 시체가 되어 쌓여 있었다. 얼마나 강력하게 밀어붙였는지 엿볼 수 있었다. 그렇다고 해도 잘못한 것은 잘못한 것이었다.

기사단이 놓친 어쌔신들은 한 손에 꼽을 정도로 그 수가 많지는 않았다. 그러나 만약에 이들이 끝까지 살아남았다면, 훗날 상당한 골칫덩어리가 되어 돌아올 것이 분명했다.

레츠는 2층에 올라온 목적을 바꿨다.

블랙윙 기사단을 쫓아가는 것이 목적이 아니라, 기사단의 눈을 피해 어둠 속으로 숨어든 어쌔신을 찾아내는 것으로 말이다.

서서히 마나를 끌어올렸다. 그러고는 사방을 향해 마나를 퍼트리기 시작했다. 몸속에 있던 마나와 세상에서 자연스레 흐르고 있던 마나가 서로 만나서 변화를 일으켰다.

레츠가 예전에 가신들 앞에서 실력을 검증 받을 때 보여 주었던 것이다.

그때는 아우라를 보여 주기 위해서 일부러 한정된 공간에 서로 상반된 성질을 가지고 있는 마나를 작용시켰지만, 지금은 한정된 공간이 아닌 2층 전체를 대상으로 삼고 있었다.

레츠의 몸에서 빠져나가는 마나의 양이 많아질수록, 레츠가 느낄 수 있는 기감의 범위가 기하급수적으로 늘어나기 시작했다. 레츠의 기감에 꽃병과 꽃병을 받치고 있는 받침대가 걸려들었다.

레츠의 몸에서 뿜어져 나온 마나가 꽃병과 받침대를 둘러쌌다. 그렇게 되자 기존에 꽃병과 받침대 주위에 존재하고 있던 마나가 반발하기 시작했다. 레츠의 몸에서 뿜어져 나온 마나가 다른 성질을 가지고 있었기 때문이다.

이렇게 다른 성질을 가진 마나가 서로를 받아들이지 못하고 반발하자 그 모든 정보가 레츠에게로 전달되었다.

마나끼리 작용하는 현상에 의해 레츠는 눈으로 직접 보지 않고도 꽃병과 받침대의 존재를 알 수 있었다.

레츠의 주위로 길게 이어져 있는 벽면의 존재와 그 벽면 사이사이에 몸을 숨길 수 있는 공간이 드러났다. 인간인 이상 눈의 한계로 인해 사각이 존재했는데, 이제 레츠에게는 사각이 존재하지 않게 된 것이다. 꼭꼭 몸을 숨기고 있던 어쌔신들이 드러나게 된 것이다.

레츠가 몸을 숨기고 있는 어쌔신들을 찾아 움직였다. 폭풍처럼 들이닥쳤던 블랙윙 기사단을 피할 수 있어서 다행이라고 여기고 있던 어쌔신들은 어둠보다 더 어둠 같은 남자의 방문을 받아야 했다.

그 어둠은 어쌔신들을 유유히 집어삼키고 있었다.

위클렌트는 어쌔신들이 왜 두려운 존재인지 확실히 인식할 수 있었다. 아니, 어쌔신 길드로 사용되고 있는 도서관 안이 얼마나 위험한 곳인지 처절하게 깨닫고 있었다.

자그마한 소녀였다.

누가 봐도 깜찍한 모습에 한 번은 안아 주고픈 그런 소녀였다. 그런데 그런 소녀가 갑자기 돌변해서는 단검을 빼어 들고 공격을 시도할 줄은 아무도 상상할 수 없었다.

소녀가 들고 있는 단검에는 녹색의 이물질이 잔뜩 묻어 있었다.

독이었다.

소녀는 독이 묻어 있는 단검을 아무런 거리낌 없이 사람을 향해 휘둘렀다. 그리고 그 움직임은 보통 소녀들의 움직임이 아니었다. 체계적인 훈련을 받은 자의 움직임을 보여 주고 있었다.

"크윽."

소녀의 깜찍함에 저도 모르게 무방비 상태에 놓여 있던 기사가 돌변한 소녀의 기습에 속수무책으로 당했다.

소녀가 들고 있던 단검이 기사의 몸을 감싸고 있던 갑옷과 갑옷 사이의 틈새를 비집고 들어와 상처를 만들었다.

소녀의 공격은 날카로움은 있었지만 힘이 실리지는 않았다. 생각보다 상처가 깊지 않았다. 그러나 문제는 단검에 묻어 있는 독이었다.

독이 몸속으로 퍼져 나가는 고통은 실로 대단했다. 굳게 닫혀 있던 기사의 입이 열리며 고통에 찬 신음이 터져 나왔다.

그런 동료의 모습을 지켜본 기사들의 눈에 살기가 피어올랐다.

이제 소녀는 기사들이 지켜 주고 보호해 줘야 하는 레이디가 아니었다. 자신과 동료의 목숨을 노리는 적일 뿐이었다. 그 근처에 있던 기사들의 검이 한순간에 소녀의 몸에 박혀 들어갔다.

"끼아악! 아파. 너무 아프단 말이야."

검에 의해 온몸이 유린당한 소녀가 고통을 참지 못하고 울부짖었다. 그 울부짖는 소리가 기사들의 귓속을 파고들었지만, 기사들은 담담히 그 소리를 받아들였다.

아무리 어리다고 해도 소녀는 적이었다. 적에게 향하는 동정심은 언제나 사치일 뿐이었다. 다만 이 어린 소녀를 어쌔신으로 키운 이들을 향해 분노를 표출시킬 뿐이었다.

소녀는 온몸에 검이 박힌 모습으로 싸늘하게 식어 갔다.

기사를 향해 공격을 감행한 소녀는 싸늘히 죽었지만, 문제는 그 소녀의 공격을 허용한 기사였다.

독이 몸속 깊은 곳으로 퍼져 나가고 있었다. 이대로 방치한다면 동료가 눈앞에서 죽어 가는 모습을 지켜만 봐야 할 것이다. 그것도 고통으로 인해 몸부림치며 죽어 가는 모습을 말이다.

"뭐 하나? 움직이지 못하게 팔다리를 제압해."

위클렌트가 멀뚱히 서 있는 기사들을 향해 호통을 쳤다. 이대로 동료 기사를 죽게 내버려 둘 수는 없었다.

어쌔신들을 상대로 하는 전투였다. 사전에 독에 대한 대비를 철저하게 해 놓았다. 어쌔신들이 하는 가장 기본적인 공격 방법이 독을 이용하는 것이니까 말이다.

"갑옷을 탈착시켜라."

사전에 준비한 해독제를 복용했지만 별다른 효과가 없었다. 그만큼 소녀의 단검에 묻어 있던 독이 지독했다. 이렇게 되면 직접 단검에 의해 상처를 입은 부위를 도려내는 것 외에는 달리 방법이 없었다.

한눈에 봐도 밖으로 드러난 상처 부위가 심각했다. 위클렌트가 단검을 꺼내어 지체 없이 상처 입은 부위를 도려내기 시작했다.

"끄아악!"

"당장 눈을 가려."

생살을 도려내는 것이다. 어찌 고통스럽지 않겠는가. 그것도 눈앞에서 자신의 생살을 도려낸다는 두려움에 기사가 겪는 고통의 강도는 더욱 심해졌다.

한 뭉텅이의 살을 도려냈다. 그리고 도려낸 환부에 해독제를 듬뿍 발라 놓았다. 이제는 자신들이 할 수 있는 모든 일을 끝마쳤다. 그나마 환부를 도려낸 것이 효과가 있는지 고통에 몸부림치는 강도가 많이 약해졌다.

위클렌트는 안정을 찾기 시작하는 동료 기사를 착잡한 심정으로 바라봤다.

'도서관 안에 있는 사람들은 전부 어쌔신이다. 어린이, 여자, 노인을 가릴 것 없이 전부 어쌔신이다.'

위클렌트는 그제야 레츠가 왜 이런 말을 했는지 이해할 수 있었다.

레츠의 조언이 있었음에도, 혹시라도 일반인이 이번 일에 휘말리지는 않을까 하는 걱정에 몸을 사리고 있던 자신을 자책했다.

어쌔신은 무서운 존재였다. 그리고 그들의 생활 터전인 도서관은 더욱 위험했다.

자신이 살아온 삶의 반도 안 되는 삶을 살아온 레츠가 어떻게 이러한 사실을 알고 있는지 그저 놀라울 뿐이었다. 레츠라는 사람을 알면 알수록 정말 대단하다는 말밖에는 달리 그를 표현할 말이 없었다.

"어쌔신이 얼마나 위험한 자들인지 직접 눈으로 보고 경험해 봤으니 더는 말하지 않겠다."

위클렌트의 말에 기사들은 그저 묵묵히 자신들의 무기를 점검하기 시작했다. 위클렌트는 그런 기사들의 모습이 마음에 들었다.

"가자."

위클렌트가 선두에 섰다. 그리고 그 뒤를 기사들이 따랐다.

위클렌트가 이끈 블랙윙 기사단은 어쌔신들을 파죽지세로 몰아붙였다. 그리하여 결국에는 어쌔신들을 2층 한구석으로

몰아넣는 데 성공했다. 하지만 거기까지였다. 더 이상은 어쌔
신들을 어찌할 수 없게 되었다.

철문으로 되어 있는 방이었다. 어쌔신들이 기사단의 공세에
밀려 최후의 보루로 선택한 장소이기도 했다.

어쌔신들의 뒤를 쫓던 위클렌트는 철문이 닫히는 것을 막고
자 했다. 그러나 한발 늦고 말았다.

어쌔신들을 너무 몰아붙이면 반발력 또한 그만큼 거세질 거
라고 예상했다.

여기까지 오는 데도 기사단의 피해가 막심했다. 더 이상의
피해는 위클렌트뿐 아니라 레츠에게도 상당한 부담으로 작용
할 것이 뻔했다. 그래서 어쌔신들에게 마지막 일격을 가하기
전에 기사단을 다시 한 번 정비할 생각이었다.

잠깐 동안 발생한 그 틈을 어쌔신들은 놓치지 않았다. 위클
렌트가 어쌔신들이 무엇을 원하는지 깨달은 뒤에는 이미 손을
쓸 수 없을 지경이었다. 결과가 이리 되자, 기사단의 피해를
감수하고서라도 어쌔신을 밀어붙이지 못한 것을 후회했다.

쾅! 쾅!

소드 오러를 이용해 기사들이 돌아가며 철문을 두드렸다.

어쌔신들을 잡기 위해서는 철문을 열어야 하는데, 안쪽에서
잠긴 철문을 열 수 있는 마땅한 방법이 없었다. 그래서 생각해
낸 방법이 소드 오러를 이용해 철문을 박살 내는 방법이었다.

정말 무식하고도 비효율적인 방법이었다. 그러나 이 방법

말고는 다른 마땅한 해결책이 없었다.

기사들이 철문을 향해 검을 내려칠 때마다 철문이 조금씩 파였다. 그 모습을 지켜보고 있는 위클렌트는 마음이 조금씩 조급해졌다.

철문 너머에서 어쌔신들이 무슨 일을 벌이고 있는지 알 수 없었기 때문이다. 철문만 닫아 놓고는 비상 통로를 통해 유유히 도서관을 빠져나가도 알 수 없을 정도로 정보가 부족했다. 분명한 것은 어쌔신들이 무언가를 꾸미기 전에 철문을 열어야 한다는 사실이었다.

"지금 뭐 하고 있는 거지?"

철문으로 인해 애를 먹고 있던 그때 레츠가 나타났다.

"오셨습니까? 어쌔신들이 이 방으로 숨어들고는 철문으로 입구를 봉쇄해 놓은 상태입니다."

위클렌트의 설명에 레츠가 철문을 바라봤다. 그동안 기사들의 노력이 결실을 맺었는지 철문이 상당 부분 찌그러지고 뭉텅뭉텅 파여 있었다.

"상당히 두꺼워 보이는군. 이걸 지금 깨고 있었던 건가?"

"그렇습니다."

위클렌트도 자신들이 지금 하는 방법이 조금은 무식해 보인다는 사실을 잘 알고 있었다.

"내가 한번 해 보지."

"네? 네, 알겠습니다."

레츠가 앞으로 나서자 위클렌트가 철문을 두드리던 기사들을 뒤로 물렸다. 기사들이 물러난 자리를 레츠가 차지했다.

레츠는 기사들이 철문을 깨고 있는 모습을 보고는 어처구니가 없었다. 그러다 가만히 생각해 보니 이 방법 말고는 딱히 다른 마땅한 방법도 없었다. 그렇다면 자신이 철문을 깨 보는 것 또한 나쁘지 않은 방법 같았다.

기사들이 쩔쩔매며 깨고 있던 철문을 자신이 단번에 깨 버린다면 기사들이 어떤 반응을 보일지는 짐작하고도 남음이었다.

언젠가는 블랙윙 기사단의 정식 단장이 되는 날이 올 것이다. 그날을 대비해 레츠는 블랙윙 기사단원들에게 점수를 따 놓을 작정인 것이다.

"스읍."

레츠가 철문에 손을 살짝 가져다 대고 심호흡을 길게 했다. 그러고는 한순간에 마나를 철문을 향해 뿜어냈다.

쾅!

엄청난 양의 마나가 한순간에 철문을 강타했다. 그 반발력으로 엄청난 폭발력이 발생한 것이다.

레츠가 뿜어낸 마나가 폭발하면서 그 후폭풍으로 근처에 대기하고 있던 기사들에게 불통이 튀었다.

"이거 미안하군. 미리 피하도록 언질을 줬어야 했는데 말이야."

레츠가 후폭풍에 휩쓸린 기사들을 바라보며 난감하다는 표정으로 말을 꺼냈다.

갑작스레 발생한 폭발로 낭패를 당한 기사들이 레츠의 말에 얼굴을 붉혔다. 아무리 갑작스럽게 닥친 후폭풍이라고 해도 기사라면 이런 폭발에도 의연하게 대처했어야 했다.

"헉."

레츠의 말에 얼굴을 붉히던 기사들이 놀란 표정을 감추지 못했다. 철문에 나 있는 손자국을 발견했기 때문이다.

큼지막하게 찌그러져 있는 철문 위에 손바닥 모양의 자국이 선명하게 새겨져 있었다.

자신들이 그리도 애쓰면서 했던 일을 레츠가 단 한 번에 해 낸 것이다. 임팩트는 레츠가 단연 최강이었다. 그 강함에 기사 들이 매료될 정도였다.

"뒤로 잠시 물러나 있어라."

기사들의 정신을 쏙 빼놓은 뒤에 점잖게 기사들을 뒤로 물 렸다. 기사들이 뒤로 물러나자 레츠가 철문에 손을 가져갔다.

'마나가 생각보다 많이 드는데.'

철문을 부수는 데 생각보다 많은 양의 마나가 필요했다. 아 무리 봐도 철문 안쪽에서 어쌔신들이 무슨 장난을 치고 있는 것이 분명했다. 그렇지 않고서야 이렇게 많은 양의 마나가 사 용될 이유가 없었다.

기사들도 철문을 어쩌지 못하고 쩔쩔매는 것으로 봐서는 레 츠는 자신의 생각이 맞을 거라고 장담했다. 이렇게 된 이상,

어쌔신들이 손을 쓰기 전에 철문을 부숴야 했다.

"스읍."

레츠가 다시 한 번 심호흡을 깊게 들이마셨다. 그러고는 마나를 뿜어내기 시작했다.

'이 정도로는 안 돼. 마나를 조금 더 모아야 한다.'

레츠는 마나를 터트리지 않았다. 몸속에 있는 마나를 손끝으로 이동시키고는 압축하기 시작했다. 압축하고 또 압축하고 계속 압축했다.

너무 많이 압축해 그 반발력 때문에 레츠 스스로 컨트롤을 할 수 없다고 여길 때까지 마나를 끌어 모았다.

"합!"

짧은 기합과 함께 레츠는 그동안 모아 온 마나를 한순간에 격발시켰다.

쾅!

엄청난 굉음과 함께 뿌옇게 먼지가 발생했다. 그리고 발을 딛고 서 있는 곳이 지진이라도 난 것처럼 들썩였다.

잠시 뒤 먼지가 어느 정도 내려앉자 반으로 접혀 있는 철문이 드러났다. 드디어 철옹성 같은 철문이 사라진 것이다.

기사들이 기다렸다는 듯이 앞으로 치고 나갔다. 어쌔신들은 그런 기사들을 막기 위해 한바탕 난리를 부리고 있었다.

"하아, 하아."

한순간에 빠져나간 마나로 인해 레츠는 탈진 상태에 빠졌다. 거친 숨을 계속 내쉬며 호흡을 가다듬기 위해 노력했다.

철문을 부수고 단숨에 안으로 쳐들어가 어쌔신들을 상대하는 게 레츠가 처음 세웠던 계획이었다. 그런데 마나를 너무 많이 소모해 버려서 그것이 여의치 않았다.

"많이 지쳐 보이십니다."

거친 숨을 계속 내쉬는 레츠가 걱정이 되었는지 위클렌트가 다가왔다.

"생각보다 마나를 너무 많이 사용했다. 자네가 나를 대신해 기사단을 지휘해라."

"알겠습니다."

지금 한창 기사들과 어쌔신이 싸우고 있었다. 누군가는 그런 기사들을 지휘해야 했다. 하지만 레츠는 철문을 부수는 데 힘을 전부 소진해 버렸다. 레츠가 이리되자 위클렌트가 기사단을 이끌 수밖에 없었다.

"잠시만 쉬고 계십시오. 얼마 걸리지 않을 것입니다."

위클렌트는 레츠에게 그렇게 말하고 레츠에 의해 열려진 철문 안으로 진입했다.

철문이 레츠에 의해 열린 순간 모든 것이 끝났다고 보는 것이 정확했다. 안으로, 안으로 밀어닥치는 기사들을 어쌔신들은 막아설 수 없었다.

"크아악!

기사의 검에 의해 팔이 잘린 어쎄신이 고통을 참지 못하고 비명을 터트리며 바닥을 나뒹굴었다. 이 어쎄신뿐만이 아니었다. 곳곳에서 기사들에 의해 사지가 절단당한 어쎄신들이 속출했다.

"적에게 자비를 베풀지 마라. 확실하게 숨통을 끊어 놓아야 한다."

위클렌트가 기사들의 손속이 잔인해지기를 독려하고 나섰다. 몰아붙일 때는 확실하게 몰아붙여야 했다. 그렇지 않으면 어쎄신들이 또다시 장난을 칠지도 몰랐다. 다른 기사들도 이러한 사실을 경험을 통해 알고 있었다.

사지가 잘려 나가 더 이상 싸움을 할 수 없는 상태에 놓인 어쎄신들까지 일일이 찾아다니며 목숨을 끊어 놓았다. 크렌스피 영지에 있는 어쎄신 길드는 오늘부로 레츠의 손에 의해 멸망의 길을 걷게 되었다.

오늘 어쎄신 길드를 토벌하는 데 대략 3시간 정도가 소유했다. 짧다면 짧은 시간이었으며, 길다면 긴 시간이었다. 그 과정 중에 기사단도 상당한 피해를 입기도 했다.

그나마 기사들이 완전 무장을 갖추고 있어서 목숨을 잃은 기사들은 손에 꼽을 정도였지만, 며칠 요양을 요할 정도로 부상을 입은 자가 부지기수였다.

레츠는 이에 아랑곳하지 않았다. 뜻밖의 수확을 얻었기에 그 과정에 있었던 피해는 별달리 신경 쓰지 않는 것이다. 기사단이 입은 피해야 이 일에 비하면 너무도 사소한 문제였다.

레츠는 위릿이 건네준 서류를 읽고 또 읽었다.

위릿이 건네준 서류에는 이번 어쌔신 토벌 과정에서 얻은 전리품이 담겨 있었다.

어쌔신 길드의 운영자금 내역 및 어쌔신 길드와 귀족들이 어떻게 상생 관계를 유지하고 있었는지 상세하게 나와 있었다. 이것만으로도 상당한 성과인데, 거기에 더해서 레츠의 관심을 한 번에 사로잡는 것이 있었다.

"고아원이란 말이지."

"그렇습니다. 어쌔신 길드는 고아원을 통해 매년 검술에 재능을 보이는 상당수의 어린이를 길드원으로 충당하고 있었습니다."

어쌔신 길드 마스터인 레커트는 크렌스피 영지에 어쌔신 길드를 건립하면서 고아원도 같이 건립하고는 아무도 모르게 운영해 왔다.

이는 어쌔신들에게 새로운 신분을 만들어 주어 크렌스피 영지민들의 환심을 사는 한편, 부모가 없는 고아들을 따로 모아서 검술에 재능을 보이는 아이들을 중점으로 어쌔신으로 키우고 있었던 것이다.

"고아원을 운영하려면 상당한 자금이 필요할 텐데, 어쌔신 길드에서는 어떤 방법으로 그 많은 자금을 충당했지?"

레츠는 길드 인원을 충당하기 위해 고아원을 따로 운영하는 어쌔신 길드의 방법이 마음에 들었다. 거기에 막대한 자금이 들어가는 고아원을 관리해 왔던 운영 방식에도 관심을 가졌다.

크렌스피 영지뿐 아니라 제국 내에서도 어린 나이에 부모를 잃은 고아들로 인해 골머리를 앓고 있었다.

제국에서는 황제의 이름으로 운영하는 고아원이 존재했지만, 하루에도 수십, 수백 명씩 발생하는 고아들을 감당할 수 없는 실정이었다.

황제도 해결할 수 없던 문제를 일개 길드의 마스터가 고아원을 건립하고는 사적으로 이용해 왔다고 하니 누구라도 관심이 갈 수밖에 없었다.

특히 레츠는 따로 개인 무력단체를 만들고 싶기에 더욱 관심이 갔다. 더군다나 나중에 영지를 운영할 때 상당한 도움이 될 것 같기도 했다.

"어쌔신 길드에서 일 년에 벌어들이는 수입이 크렌스피 영지가 일 년에 벌어들이는 세금에 해당하는 액수입니다."

"정말이냐!"

"저도 생각보다 많은 양이라서 조금은 놀랐었지만, 저희 도둑 길드만 하여도 크렌스피 영지에서 벌어들이는 총 세금의 60% 정도에 해당합니다."

"어마어마한 양이군. 차라리 무력단체를 따로 만들 게 아니라, 직접 어쌔신 길드를 운영하는 것이 더 효과적이겠군."

"그렇지는 않습니다. 도둑 길드만 해도 일 년에 벌어들이는 수입의 7~80%는 길드의 뒤를 봐주고 있는 귀족들의 주머니 속으로 들어가는 실정입니다. 저희 길드가 이러한대, 귀족들과는 물과 불의 관계인 어쌔신 길드야 제가 상상할 수도 없을 만큼의 자금이 귀족들에게 들어가고 있을 것입니다. 이런 상황에서 따로 어쌔신 길드를 운영한다고 해도 별다른 소득은 얻으실 수 없을 것입니다."

위럿에게 남에게 감추고 싶은 귀족들의 재산 증식 방식에 대해 설명을 들으면서도 레츠는 별다른 표정의 변화가 없었다. 오히려 도둑 길드가 아직도 귀족들에게 상납을 하고 있다는 소리를 화를 냈다.

"지금까지 귀족들에게 주기적으로 상납을 하고 있었다는 말이냐?"

"귀족들 중에는 저희 길드의 위치를 알고 있는 이들이 있습니다. 그들의 입을 막기 위해서 어쩔 수 없이 일정 금액을 상납하고 있습니다."

"그게 말이 된다고 생각하느냐! 내가 바로 크렌스피 영지의 소영주다. 크렌스피 영지에서 나보다 위에 있는 귀족이라곤 단 한 명뿐이다. 그런데도 나보다 지위가 낮은 귀족에게 상납을 하고 있다니, 이는 나를 모욕하는 행위다."

"……."

"내가 침 발라 놓은 물건에 욕심을 내는 이가 있다니, 반드시 그 대가를 치르게 할 것이다. 내 말이 무슨 말인지 알겠느냐? 거치적거리는 놈들이 있다면 깔끔하게 치워 버리란 말이다!"

"알겠습니다. 그리고 앞으로는 이런 일이 없도록 하겠습니다."

"말로는 뭔들 못하겠느냐. 나는 말보다 행동으로 보여 주길 원한다."

"명심하겠습니다."

위릿은 그 자리에 무릎을 꿇으며 자신의 각오를 레츠에게 밝혔다.

레츠는 무릎을 꿇으며 각오를 다지는 위릿의 모습을 보며 흡족함을 감추지 않았다.

무릎을 꿇는 행위야 아주 사소한 것에 속하겠지만, 모든 일은 그 사소한 일에서부터 시작된다고 여기는 레츠였다.

"위릿!"

"네, 소영주님!"

"아무리 생각해도 어쌔신 길드를 이대로 버리기에는 너무 아깝단 말이야. 그렇다고 어쌔신 길드를 전부 집어삼키기에는 위험 부담이 너무 크고 말이야."

레츠는 어쌔신 길드를 자신의 휘하로 들이고 싶었다. 그러나 현실적으로 그것은 어려운 일이었다. 어쌔신 길드를 몰락시킨 장본인이 레츠 본인이었으니 말이다. 그래서 따로 생각해 놓은 것이 있었다.

"그래서 말인데, 내가 고아원이라는 것을 운영해 볼 생각이다."

"고아원을 말입니까?"

"그래. 이번에 무력단체를 만드는데, 어쌔신 길드에서 이용하던 방식 그대로 만들 생각이다."

"고아원을 운용하시려면 유지 비용이 만만치 않게 들어갈 것입니다. 그래도 괜찮으시겠습니까?"

"흥! 집도 절도 없는 어린놈들을 데려다가 호의호식시킬 일 있느냐! 그저 먹여 주고 재워 주면 그만이다."

레츠는 위릿의 걱정에 그저 코웃음만 칠뿐이었다.

레츠는 아무런 재능도 없는 아이들은 필요가 없었다. 그저 검술에 재능이 있는 어린아이들을 선별해 내기 위해 고아원이 필요할 뿐이었다.

"도서관은 어떻게 처리하실 생각이십니까?"

"불태워 버릴 작정이다."

레츠는 네이드빌 영주에게 마르체나를 살인 교사한 자를 찾겠다고 당당하게 말했지만, 그건 겉으로 보여 주는 말뿐이었다.

레츠 자신이 지시한 일이었다. 따로 범인이 있을 수가 없었다. 그래서 생각해 낸 것이 아예 증거를 지워 버리는 것이었다.

어쌔신 길드로 사용되는 건물이 불에 타 버려서 정보를 얻지 못했다고 해 버리면 끝이었다.

불에 타 버렸다는데 어떻게 하겠는가. 물론 약속을 지키지 못했다는 이유로 타박을 받겠지만, 그것은 그때뿐이었다.

위릿은 레츠의 말을 듣고는 고개를 끄덕였다. 그것도 좋은 방법 중의 하나였다. 그렇지만 그것보다 다른 것을 권해 보고 싶었다.

"도서관을 가지시는 것은 어떻겠습니까?"

"도서관을?"

"그렇습니다. 정확히는 도서관 안에 있는 책을 가지는 것입니다."

어쌔신 길드에서 길드 건물로 활용하기 위해서 도서관을 직접 만들었다. 그러고는 책을 사들이기 시작했다.

책은 그 내용이 아무리 하찮은 것이라고 해도 가격이 상당했다. 그래서 도서관이란 구색을 맞추기 위해서 상당한 시일과 자금이 필요했다.

처음에는 가장 가격이 낮은 필사본부터 시작해서 조금씩 가격이 나가는 진본을 모으기 시작했다. 일 년이 지나고, 십 년이 지나자 제법 이름이 알려진 도서관을 소유할 수 있게 되었다.

위릿은 도서관에 있는 책들을 포기하고 싶지 않았다. 다른 사람들은 어떤 생각을 하는지 모르겠지만, 위릿은 도서관 안에 있는 책이 전부 돈으로 보였다.

셀 수도 없이 많은 이 책들을 전부 팔아 치우면 과연 가격이 얼마나 나올지 상상이 되지 않았다.

어쌔신 길드가 그동안 모아 온 자금이 전부 책으로 환산된 것 같았다. 즉, 도서관을 소유하는 순간 어쌔신 길드에서 수십 년 동안 모아 온 자금을 갖게 되는 것이었다.

레츠도 위릿의 말을 듣고는 솔직히 욕심이 났다.

무력단체를 만드는 데 필요한 인적 자원은 고아원을 통해 확보해 놓은 상태였다. 거기에 무력단체를 운영하는 데 들어가는 물적 자원까지 도서관을 통해 확보한다면 더 이상 좋을 수가 없었다.

그 순간 레츠의 머릿속에서는 도서관에 있는 책을 필사해서 자금을 확보하는 장면이 떠올랐다.

"좋아. 도서관을 내가 가진다."

"잘 생각하셨습니다."

마르체나의 일은 나중에 따로 방편을 마련하는 일이 있더라도 도서관을 가지기로 작정하는 레츠였다. 그리고 네이드빌 영주를 속이는 것이야 별다른 노력도 필요하지 않았다.

그저 마음에 들지 않는 누군가를 살짝 포장해서 네이드빌 영주 앞에 대령해 놓으면 끝날 것이다.

레츠는 누굴 희생양으로 삼을지 심도 있게 고민하기 시작했다.

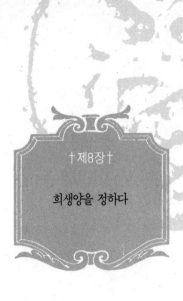

† 제8장 †

희생양을 정하다

레츠가 어쌔신 길드를 토벌했다는 소식은 빠른 속도로 크렌스피 영지에 퍼져 나갔다.

예전 뉴튼 사건에 관련되면서 크렌스피 영지에 레츠에 관한 소문이 무성하게 퍼진 적이 있었다. 그러나 지금은 그때와는 상황이 많이 달랐다.

예전에는 귀족을 제외한 크렌스피 영지민들 사이에서만 무성하게 소문이 퍼진 것이라면, 지금은 크렌스피 영지민들은 물론 귀족들의 사교 모임에서도 레츠에 관한 이야기꽃이 활짝 피고 있었다.

그 누구도 해내지 못한 일을 이제 갓 소영주의 지위를 얻은 레츠가 해낸 것이다. 귀족들의 관심이 높을 수밖에 없었다.

"그 소문 들으셨나요? 소영주님이 드디어 어쌔신 길드를 토벌했다지 뭐예요."

"어머, 어머! 그 소문이 사실이었군요! 저는 처음에 그 소문을 접하고는 불경스럽게도 호사가들의 말장난으로 치부하고 믿지 못했지 뭐예요."

"그게 어디 퐁드 부인 혼자만의 잘못이겠어요. 그 소식을 처음 접한 귀족들은 누구를 막론하고 저지르는 실수죠. 내일 낮에 개선식이 있을 거라는 소식을 접하지 못했다면, 지금도 소영주님이 어쌔신들을 토벌했다는 소식을 믿지 못하는 귀족들이 부지기수일 거예요."

"아, 그렇군요. 저는 저 혼자만 그런 줄 알고 얼마나 놀랬던지. 호호호."

"호호호."

"그런데 소영주님께서는 어디에 계신가요? 내일 있을 개선식 때 한번 뵈었으면 좋겠는데."

"지금은 네이드빌 영주님과 면담 중이세요. 저도 소영주님을 먼발치에서나마 한번 뵙고 싶어서 네이드빌 영주님과 면담을 끝내고 나오실 때까지 기다리고 있는 중이에요."

"어쌔신 길드 토벌에 성공한 것을 축하한다."

"감사합니다, 영주님."

"그래, 큰일을 해 주었어."

네이드빌 영주는 레츠가 어쌔신들의 토벌을 성공했다는 소식에 마르체나에 대한 암살을 의뢰한 당사자를 밝힐 수 있을 거라는 생각이 들어 진정으로 기뻐했다.

크렌스피 영지 내에서는 무소불위의 권력을 행사할 수 있는 영주의 신분을 가지고 있으면서도 사랑하는 여자 하나 제대로 지켜 주지 못했다는 자괴감에 많은 나날을 힘들어 했었다.

자신이 마르체나를 사랑함으로써 그녀가 크렌스피 영지의 귀족들에게 미움을 사고 끝내는 죽음의 위협까지 당하는 처지에 놓이게 된 것에 미안함을 감출 수가 없었다.

네이드빌 영주는 자신이 직접 어쌔신들을 처단하고 싶었다. 그렇게 해야지만 마르체나에 대한 미안함을 조금이라도 줄일 수 있을 것 같았다. 그러나 네이드빌 영주는 끝내 어쌔신 길드를 찾아낼 수 없었다.

그의 신분으로도 어쩔 수 없는 일이었다. 그랬기에 레츠가 어쌔신 길드를 토벌하겠다고 했을 때, 허락할 수밖에 없었다.

"웨리스 마을에 있는 도서관이 어쌔신 길드였다는 정보는 어디서 얻은 것이냐?"

못내 그것이 궁금한 네이드빌 영주였다. 어쌔신 길드의 위치를 알았다면, 레츠의 손을 빌리지 않고 직접 마르체나의 복수를 위해 어쌔신들을 토벌했을 것이기 때문이다.

"제가 스스로 찾은 것은 아닙니다. 다만 크렌스피 영지에 있는 모든 길드의 마스터들에게 도움을 얻어 냈을 뿐입니다."

"그것이 무슨 말인가?"

"크렌스피 영지에는 수많은 길드가 존재하고 있습니다. 저는 그런 길드들의 정보력을 한곳에 집중해서 사용했을 뿐입니다."

"그렇다고 해도 어쌔신 길드를 찾아내기에는 부족했을 것 같은데."

네이드빌 영주는 레츠가 너무도 쉽게 어쌔신 길드를 찾아냈다고 하자, 별로 기분이 좋지 않았다. 그 자신과 레츠의 능력이 비교됐기 때문이다.

네이드빌 영주 앞에 부복해 있던 레츠는 그런 네이드빌 영주의 심경의 변화를 눈치 채고 있었다.

"영주님의 이름으로 그들에게 명령을 내렸습니다. 어쌔신 길드를 찾아내라고 말입니다. 약속된 시일 내에 찾아내지 못한다면 크렌스피 영지에 있는 모든 길드들은 영주님의 분노를 사게 될 것이라고 말입니다."

"아무리 소영주의 신분이라고 해도, 함부로 영주의 이름을 사용할 수는 없다. 이런 사실을 모르지는 않을 것인데 어찌 된 일이냐!"

네이드빌 영주가 가차 없이 레츠를 꾸짖었다. 어쌔신 길드를 토벌한 공적은 인정하지만, 그것과는 별개로 사적으로 영주의 이름을 함부로 사용한 책임을 물으려는 것이다.

"죄송합니다, 영주님. 처음에는 영주님의 이름을 사용할 생각이 아니었습니다. 그런데 소영주라는 이름으로는 크렌스피 영지에 있는 길드를 움직일 수 없었습니다. 그래서 영주님의 이름을 사용할 수밖에 없었습니다. 다시 한 번 사죄드립니다."

"크흠!"

네이드빌 영주는 레츠를 벌하려고 마음먹고 있었다. 그러나 스스로를 낮추고 자신을 높이니, 이번 일은 그냥 넘어갈 수밖에 없었다. 그리고 그보다는 크렌스피 영지 내에서는 자신의 이름으로 안 되는 것이 없다는 사실을 확인할 수 있어서 기분이 좋아진 것도 있었다.

"어쌔신을 토벌한 공로를 인정해서 이번 일은 없던 것으로 하겠다. 허나 다음에도 주제넘게 앞으로 나선다면 그냥 넘어가지 않을 것이다."

"선처를 베풀어 주셔서 감사합니다."

레츠가 네이드빌 영주를 향해 자신을 낮추며 감사를 표했다.

"나와 약속했던 한 달이라는 시간이 얼마 남지 않았다. 어쌔신에게 이번 암살을 사주했던 자를 찾아냈느냐?"

"어쌔신 길드를 공격하는 와중에 실수로 어쌔신 길드를 이끌고 있는 마스터를 죽이고 말았습니다. 그래서 아직 범인을 찾아내지는 못했습니다. 송구합니다."

"송구하다. 지금 그걸 지금 말이라고 하느냐? 한 달이란 기한은 내가 정한 것이 아니라 네놈이 정한 것이다. 그런데도 아직 범인을 밝혀내지 못했다."

"죄송합니다. 약속했던 기간 내에 범인을 잡아내지 못한 책임을 지겠습니다."

네이드빌 영주는 레츠가 마음에 들지 않았다.

입으로는 자신에게 죄를 청하고 있지만, 레츠는 자신이 이번 일에 대한 책임을 물을 수가 없다는 사실을 알고 있었다. 그걸 알고 있으면서도 자신에게 죄를 청하고 있는 것이다.

어떤 이유를 갖다 붙인다고 해도 레츠가 어쌔신 길드를 토벌한 전공을 넘어설 수 없었다. 네이드빌 영주는 자신의 생각과는 다르게, 약속을 지키지 못한 레츠를 용서할 수밖에 없었다.

"길드 마스터가 죽었기에 그의 입을 통해 범인을 색출할 수 없지만, 대신 어쌔신 길드의 모든 의뢰 내용이 적힌 장부를 입수하였습니다. 그들만의 암호로 되어 있어서 해독하는 데 시일이 걸리겠지만, 그걸 손에 넣은 이상 범인을 찾은 거나 진배 없습니다."

"끄응."

레츠의 해명을 듣고 있던 네이드빌 영주가 무언가 마음에 안 드는 것이 있는지 탐탁지 않은 표정을 지우지 않았다.

어쌔신 길드의 장부를 손에 넣은 이상 범인을 잡는 것은 시간문제였다. 그건 네이드빌 영주도 알고 있었다. 하지만 그 시간이 문제였던 것이다.

내일이면 어쌔신 길드를 성공적으로 이끈 이들을 환영하는 개선식을 거행할 예정이었다.

그 이후에는 자이엔느와 레츠의 결혼식으로 크렌스피 영지는 눈코 뜰 새 없이 바쁜 나날을 보낼 것이며, 결혼식 이후에는 새신랑인 레츠를 지금처럼 쉽게 밖으로 내돌릴 수는 없을 것이었다.

아무리 네이드빌 영주가 마르체나에게 빠져 자이엔느와 소원해졌다고는 하지만, 그래도 자이엔느는 네이드빌 영주의 하나뿐인 자식이었다.

자신의 행복을 위해 자이엔느를 불행하게 만들 수는 없었다. 이렇게 되면 마르체나의 암살을 사주한 범인을 찾는 데 상당한 시일이 걸릴 것은 자명한 일이었다.

네이드빌 영주는 크렌스피 영지에서 마르체나의 암살 미수 사건이 갖는 무게가 이리도 낮다는 데에 한탄을 금할 길이 없었다.

레츠 또한 다른 귀족과 별반 다르지 않았다.

본인이 의욕적으로 마르체나 암살 미수 사건에 대한 배후를 밝히겠다고 하여 혹시나 하고 기대를 가졌지만 역시나일 뿐이었다. 레츠는 그저 영주인 자신에게 잘 보이기 위해 앞에 나섰을 뿐이었다.

네이드빌 영주가 이번 마르체나의 일을 이대로 덮어 둬야 하는가에 대해 심각하게 고민하고 있을 때, 레츠가 그의 관심을 끄는 이야기를 꺼내 놓았다.

"이번 토벌 과정에서 얻은 장부를 해독하는 중에 영주님이 관심을 가지실 만한 일을 밝혀냈습니다."

"그것이 무슨 말이냐?"

"자코린 크렌스피에 대한 암살을 의뢰한 자로 의심되는 이를 발견했습니다."

"뭐라고! 그것이 정말이냐?"

"그렇습니다."

네이드빌 영주는 한순간 마르체나에 대한 일을 잊을 정도로 레츠가 꺼낸 말에 관심을 표현했다.

제국의 황제가 관심을 가지고 지켜보던 이가 자코린 크렌스피였다. 그런 그가 암살당한 지도 벌써 반년이 지나가고 있었다. 그렇지만 범인에 대해서는 아무런 단서도 찾아내지 못했으며, 그저 막연히 누군가의 의뢰를 받은 특급 어쌔신의 소행이라고만 여길 뿐이었다.

그렇게 감쪽같이 자코린을 죽이고 유유히 사라진 범인을 끝내 찾아내지 못했고, 네이드빌 영주는 황제의 신임을 잃게 되었다.

그로 인해 제국의 수도에서 얼굴을 들 수 없을 정도로 체면이 말이 아니었다. 그런데 자코린을 죽인 범인을 찾아냈다고 하니 네이드빌 영주가 관심을 보이는 것은 당연했다.

"누구냐? 어느 놈의 소행이냐?"

사람들 기억에서 지워졌던 자코린 크렌스피에 대한 이야기를 꺼내는 레츠의 의중을 짐작하는 이는 아무도 없었다.

라이벨은 눈앞에 있는 청첩장을 착잡한 심정으로 바라봤다. 크렌스피 영주 성에서 레츠와 자이엔느가 결혼식을 올린다는 내용이었다.

그 보잘것없던 레츠가 어느 순간 자신과 똑같은 후보자에 이름을 올리더니, 마창시합에 처음 참가해서는 단번에 우승을 차지해 버렸다.

정말 너무도 화려한 등장이었다. 그때 라이벨은 실력이 미흡하다는 평가와 함께 욕심이 많다는 이유로 후보자에서 밀려났었다.

그 후로도 레츠는 수많은 경쟁자를 뛰어넘는 실력을 선보이며, 크렌스피 영지의 소영주가 되어 있었다.

레츠가 소영주가 되자 사냥대회에 참가해서 레츠가 마음에 들지 않는다고 뺨을 때린 적이 있는 라이벨로서는 여간 찝찝한 것이 아니었다.

하루라도 빨리 레츠를 찾아가 그때 일을 사과해야 하는데, 라이벨은 레츠를 만나기가 두려웠다. 아니, 자신 같은 하위 귀족을 레츠가 만나 줄지도 의문이었다. 그래서 이도 저도 하지 못하고 지금까지 시간만 지나온 것이다.

"도련님, 결혼식에 참석하실 겁니까?"

스트이트가 걱정스러운 표정으로 라이벨을 바라봤다.

레츠와 라이벨의 악연을 누구보다 잘 알고 있기에 라이벨이 걱정스러운 것이다. 내심 라이벨이 결혼식에 참석하지 않았으면 하고 바라고 있었다.

"내 이름 앞으로 청첩장까지 왔는데, 모른 척할 수는 없다. 결혼식에 참석한다."

"레츠가 도련님께 위해를 가하지는 않을지 걱정입니다. 도련님보다 신분이 낮은 그때도 안하무인으로 행동하던 놈이었습니다. 소영주가 된 지금은 그의 행동을 예측할 수조차 없습니다."

"그렇다고 소영주의 이름으로 보내온 청첩장을 무시할 수도 없다."

언젠가는 레츠를 마주 대하는 날이 찾아올 것이다. 그때 레츠를 만나나 결혼식 때 레츠를 만나나 언젠가는 레츠를 만나야 했다. 그리고 지난날의 잘못된 만남을 바로잡을 필요가 있었다. 라이벨은 그날이 빠르면 빠를수록 자신에게 유리하다고 판단했다.

결혼식 전야제.

수많은 귀족들이 네이드빌 영주가 준비한 만찬을 함께하고 있었다.

"축하합니다, 영주님."

"하하하. 고맙네."

"축하드립니다, 영주님."

"자네도 왔는가? 이거 정말 오랜만이네."

네이드빌 영주는 끊임없이 이어지는 축하 인사에 입가에 웃음이 떠나질 않았다. 그리고 하객들이 건네는 술을 거절하지 않고 주는 대로 받아먹기 바빴다.

"영주님이 저희보다도 더 즐거워 보이십니다."

"아버지가 조금은 주책맞아 보이죠? 평소에는 안 그러시는데 저와 관련된 일에는 조금 주책을 부립니다."

"하하하. 영주님 또한 여느 부모와 똑같을 뿐이지요. 특히 딸자식 사랑은 아버지라는 소리도 있지 않습니까?"

"호호호."

네이드빌 영주는 자신의 하나뿐인 딸인 자이엔느의 결혼식을 성대하게 치르고 싶었다. 그래서 영주 성 전체를 예식장으로 만들 정도였다.

결혼식을 올리기 삼 일 전부터 하객을 받기 시작해서는 결혼식 당일에는 크렌스피 영지에 살고 있는 평민들까지 결혼식을 관람할 수 있게 성문을 개방할 계획이었다. 그래도 네이드빌 영주는 하객들의 수가 부족하다고 분통을 터트렸다. 영주성 전체를 하객들로 채우지 못했다는 이유에서였다.

이번 결혼식을 위해 정성 들여 새로이 단장한 응접실은 온통 황금으로 도배되다시피 했다.

천장에 매달려 화려한 빛깔을 뿜내는 샹들리에, 그리고 벽에 전시되어 있는 유명한 화가의 작품들, 심지어 바닥에 깔린

순백색의 카펫까지 어느 것 하나 탐이 나지 않는 것이 없었다.

그 화려함은 황제의 그것과 흡사할 정도였다. 아니, 세인들의 입을 통해 전해진 내용을 봤을 때는 황제도 부러워할 정도의 화려함이라고 했다.

자이엔느는 처음 결혼식을 올릴 응접실을 봤을 때, 그 화려함에 입을 다물지 못할 정도였다. 조금은 수수한 자이엔느의 성품으로는 너무 과하게 보였던 것이다. 그러나 네이드빌 영주는 요지부동이었다.

자신의 능력이 안 되는 것도 아니고, 하나뿐인 딸을 결혼시키는데 이 정도는 아무것도 아니라는 것이었다.

자이엔느도 여자였다. 자신의 성품에 맞지 않는다고 하지만, 결혼식이 너무 화려하다고 마냥 싫어할 이유는 없었다. 그저 못 이기는 척 네이드빌 영주의 주장을 받아들였다.

네이드빌 영주가 주인공인 레츠와 자이엔느보다 더욱 바쁘게 결혼식 하객들을 상대하는 그 시간, 레츠는 자이엔느를 이끌고 아는 얼굴들이 있는 곳으로 갔다.

"여기들 있었군."

"소영주님, 그간 안녕하셨습니까?"

사이엔이 가장 먼저 레츠를 발견하고는 인사를 했다.

"안녕하십니까?"

"안녕하십니까?"

"그래, 오랜만이군."

사이엔의 인사에 르노와 카이멘이 잠깐 주춤거렸다. 레츠에게 먼저 인사를 해야 할지, 자이엔느에게 먼저 인사를 건네야 할지를 몰라 머뭇거렸던 것이다.

레츠는 그들의 머뭇거리는 모습을 즐기며 느긋하게 인사를 받아들였다.

"결혼식을 축하드립니다, 영애님."

"고마워요."

레츠보다 한 발 뒤에 서 있는 자이엔느에게 축하의 인사를 건넸다. 확실히 레츠에게 하는 것보다 활기가 느껴졌다. 이는 카이멘과 사이엔의 인사에서도 느껴졌다.

자이엔느는 이들의 이런 반응이 조금은 부담스러웠다. 아무리 레츠와 예전에 경쟁 관계에 있었던 이들이라고 해도 지금은 신분상의 차이가 존재했다. 더구나 그녀 자신보다 레츠의 신분이 더 높기까지 했다.

자이엔느는 그 점을 이들이 분명히 알아주길 바랐다. 그렇기 때문에 레츠의 옆이 아닌 한 발짝 정도 뒤에 서 있었던 것이다.

자이엔느가 소극적으로 나오자 분위기가 금세 가라앉았다.

레츠가 소영주가 된 이후 처음 만나는 자리였다. 서로 어색해져서는 레츠의 눈도 마주치지 못하고 있었다. 화기애애하길 바라는 것은 무리였다.

그 와중에도 이런 분위기가 마음에 들지 않는 자가 있었다.

사이엔은 르노와 카이멘과 달리 처음부터 레츠의 실력을 인정하고 있었다. 그렇기 때문에 레츠가 소영주의 지위에 올라도 쉽게 받아들일 수 있었다.

사이엔은 더 나아가 이번 기회에 레츠와 친해지길 원했다. 영지의 차기 권력자와 친해져서 나쁠 것이 없었던 것이다.

사이엔이 레츠의 비위를 맞추기 위해 노력하자, 경색되었던 분위기도 풀리고 있었다. 자이엔느도 레츠와 서먹한 관계를 유지하는 르노와 카이멘보다는 사이엔과 더 많은 이야기를 나눌 정도였다.

레츠는 자존심을 내세우는 르노와 카이멘의 행동에 그저 웃을 뿐이었다.

자신과 사이가 서먹해서 좋을 것이 없는데도 끝까지 자존심을 내세우는 그들의 행동은 어린아이의 모습 그 이상도 이하도 아니었다.

그래도 자신과 끝까지 경쟁했던 이들이라서 조금은 기대하고 있었는데, 자신의 기대에는 미치지 못하고 실망감만 안겨주고 있었다.

사이엔은 기본적으로 가지고 있는 능력이 미흡했기에 처음부터 별다른 관심을 갖지 않았다.

더는 이곳에 있을 필요를 느끼지 못했다.

"나는 다른 일이 있어서 오늘은 이 정도에서 끝내도록 하지."

"그렇습니까? 아쉽지만 어쩔 수 없지요."

"수고하십시오."

사이엔은 조금이라도 레츠를 붙잡아 두려고 노력했지만, 르노와 카이멘은 레츠가 다른 볼일이 있다는 말을 반겼다. 계속 얼굴을 맞대서 서로 기분만 상할 필요가 없다고 여긴 것이다.

"혹시 라이벨을 보지 못했나?"

레츠가 사이엔을 보며 라이벨에 대해 물어 왔다.

라이벨에게서 결혼식에 참석하겠다는 소식을 전해 들었다. 그렇다면 분명히 이곳 어딘가에 와 있을 텐데 계속 찾아봐도 보이지 않았다. 그래서 혹시나 하고 라이벨을 봤는지 물어보는 것이다.

"라이벨이라면 조금 전에 정원을 구경하겠다고 하는 것 같았습니다."

"그런가? 어디 갔나 했더니 정원에 있었군."

어디에 있었나 했더니 자신의 눈을 피해 정원에 숨어 있었던 모양이다.

"영애님, 저는 잠시 정원에 좀 다녀오겠습니다. 이곳에서 사이엔과 잠시 이야기를 나누고 계십시오."

"정원엘 가신다고요? 저도 같이 가면 안 될까요?"

"지금은 밤이라 밖이 많이 쌀쌀합니다. 금방 다녀올 것이니 여기서 잠시만 기다려 주십시오."

"그렇게 말씀하시니 저는 여기에 있을게요."

"금방 다녀오겠습니다. 사이엔, 내가 없는 동안 영애님을 즐겁게 해 드리도록."

"여부가 있겠습니까."

자이엔느와 한동안 같이 있을 생각을 하니 사이엔은 너무나 기분이 좋았다. 그건 르노와 카이멘도 마찬가지였다. 레츠가 없는 사이 자이엔느에게 점수를 따 놓을 생각이었다.

혼자 밖으로 나온 레츠는 곧장 라이벨이 숨어 있는 정원을 향해 이동했다.

라이벨은 스트이트와 함께 영주 성 안으로 들어왔다.

두 손에 고가의 선물이 잔뜩 들려 있는 것으로 봐서는 값비싼 선물로 레츠와의 관계를 개선하려는 생각 같았다. 그런데 결혼식이 열린 응접실의 모습을 보고는 그 생각을 단번에 접을 수밖에 없었다.

화려해도 이렇게 화려할 수가 없었다.

눈에 보이는 노란색이란 노란색은 전부가 황금이었으며, 불빛에 반짝이는 모든 것이 값비싼 보석이었다.

오늘을 위해 준비한 선물이 한순간에 보잘것없는 선물로 전락해 버렸다. 그 순간부터였다. 라이벨이 처음 세운 계획과 달리 레츠의 눈을 피해 몸을 숨긴 것은 말이다.

"어떻게 하시겠습니까? 이대로 피하기만 해서는 해결되는 것이 아무것도 없습니다."

"나라고 좋은 수가 있는 것은 아니다."

스트이트가 레츠를 피해 다니는 라이벨의 결단을 종용하고 있었다.

라이벨도 알고 있었다.

처음부터 선물로 레츠의 환심을 사겠다고 생각했던 자체가 잘못이란 걸 말이다. 그리고 선물의 가치가 문제가 아니었다. 레츠 앞에 당당하게 나서지 못하는 자신의 나약한 마음이 문제였다.

"잠시만 생각할 시간이 필요하다."

스트이트는 라이벨의 말에 그저 고개를 주억거릴 뿐이었다.

"여기 있었군?"

"헉!"

아직이었다. 아직 라이벨은 레츠를 맞을 준비가 되지 않았다. 그런데 레츠가 스스로 모습을 드러냈다. 절로 헛바람이 터져 나왔다.

"왜 그렇게 놀라지? 내가 그렇게도 싫은가?"

"아, 아, 아닙니다."

라이벨이 손을 흔들며 부정했다.

"그래? 그건 그렇고, 여기서 뭐 하는 것인가?"

"그냥, 그냥 있었습니다."

"그냥?"

"그렇습니다, 소영주님."

레츠는 허겁지겁 대답하는 라이벨의 눈을 바라봤다. 라이벨은 레츠와 눈이 마주치자 곧바로 피했다. 꼬투리를 잡힐까 걱정이 되었기 때문이다.

"우리 서로 해결해야 하는 문제가 있었지?"

"무슨?"

라이벨은 레츠의 말에 무조건 부인부터 했다. 이렇게라도 하면 혹시라도 유야무야 넘어갈 수 있을지도 모른다고 여긴 것이다.

"설마 모른다고 하지는 않겠지?"

"아닙니다."

"그래. 그걸 잊어먹어서는 안 되지."

꿀꺽!

라이벨이 저도 모르게 마른침을 삼켰다. 등에 흐르는 땀으로 옷이 축축해지고 있었다.

"그렇다고 너무 긴장할 필요는 없다."

레츠가 라이벨의 어깨에 손을 올리더니 어깨동무를 했다.

라이벨이 너무 긴장하기에 레츠는 그의 긴장을 풀어 줄 필요가 있었다. 아니, 이렇게 하는 것이 라이벨의 긴장감을 더욱 높일 수 있는 방법이라는 걸 알고 있었기에 어깨동무를 한 것이었다.

"예전에 있었던 일을 꺼내서 너를 핍박할 생각은 없다."

"정말입니까?"

"훗! 왜, 믿지 못하겠나?"

"아닙니다. 저는 소영주님을 믿고 있습니다."

"그래, 그래. 그것보다 밖이라 매우 쌀쌀하군. 이곳보다는 안으로 들어가서 마저 이야기를 나누는 것이 어떤가?"

"좋습니다."

라이벨은 레츠가 예전 일을 다시 꺼낼 생각이 없다는 말을 들은 이후에 가슴속에 자리하고 있던 묵직한 무언가가 내려가는 것을 느낄 수 있었다.

"하하하!"

스트이트는 서로 어깨동무를 하고 걸어가는 레츠와 라이벨을 바라보며 착잡한 심정을 감추지 못했다. 분명 레츠에게 다른 의중이 숨겨져 있다는 것을 알고 있지만, 그것이 무엇인지 알 수는 없었다.

레츠에 의해 라이벨은 수많은 귀족들과 자이엔느를 소개받을 수 있었다. 그로 인해 라이벨은 다시없을 즐거운 한때를 보낼 수 있었다.

라이벨은 레츠가 정말로 예전 일을 잊었다고 생각했다.

파티는 자정이 넘어서야 끝이 났다.

하객들은 미리 배정 받은 방으로 들어가 내일을 위해서 잠을 잤으며, 하인들만이 남아서 파티가 벌어졌던 응접실을 정리하고 내일 있을 결혼식을 대비해 화려하게 응접실을 치장하고 있었다.

시끄럽게 떠들던 하객들이 하나 둘 잠자리에 들어갈 무렵, 레츠는 네이드빌 영주를 독대하고 있었다.

"끝내 황궁에서 보낸 축하 사절단을 볼 수 없었다. 이것이 갖는 의미를 잘 알고 있겠지?"

"그렇습니다."

크렌스피 백작가문은 제국 내에 황제파에 속해 있는 가문 중에서도 손에 꼽을 정도로 명성이 자자한 가문이다. 그런데 일 년 사이 위상이 흔들리는 사건이 발생했다. 바로 자코린 크렌스피의 살인 사건이었다.

어떻게 보면 지방 영지에서 발생한 별 볼일 없는 살인 사건 중의 하나일 뿐이었다. 하지만 살해당한 당사자가 제국에 제법 명성을 날리는 인물이라는 데서 문제가 발생했다. 아니, 제국의 황제가 관심을 보이는 인물이란 데 문제가 있었다.

황제가 친히 아끼는 인재가 누군가의 손에 죽었는데, 아직도 그 범인을 밝혀내지 못했다. 그것도 황제파에 속해 있는 크렌스피 영지에서 말이다. 황제의 실망이 이만저만이 아니었다.

"황제폐하께서는 아직도 자코린을 잊지 못하고 계시는군."

레츠는 네이드빌 영주의 말에 아무 말도 할 수 없었다. 그저 묵묵히 듣고 있는 것 말고는 말이다.

"그렇다고 축하 사절단을 보내지 않으시다니, 우리가 이번 일에 대해 너무 안이하게 대처했음을 자책하지 않을 수 없

다."

하나뿐인 딸자식을 결혼 보내는데 황제폐하의 축하 인사조차 받지 못할 줄은 정말 몰랐다. 하다못해 황제가 아닌, 황족들로부터도 아무런 축하의 인사도 없었다는 것이 믿기지 않을 정도였다.

아무리 결혼식을 화려하게 준비하면 뭐 하겠는가. 가장 중요한 황제의 인정도 받지 못했는데 말이다. 자이엔느를 생각하자 네이드빌 영주는 가슴이 찢어지는 아픔을 느꼈다.

황제의 축하 인사가 빠진 결혼식을 치렀다는 소문이라도 난다면 다시는 귀족들의 사교 모임에 참석조차 하지 못할 게 뻔했다. 자이엔느에게 너무도 미안한 네이드빌 영주였다.

크렌스피 영지는 그동안 너무도 바쁜 나날을 보내 왔다.

자코린이 살해당하기 전부터 시작된 후계자 간택과 그 뒤를 이어 행해지는 결혼식 준비로 너무나도 빠듯하게 시간을 보내 왔다. 그리고 그 사이에 벌어졌던 마르체나 암살 실패 사건까지 맞물려 자코린에 대해서는 잊고 지냈었다.

이제 와 자코린으로 인해 이렇게 불통이 튀어 오를 줄은 상상도 하지 못했다. 그저 네이드빌 영주 자신이 제국의 수도에서 망신을 당한 것으로 끝날 줄 알았다. 그런데 아니었다. 또 언제든 이 문제가 불거질 수도 있었다.

"그나마 다행이라면 자네가 어쌔신 길드를 토벌한 것이네. 그리고 너무 늦었지만, 지금이라도 자코린을 죽인 자를 찾아

냈다는 것이다."

'난데없이 황제가 나타나다니.'

레츠는 생각지도 못한 황제의 개입이 자신에게 어떤 영향을 미칠지 생각하고 있느라 네이드빌 영주의 말에 신경 쓰지 못할 정도였다.

처음에는 네이드빌 영주의 환심을 사기 위해 어쎄신 길드를 토벌했다. 그리고 그 과정 중에 발생한 떡고물을 전부 독식하고 싶었다. 그래서 꺼낸 수가 자코린이었다.

모든 것이 레츠의 예상대로 흘러가고 있었다. 그런데 난데없이 황제가 등장해서는 지금까지 이루어 놓은 모든 것을 뒤흔들고 있었다.

눈앞에 있는 네이드빌 영주가 아닌 일면식조차 없는 황제를 상대해야 했다. 지금까지 세웠던 계획을 전면적으로 수정해야 했다. 그것도 최대한 빨리 말이다.

"네게 갖는 기대가 크다. 무슨 뜻인지 알고 있겠지?"

은근하게 압박해 오는 네이드빌 영주의 눈을 레츠는 피하지 않았다.

"알고 있습니다, 영주님. 허나 걱정하지 마십시오. 모든 것은 영주님 뜻대로 풀릴 것입니다."

레츠의 말은 거침이 없었다. 그의 목소리에 자신감이 가득했다.

영주면 어떻고, 황제면 어떠랴. 어차피 세상은 자신을 위해 존재하는 들러리에 불과할 뿐이었다. 황제가 자신의 앞길을 막아선다면, 그 황제조차 찍어 눌러 버리겠다고 다짐하는 레츠였다.

레츠와 자이엔느의 결혼식은 성대하게 치러졌다.

그 누가 보더라도 부러움에 질투가 느껴질 정도로 대단한 결혼식이었다. 더군다나 결혼식의 옥의 티라고 할 수 있었던 황제의 외면은 레츠의 기지로 해결되기까지 했다.

마르체나 암살 실패 사건으로 야기된 어쌔신 길드의 토벌은, 마르체나에 관한 이야기는 쏙 빼놓고 자코린을 죽이라고 사주한 이를 찾기 위해 대대적인 토벌을 단행했다는 내용으로 뒤바뀌었다.

마법 통신구를 통해 네이드빌 영주가 황제에게 직접 보고를 했다. 그로 인해 돌아선 황제의 마음을 돌릴 수 있었다.

황제의 축하 사절단을 맞이하지는 못했지만, 그보다 더 큰 선물을 받을 수 있었다. 바로 아스렌 제국의 황제가 직접 하는 축하의 인사였다.

마법 통신구로 전해지는 축하였지만, 황제의 말을 직접 들을 수 있다는 것은 무한한 영광이었다. 네이드빌 영주가 기뻐했음은 이루 말할 수 없을 정도였다.

레츠와 자이엔느가 결혼 서약서에 사인을 하는 것으로 결혼은 끝이 났다. 레츠가 차기 영주의 자리를 공고히 다지는 계기로 작용했다. 유일무이한 영지의 후계자. 레츠가 지금까지 경험하지 못한 권력이 그를 기다리고 있었다.

"결혼하신 것을 축하드립니다."

"인사치레는 되었다. 그보다 내가 지시한 일은 어떻게 됐나?"

인사치레는 치우고 바로 본론을 꺼내는 레츠였다.

위릿은 레츠가 지시한 일을 철저하게 준비했다. 마르체나를 제대로 처리하지 못한 전력이 있는 관계로 위릿은 이번 일에 모든 것을 걸었다. 이 말은, 도둑 길드의 길드원 전부가 이 일에 모든 것을 걸었다. 그 결과 만족할 만한 성과를 얻을 수 있었다.

"어젯밤 모든 준비를 끝냈습니다."

"그래, 수고했다."

"아닙니다."

어쎄신을 토벌하고 그날 위릿에게 내렸던 명령이 일주일이 흐른 지금 완료된 것이다.

레츠가 위릿에게 지시한 일은 모두 세 가지였다.

첫째, 비밀 장부 조작.

어쎄신 길드를 토벌하는 과정에서 그동안 귀족들로부터 받은 의뢰를 작성해 둔 장부를 발견했다. 그러나 그 내용이 너무도 미흡했다. 원본만을 가지고는 레츠가 원하는 것을 얻을 수가 없었다. 그래서 원본을 조작하라고 지시를 내렸다. 레츠의 입맛대로 말이다.

둘째, 고아원 접수.

어쌔신 길드에서 사적으로 사용해 왔던 고아원을 접수하는 것이다. 레츠의 개인 무력단체를 만들기 위해 가장 필요한 인력을 고아원을 통해 얻을 작정이었다. 이 일은 공식적으로 레츠의 이름으로 행해지는 일이었다.

셋째, 라이벨에 대한 복수.

처음 레츠가 지시했을 때는 개인적은 원한 관계를 씻어 내고자 내린 명령이었다. 그러나 어제부로 이 일은 개인적인 원한관계를 뛰어넘었다. 그렇다고 해도 레츠에게는 개인적인 복수심이 더 컸다. 그 후에 얻게 되는 부산물은 레츠와는 관계없었다. 부산물은 네이드빌 영주가 원하는 것이었다.

"네이드빌 영주께서 몸이 상당히 달아오르셨다. 내일 바로 라이벨의 일을 처리할 것이다."

"알겠습니다."

위릿이 자리를 떠나고 혼자 남게 된 레츠는 내일 있을 일을 어떻게 처리해야 하는 것이 좋을지 마지막으로 점검했다. 그러다 괜히 라이벨을 끌어들였다고 생각했다.

개인적인 복수심이 더 강한 레츠에게 라이벨을 공식적 절차에 따라 처벌하는 것은 입맛에 맞지 않았던 것이다. 차라리 이럴 거였으면 자코린에 대한 이야기를 꺼내지 않는 것이 좋았을 거라고 여기는 레츠였다.

라이벨을 통째로 네이드빌 영주에게 넘겨 버리고 그에게서 신경을 끄고 싶었다. 그런데 가슴속 저 깊은 곳에서 스멀스멀 피어오르는 그 무언가가 레츠의 복수심을 자극했다.

† 제9장 †

기사의 명예

다음 날 날이 밝아 오기가 무섭게, 위클렌트가 이끌고 온 블랙윙 기사단이 라이벨의 집을 에워쌌다.

위클렌트가 앞으로 나와서는 라이벨의 집을 바라보며 기사단원 전부가 들을 수 있을 크기로 말을 꺼냈다.

"오늘부로 이곳에서 살고 있는 라이벨 크렌스피를 긴급체포하라는 명령이 내려왔다. 그의 죄목은 자코린 크렌스피에 대한 살인 교사 혐의다."

"라이벨이라는 자만 잡아들이면 되는 것입니까?"

위클렌트의 말이 끝나자 한 기사가 앞으로 나와서 궁금한 걸 물어 왔다.

"아니다. 라이벨 한 명만을 잡는 일이라면 기사단 전부가 나서는 일이 없었겠지. 이곳에 살고 있는 전부를 체포해야 한다."

"그래도 기사단 전체가 움직인다는 것은 너무 과한 결정인 것 같습니다."

"과하다라."

위클렌트는 기사의 불만에 입가에 웃음을 지을 뿐이었다.

"우리들은 지금 네이드빌 영주님의 이름으로 움직이고 있는 것이다. 그래도 과하다고 여기는가?"

"헉! 영주님께서 직접 지시하신 일이었습니까? 저는 소영주님이 내린 명령인 줄 알았습니다."

어쌔신들을 상대하기 위해서 임시 기사단장직에 올랐던 레츠는 어쌔신 길드 토벌에 성공한 지금까지도 임시 기사단장을 계속 맡고 있었다. 그래서 지금도 막연히 소영주인 레츠가 지시한 일이라고 여겼던 것이다. 이는 다른 기사들도 마찬가지였다.

"위클렌트 경, 너무하십니다. 그런 정보는 빨리 좀 알려 주십시오."

"허허허. 나도 어제저녁에야 전달 받은 사항이라 자네들에게 알려 줄 시간이 부족했다."

"쩝. 그런 이유 때문이라면 저희가 감수해야지요."

위클렌트에게 서운함을 드러냈던 기사들이 스스로 납득하고는 뒤로 물러났다.

"혹시나 하는 마음에 다시 한 번 말하지만, 이번 명령은 영주님으로부터 직접 하달된 명령을 수행하는 것이다. 그 말인

즉, 우리들의 행동 하나하나가 영주님을 대신한다는 소리다."

"명심하겠습니다."

블랙윙 기사단원들의 대답에 위클렌트는 고개를 끄덕이며 만족감을 드러냈다.

"라이벨은 3층 오른쪽 끝 방에 기거한다고 한다."

위클렌트가 라이벨이 있는 방을 직접 가리키며 기사단원들에게 목표 지점을 말해 줬다.

"1조와 2조가 선두에 서서 안으로 진입한다. 3조는 남아서 퇴로를 차단해라. 분명 도망치는 이들이 있을 것이다."

"알겠습니다."

기사단원들이 대답했다.

위클렌트는 시원시원하게 대답하는 그들의 목소리가 듣기 좋았다. 절로 고개가 끄덕여졌다. 그러고는 마지막 명령을 내렸다.

"반항하는 자가 있으면 사살해도 좋다."

"넷!"

"당당하게 가슴을 펴라. 우리의 뒤에 영주님이 계신다."

"와와!"

위클렌트의 말에 기사단원들이 함성을 지르며 사기를 드높였다.

"가자."

날이 어스름하게 밝아 오자 하인이 잠자리에서 일어나 밖으로 나왔다. 밤새 앞마당에 떨어진 낙엽을 쓸기 위해서였다.

"아우, 피곤하구면."

어젯밤 잠자리가 불편했는지 몸 구석구석 결리지 않는 곳이 없었다.

우두둑, 우두둑.

굳어 있는 몸을 스트레칭하자 뼈 소리가 요란하게 울렸다. 그래도 스트레칭을 조금 했더니 몸이 개운해지는 게 이제야 살 것 같았다.

졸린 눈을 마저 비비고는 빗자루를 챙겨 들고 마당으로 나왔다.

"응?"

마당에 나와서 처음 눈에 들어온 것은 대문을 열고 안으로 들어서려는 기사단의 모습이었다.

"어어! 누구신데 주인 허락도 없이 남의 집 대문을 열고 들어오시는 겁니까?"

하인이 손에 들고 있던 빗자루를 던져 두고는 얼른 달려가서 위클렌트에 의해 열리고 있는 대문을 막아섰다.

하인이 다가와 대문 안으로의 진입을 막았지만, 위클렌트는 이를 개의치 않았다. 그저 힘으로 밀어붙였다.

"어이구, 나 죽네."

순간적으로 가해진 힘을 감당하지 못하고 하인이 뒤로 나
자빠졌다. 앓는 소리가 절로 터져 나올 정도로 크게 넘어졌
다.

"당장 이자부터 체포해라."

"넷."

위클렌트의 말에 한 기사가 넘어져 있는 하인에게 다가가
강제로 그를 제압하기 시작했다.

하인은 큰 충격에 의해 뒤로 넘어져서 정신을 차리지 못하
고 있는데, 누군가 다가와서는 팔을 꺾고 움직임을 제압하자
강한 거부감을 드러냈다.

"이놈들, 여기가 어디라고 이리 소란이냐. 주인님이 이 사
실을 아시면 네놈들을 가만두지 않을 것이다."

기사에 의해 제압당한 상태에서도 하인의 기세가 죽지 않았
다. 그만큼 이 집의 주인을 믿고 있었으며, 또한 지금 그를 제
압하고 있는 이들이 누구인지 모르고 있다는 반증이었다.

하인이 순순히 제압당하지 않고 반항을 심하게 하자, 집 안
으로 진입을 시도하고 있던 기사가 하인 곁을 지나가며 발로
머리를 걷어차 버렸다.

퍽!

고래고래 소리를 지르던 하인이 갑자기 가해진 충격을 이기
지 못하고 기절해 버렸다.

"쩝."

하인 위에 올라타서는 제압을 시도하던 기사가 '쩝쩝' 거리며 민망해했다. 그러나 언제까지고 하인을 상대하고 있을 수는 없었다. 반항하는 죄인을 제압하는 데 기절시키는 것만큼 좋은 방법도 없었다.

기절해 있는 하인을 뒤로하고 기사는 동료들을 따라 집 안으로 진입했다.

쾅!

문짝을 박살 내며 기사들이 단숨에 안으로 들어섰다.

"철저하게 수색해라. 단 한 명이라도 놓치는 이가 있어서는 안 된다."

이제 막 잠에서 깨어 일을 시작하려 하고 있었다. 그런데 난데없이 들이닥친 기사들로 인해 집 안은 순식간에 난리가 났다.

"1조는 지금 당장 3층으로 올라가서 라이벨의 신원을 확보한다. 2조도 거실에 있는 이들만 제압하고 2층으로 올라간다."

최우선적으로 해야 할 일이 라이벨의 신원 확보였다.

1층에 있는 이들을 전부 제압하기 위해 시간을 보낼 필요가 없었다. 이곳에서 도망친다고 해 봐야 마당에 발을 디디는 정도에서 끝날 것이란 사실을 알기 때문이다.

"끼아악!"

동료 하인이 기사들에게 제압당하는 모습을 보고 하녀가 비명을 질렀다. 그 소리가 너무도 커 귀가 아플 정도였다. 그러나 누구 하나 하녀를 제압하려는 이가 없었다.

지금 당장 마땅히 할 일도 없는 기사들도 무슨 이유에서인지 비명을 지르고 있는 하녀에 대해서만큼은 모른 척 신경 쓰지 않고 있었다.

"끼아악!"

하녀가 터트리는 비명은 멈출 줄을 몰랐다.

1층이 어느 정도 정리가 되었다고 생각되자 위클렌트가 위층을 향해 움직였다. 그러다 귓속을 파고드는 비명에 절로 인상이 찌푸려졌다.

"언제까지 모른 척할 것이냐."

위클렌트의 목소리가 낮게 울렸다. 그러자 각자 열심히 무언가를 하고 있던 기사들이 움찔했다.

분명 기사들이 위클렌트의 말에 움찔거렸다. 그런데 아무것도 듣지 못했다는 듯이 각자 자기 할 일에 몰두하기 바빴다.

"언제까지 모른 척할 거냐고!"

이제는 제법 목소리에 힘이 실려 있었다. 이렇게 되자 기사단원들도 위클렌트의 말을 외면할 수 없었다. 그 순간 1층은 이상한 장면을 연출했다.

1층에서 가장 직분이 높은 기사가 그 바로 아래에 위치하고 있는 기사를 지그시 바라봤다. 가타부타 말은 없었다. 그저 지그시 바라만 볼 뿐이었다.

계급이 깡패라고 자신보다 높은 신분에 위치한 선임이 쳐다보자 이를 무시할 수 없었다. 하지만 자신이 직접 손을 쓸 수는 없었다. 그래서 그가 선택한 방법도 자신의 선임이 했던 방식과 똑같았다. 바로 아래 위치에 있는 기사를 노려보는 것이었다.

세 번째로 선임들의 시선을 받게 된 기사는 뒤도 돌아보지 않고 밑에 있는 후임의 얼굴을 쳐다봤다. 선임들의 눈을 피해 숨을 수도 없었다. 어떻게 알았는지 선임들은 후임을 귀신같이 찾아내는 재주를 가지고 있었다.

아래로, 아래로 또 아래로.

결국에는 이제 갓 기사단에 들어와 가장 신분이 낮은 기사에게 모든 기사들의 시선이 집중되었다. 역시나 별말은 없었다. 그저 이글거리는 눈빛으로 쳐다볼 뿐이었다.

"크윽."

모두의 시선을 받게 된 기사가 괴로움에 몸부림치기 시작했다.

기사는 비칠비칠 힘겨운 걸음을 옮겨서 아직까지도 비명을 지르는 하녀에게 다가갔다. 그러고는 하녀의 배를 향해 강하게 주먹을 내질렀다.

퍽!

묵직하게 울려 퍼지는 소리와 함께 비명을 지르던 하녀가 정신을 잃고 앞으로 쓰러졌다. 기사는 그런 하녀를 조심스레 받아 들어 바닥에 눕혀 놓았다.

위클렌트는 2층으로 향하는 계단에 올라서서는 하녀가 기절하는 모습까지 확인하고 위로 올라갔다.

기사가 되기 위해 종자 생활을 하기 시작할 때부터 귀에 못이 박힐 정도로 들은 말은 어떤 이유에서든 레이디는 보호받아야 하는 대상이란 말이었다. 하지만 그건 현실에서는 있을 수 없는 이상향이었다.

블랙윙 기사단에 입단한 이후부터 기사는 그저 기사일 수 없었다. 블랙윙 기사단에 입단한 순간부터 네이드빌 영주의 검으로 살아가야 했다.

영주의 검이 된다는 것은 보통 어려운 일이 아니었다. 특히 처음 기사단에 입단한 신입 기사일수록 현실과 이상향의 차이에서 오는 괴리로 많은 괴로움을 겪게 되었다.

지금도 그런 경우였다. 아무런 힘도 무기도 들고 있지 않은 하녀다. 분명 기사로서 마땅히 보호해 줘야 하는 레이디이다. 하지만 현실은 보호해 줘야 하는 대상이 아니라 제압해야 하는 범죄자일 뿐이었다.

기사단에서 오랜 세월을 보낸 기사들은 이런 괴리감에 모두 적응을 마쳤다. 그렇지만 처음 기사단에 입단한 기사들은 머뭇거리고 주저하게 되어 있었다.

이는 당연했다. 며칠 전만 하더라도 여자는 레이디라 칭하고 무조건 보호해야 할 존재로 교육 받았으니 말이다.

선배 기사들은 기사단에 갓 입단한 후배 기사를 교육하고 있는 것이었다. 여자를 레이디로 보지 않고 범죄자로 바라보는 교육을 말이다.

스트이트는 위클렌트가 문을 박살 내며 안으로 들어서는 순간 무언가 큰일이 벌어졌음을 직감할 수 있었다. 지금까지 살아오면서 쌓아 온 연륜이었다.

이제는 먼지만 쌓여 가는 갑옷을 꺼내서는 몸에 걸치기 시작했다. 혼자서는 버거운 작업임에도 스트이트의 손놀림에는 자연스러움이 묻어났다. 한동안 갑옷을 방치해 뒀다고는 믿어지지 않는 능숙함이었다.

갑옷을 모두 착용하고는 방문을 열고 나왔다. 그러고는 급하게 이동하는 병사 한 명을 불러 세웠다. 집 안의 경비를 강화하기 위해 따로 두고 있는 개인 사병이었다.

"무슨 일이 벌어진 것이냐?"

"아, 지금 자신들의 정체를 밝히지 않은 기사단이 쳐들어왔습니다."

"기사단이라고?"

"그렇습니다. 아무래도 블랙윙 기사단인 것 같습니다."

크렌스피 영지에서 기사단이라고는 블랙윙 기사단이 유일했다.

타 영지에서 영지전을 일으키지 않았다면, 지금 1층에서 소란을 일으키고 있는 기사단은 블랙윙 기사단이 맞을 것이다. 그런데 왜? 블랙윙 기사단이 이곳엔 무슨 일로 찾아왔단 말인가? 그것도 좋은 의도로 찾아오지는 않은 것 같았다.

'소영주의 소행인가?'

스트이트는 아무리 생각해 봐도 레츠 말고는 생각나는 사람이 없었다. 그리고 블랙윙 기사단을 움직일 정도의 권력을 가지고 있는 것도 레츠뿐이었다.

네이드빌 영주는 아예 처음부터 열외로 치고 있었다.

결혼식 전야제에서 서로 사이좋게 지내는 모습에 조금은 마음을 놓았던 것이 화근이었다. 블랙윙 기사단의 목표는 라이벨이 분명해 보였다.

"라이벨 님은 어디 계시느냐?"

"3층에 계십니다."

"알겠다. 너는 그만 가 보거라."

스트이트는 병사에게 듣고 싶은 말을 듣고는 이내 라이벨이 있는 3층을 향해 뛰어갔다.

"라이벨 님, 라이벨 님."

스트이트가 집 안이 울릴 정도의 쩌렁쩌렁한 목소리로 라이벨을 찾기 시작했다.

"스트이트, 나 여기 있다."

몇 번 부르지도 않았는데, 라이벨이 스트이트의 앞에 모습을 보였다.

"정말 기사단이 침입한 것이냐?"

"아무래도 그런 것 같습니다."

"하우."

혹시나 하고 꺼낸 말이었다. 그런데 역시나였다. 저절로 한숨이 터져 나오는 라이벨이었다.

"나 때문에 온 것이겠지? 그들이 왜 이런 행동을 하는지 들어나 봐야겠다."

라이벨도 레츠와의 일이 걸리는지 풀이 죽은 목소리로 스트이트에게 의견을 구했다.

"안 됩니다. 절대로 안 됩니다."

스트이트는 라이벨의 의견에 결사적으로 반대를 외쳤다.

위험한 생각이었다. 정말 위험한 생각이었다.

불랙윙 기사단은 지금 남녀를 가리지 않고 눈에 보이는 모든 이들을 잡아들이고 있었다. 이유는 불문이었다. 그냥 죄인이라며 잡아들이고 있었던 것이다.

더군다나 레츠가 어떤 생각을 가지고 이런 일을 벌이고 있는지 파악하지 못하고 있었다. 그리고 아무리 봐도 좋은 의도는 아닌 것 같았다.

오히려 악의적이라고 봐야 했다. 그렇기에 예전 일을 가지고 이처럼 일을 크게 벌이는 것이 아니겠는가 말이다.

그렇게 이도 저도 못하고 시간을 보내고 있었다.

"왜 이러시는 것이오? 우선 무기를 내려놓고 말로 합시

다."

"우습지도 않구나. 그러면 네놈들이 들고 있는 것은 무기가 아니고 뭐란 말이냐?"

"으악."

"젠장, 밀리지 마라. 밀리면 모든 것이 끝장이다."

1층에 있어야 할 기사단이 어느새 여기까지 접근해 있었다. 2층에 있던 병사들과 싸우는 소리가 요란하게 울렸다.

"라이벨 님, 몸을 피하셔야겠습니다."

"피하라니, 어디로 말이냐?"

지금 라이벨이 있는 곳은 3층이었다. 기사들이 밀고 들어오는 계단은 물론, 밖으로 뛰어내릴 수도 없는 처지였다.

"그럼 이곳이라도 들어가 계십시오."

스트이트는 라이벨을 한 방에 집어넣고는 문을 잠가 버렸다. 그러고는 문 앞에 떡하니 서서는 블랙윙 기사단을 기다렸다.

블랙윙 기사단은 순식간에 2층에 있던 저지선을 돌파하고 3층에 모습을 보였다.

"블랙윙 기사단인가?"

"그렇다. 죄인 라이벨은 어디에 있는가?"

"죄인?"

죄인이라니, 아무리 라이벨이 레츠의 뺨을 때린 전력을 가지고 있다고 해도 그건 이미 시일이 한참 지난 일이었다. 그런데 지금 와서 레츠는 라이벨을 죄인 취급하고 있었다. 하긴 남의 집을 무력을 앞세워서 쳐들어올 정도니 상식이 통하길 바라는 것은 무리였다.

"네이드빌 영주님의 명으로 죄인 라이벨 크렌스피를 체포하러 왔다."

"네이드빌 영주님? 영주님이 왜?"

레츠가 이번 일을 사주한 것이라 믿고 있었다. 그런데 생각지도 못한 네이드빌 영주의 이름이 나왔다. 충격이 상당했다. 흡사 망치로 한 대 얻어맞은 것처럼 말이다.

"자코린 크렌스피에 대한 살인 교사 혐의로 라이벨 크렌스피를 긴급체포한다."

생각지도 못한 충격에 한동안 멍하니 있던 스트이트를 향해 위클렌트가 나직한 목소리로 말했다. 언제 올라왔는지 위클렌트가 기사들의 선두에 자리하고 있었다.

"살인 교사라니 말도 안 되는 소리를!"

"아무리 아니라고 잡아떼도 소용없다. 라이벨이 자코린을 살인 교사했다는 증거가 나타났다."

"아니야. 나는 그런 짓을 하지 않았어!"

위클렌트와 스트이트가 나누던 대화를 듣고는 라이벨이 잠긴 문을 열고 밖으로 나왔다. 하지만 블랙윙 기사단원들 중에 라이벨의 결백을 믿어 줄 사람은 아무도 없었다.

"밖으로 나오시면 안 됩니다."

스트이트가 라이벨을 다시 방 안으로 집어넣으려고 했지만, 블랙윙 기사단의 방해로 인해 뜻대로 이루어지지 않았다.

"잡아라. 라이벨 크렌스피다."

라이벨이 눈에 보이는 순간, 위클렌트가 반사적으로 외쳤다. 위클렌트의 명령에 기사단원들이 한꺼번에 라이벨을 향해 뛰어들었다.

"멈춰라. 더 이상 접근하는 자는 내 검이 용서치 않으리라."

스트이트가 검을 빼 들어 허공에 휘두르며 기사단을 향해 위협적인 모습을 보였다. 그렇게 되자 기사들이 뒤로 주춤주춤 물러설 수밖에 없었다. 스트이트의 검이 오러를 내뿜고 있었기 때문이다.

위클렌트의 말에 스트이트가 받은 충격은 정말 엄청났다. 라이벨이 받은 충격에 못지않을 정도였다. 살인 교사라니, 정말 말도 안 되는 일이 벌어지고 있었다.

라이벨이 기사단에 의해 체포된다면 이대로 자코린을 살인 교사했다는 누명을 쓰고 죽임을 당할 것이 뻔했다. 어떻게 해서든 막아야 한다는 생각이 머릿속에 가득했다. 그래서 검을 뽑아 들었다.

"체포에 불응하면 죽음뿐이다."

"닥쳐라. 살인 교사 누명을 쓰고 죽으나 지금 여기서 네놈들의 검에 죽으나 매한가지다."

"눈앞에 증거를 들이대도, 오히려 증거가 조작되었다고 난리 칠 사람이군."

"흥! 네놈들이 말하는 증거가 거짓일 거라고는 생각하지 않는 것인가?"

"역시나 예상을 벗어나지 않는군. 지금 당장 죄인을 체포해라. 반항하면 사살해도 무방하다."

"뒤로 물러나십시오."

스트이트가 기사단과의 결전에 앞서 라이벨의 안전을 염려했다.

이제 본격적으로 결전이 벌어지면 라이벨을 제대로 보호하지 못할 수도 있었다. 그래서 미리 라이벨을 안전한 곳으로 피신시키려고 하는 것이었다.

"제가 한번 노기사를 상대해 보겠습니다."

1조에 속해 있는 기사들 중 한 명이 앞으로 튀어나왔다. 스트이트와 1대1로 실력을 겨뤄 보고 싶었기 때문이다.

위클렌트는 그 모습을 보고 고개를 끄덕였다. 허락한다는 의미였다.

"드블라라고 합니다. 동료들 사이에서 드리라는 애칭으로 불리기도 합니다."

"스트이트다."

둘은 서로를 향해 공격을 하면서 인사를 주고받았다.

챙, 챙, 챙.

검끼리 부딪치면서 요란한 소리를 만들어 냈다.

선공을 먼저 취했던 드블리가 유리한 국면을 만들어 내고 있었다. 물 흐르듯 끊임없이 이어지는 공격에 스트이트가 고전을 면치 못했다.

스트이트의 왼손을 공격했던 드블리가 공격이 막히자 바로 몸을 한 바퀴 돌면서 스트이트의 오른손을 노렸다.

챙!

체중이 제대로 실려 있는 공격이었다.

스트이트가 방어에 성공했다고 하지만 공격을 전부 해소시키지는 못했다. 몸이 들썩거리더니 중심이 흐트러졌다.

드블리가 그 작은 틈을 놓치지 않았다.

퍽.

몸이 회전하던 힘을 이용해 왼발로 스트이트의 옆구리를 걷어차 버렸다. 스트이트의 허리가 기역 자로 꺾이면서 바닥을 뒹굴었다.

"컥!"

맞은 부위는 옆구리였지만, 뒷골이 찡하고 울리는 것이 머리가 더욱 아팠다. 숨을 제대로 쉴 수가 없어서 기침이 계속 터져 나왔다.

"끝이다."

드블리는 바닥에 넘어져 정신을 차리지 못하는 스트이트를 향해 공중으로 뛰어올랐다. 몸을 구부리며 검에 체중을 싣는 모습이 단 한 방에 끝낼 심산이었다.

깡!

목표였던 스트이트의 몸이 아닌 바닥을 내리찍게 되자 손아귀가 강하게 울렸다. 스트이트가 가까스로 몸을 굴려 드블리의 회심의 일격을 피해 낸 것이다.

한 방에 끝내려고 했던 공격이라 동작이 커질 수밖에 없었다. 그런 공격이 실패로 끝나자, 드블리의 몸에 수많은 허점이 생겨났다.

절호의 기회 뒤에 심각한 위기가 찾아왔다. 스트이트는 그런 기회를 놓치지 않았다.

바닥에 누워 있는 상태에서 드블리의 옆구리를 향해 공격을 강행했다. 하지만 누워 있던 관계로 힘이 제대로 실리지는 않았다.

드블리는 자신의 옆구리를 향해 날아오는 검을 볼 수 있었다. 급하게 허리를 틀면서 갑옷으로 스트이트의 공격을 방어했다.

쳉.

쇠 부딪치는 소리와 함께 스트이트의 검이 도로 튕겨져 나갔다. 힘이 실려 있지 않아서 낭패를 당한 것이다.

"젠장."

절호의 기회를 날려 버린 스트이트가 욕을 뱉어 냈다. 이번 기회에 끝냈어야 했는데 그러질 못하니 화가 난 것이었다.

스트이트가 한쪽에 모여서 구경하고 있는 기사단을 바라봤다. 드블리를 제외하고도 아직 많은 수가 존재했다.

　체력을 아낄 필요가 있었다.

　블랙윙 기사단을 전부 상대하려면 말이다. 그러기 위해서는 상대를 최단 시간 내에 처리하는 것이 가장 좋은 방법이었다.

　스트이트는 공격이 실패로 끝나자, 곧바로 자리에서 일어났다. 그런데 드블리는 스트이트보다 먼저 일어나 기회를 엿보고 있었다. 하지만 먼저 공격을 시도한 쪽은 스트이트였다.

　한 번은 강하게, 그리고 두 번은 약하게.

　동작이 크고 강한 공격으로는 상대의 중심을 빼앗고, 약하지만 빠른 공격으로 상대의 목숨을 노린다. 체력적으로 불리한 스트이트가 취할 수 있는 가장 좋은 방법이었다.

　스트이트의 나이는 벌써 쉰을 넘어서 환갑을 바라보고 있었다. 하루가 다르게 기력이 떨어지는 나이였다.

　은퇴를 했어도 이미 한참 전에 했어야 했다. 그런데 선대 주군이 죽으면서 그의 자식을 스트이트에게 부탁했다. 그가 라이벨이었다.

　스트이트는 자신의 나이가 너무 많다는 이유로 처음에는 거절했다. 더 이상 기사로서 역할을 수행할 수 없다는 이유 때문이었다. 그러나 선대 주군은 그런 스트이트를 잡았다.

　죽기 전에 마지막으로 하는 부탁이라 스트이트는 거절할 수 없었다. 그래서 지금까지 라이벨을 새로운 주군으로 모시며

현역 생활을 하고 있는 것이었다.

"합!"

스트이트가 기합을 터트리며 공격에 박차를 가했다.

"젠장."

드블리가 스트이트의 공격을 방어하면서 분통을 터트렸다.

분명 자신의 힘이 강했다. 그리고 체력도 앞서고 있었다. 그렇기에 초반에 강하게 밀어붙일 수 있었다. 그런데 지금은 상황이 변해 있었다.

강, 약, 약.

스트이트가 이용하는 공격패턴이었다.

누구나 쉽게 따라 할 수 있는 가장 기본적인 공격 방식이었다. 그런데 스트이트가 사용하자 세상에서 가장 까다로운 공격 방식으로 변했다.

임기응변에 탁월했다. 드블리의 움직임에 맞춰서 적절하게 찌르고, 그리고 적절하게 몸을 피해 냈다. 오랜 경험에서 터득한 스트이트만의 전투 감각이었다.

"헉, 헉."

체력적으로 앞섰던 드블리가 먼저 지쳤다. 숨소리가 거칠어지기 시작한 것이다.

'젠장! 젠장, 젠장, 젠장.'

정말 뭣 같았다. 드블리는 자신이 스트이트에게 밀리고 있다는 현실을 받아들일 수 없었다.

짝! 짝!

스트이트의 공격을 방어하기도 바빴던 드블리가 갑자기 자신의 뺨을 연속으로 때렸다. 그 모습에 스트이트가 공격을 멈추고 주춤거릴 정도였다.

"내가 이대로 물러설 것 같아?"

속에서부터 터져 나오는 포효를 내지른 드블리가 양팔을 벌리고 가슴을 활짝 개방했다.

"공격해 봐. 덤벼 보라고!"

드블리가 갑자기 팔을 벌리고 가슴을 두드리며 스트이트를 도발했다.

상황이 이렇게 흐르자 스트이트는 당황스러웠다. 아니, 황당했다. 드블리는 지금 대놓고 살을 주고 뼈를 치겠다고 나서고 있는 것이었다.

드블리의 도발에 말려들기도 그렇고, 그렇다고 드블리의 도발에 호응할 수도 없었다. 너 죽고 나 죽자는 식으로 날뛰는 자는 정말 대책이 없었다.

"공격하라고. 왜 공격을 하지 않는 것이지? 이렇게 활짝 열어젖히고 있는데 말이다."

스트이트가 주춤하자 드블리가 먼저 움직였다. 여전히 팔을 활짝 벌린 상태였다.

"으라찻!"

드블리가 기합을 넘어서는 고함을 지르며 스트이트를 향해 달려들었다. 스트이트도 드블리가 작정하고 덤벼들자 뒤로 물러서지 못하고 맞상대하기 위해 드블리에게 뛰어들었다.

태풍은 잠시 피하면 그만이라는 생각으로 죽자고 달려드는 상대를 피하면 안 된다.

몸을 피하는 순간, 상대의 기세에 말려들어 손도 써 보지 못하고 죽을 수도 있었다.

지금은 무조건 상대보다 강한 힘으로 찍어 누르는 방법밖에 없었다. 그러했기에 스트이트가 주춤거리며 당황했던 것이다.

둘이 한 지점에서 맞붙자 세찬 기파가 발생했다. 서로 마나를 이용해 상대를 공격하고 있었기 때문이다.

서격!

스트이트의 검이 드블리의 왼쪽 뺨을 베고 지나갔다. 왼쪽 뺨이 화끈거리더니 피가 뿜어져 나왔다.

소드 오러에 당하면 상처가 깊고 출혈이 심했다. 상처를 제대로 치료할 수 없는 것이다. 만약 스트이트와의 대결에서 살아남는다고 해도 죽을 때까지 얼굴에 흉터를 안고 살아야 한다.

"이놈이."

왼쪽 뺨이 베이자 드블리가 화를 참지 못하고 폭발했다. 분노를 넘어서고 있었다. 야생의 그것과 같은 흉포함이었다.

다리를 살짝 굽히며 몸 전체를 아래를 향해 끌어당겼다. 그리고 그 힘을 검에 실었다.

드블리의 검이 스트이트를 반으로 쪼개 버릴 듯이 떨어져 내렸다.

챙!

스트이트가 드블리의 공격을 막아 냈지만, 검이 품은 기운까지 전부 해소하지는 못했다.

드블리의 마나가 몸속으로 침투해서는 진탕시켜 놓았다.

중심을 잡지 못하고 비틀거리는 스트이트를 보며 드블리가 양손으로 검을 잡고는 하늘 위로 들어 올렸다.

하늘 위로 들어 올린 검은 태산이라도 쪼갤 수 있을 듯한 기운을 품고 있었다.

"죽어!"

체력과 힘이 앞서는 드블리의 공격이었다. 그 공격을 전부 방어한다는 것은 처음부터 무리였다. 다만 죽지 않기 위해 검으로 막을 뿐이었다.

쾅!

화산이 폭발하듯 굉음이 터져 나왔다.

울컥.

스트이트는 드블리의 공격에 또다시 몸이 진탕되자 그 충격을 견디지 못하고 피를 토해 냈다.

피를 토한 이상 그걸로 끝이었다. 피를 토했다는 것은 몸속에 자리 잡은 마나 홀이 흔들렸다는 것을 의미했다.

마나 홀이 흔들리면 한동안 마나를 사용할 수 없었다. 기사들의 싸움에서 마나를 사용할 수 없다는 것은 패배했다는 것과 동일시했다.

스트이트를 뒤로하고 드블리가 돌아섰다.

"어딜 가느냐? 아직 끝난 것이 아니다. 난 아직도 싸울 수 있다."

검에 의지해 몸을 일으키고 있는 스트이트를 보며 드블리가 고개를 저었다.

"마나 홀이 흔들렸습니다."

"난 아직 싸울 수 있다고 말했다."

몸을 가누기조차 힘들어 하던 스트이트가 허리를 반듯하게 세우고 드블리를 노려봤다.

그 모습을 보던 드블리가 고개를 돌려 위클렌트를 바라봤다. 위클렌트가 고개를 살짝 끄덕였다. 스트이트가 원하는 대로 해 주라는 의미였다.

스트이트는 기사다. 그는 지금 기사로서 죽음을 맞이하고 싶었다.

라이벨을 끝내 지키지 못했기에 명예롭지는 않지만, 그래도 마지막은 기사로서 죽고 싶은 것이다.

'싸울 수 있다. 마나 홀이 깨진 것도 아니고, 뭐 그리 큰일이라고 이리 호들갑들이냐. 나는 아직도 싸울 수 있다. 그리고 네놈들 손에서 내 주군을 지켜 낼 것이다.'

서걱.

드블리의 검이 스트이트의 목을 베었다.

'내 주군은 죄가…….'

스트이트는 드블리에 의해 목이 베어지고도 한동안 그 자리
에 꼿꼿이 서 있었다.

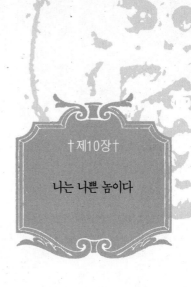

†제10장†

나는 나쁜 놈이다

블랙윙 기사단은 라이벨을 체포하고는 영주 성으로 복귀했다. 라이벨은 처음부터 지하로 끌려가 감옥에 갇혔다.

"감옥에 가두고 감시를 철저히 해라."

"네."

위클렌트는 라이벨을 감시하는 역할을 병사에게 지시하는 것이 아니라 두 명의 기사를 직접 지목해 감시자로 삼았다. 그만큼 높은 분들이 라이벨에게 관심을 보이고 있다는 반증이었다.

"나는 죄가 없다. 나는 죄가 없단 말이다."

감옥에 갇히게 된 라이벨이 철창을 잡고서는 기사를 향해 소리쳤다.

"너에 대한 심문이 있을 것이다. 그때가 되면 죄의 유무에 대해 판가름이 날 것이다."

딱 잘라 냉정하게 말하는 기사의 모습을 보며 라이벨은 반발했다.

"나는 죄가 없단 말이다. 죄가 없는데 심문이라니, 이게 말이 되는 일이냐!"

기사는 라이벨의 말에 일일이 답변하지 않았다. 그저 행동으로 보여 줄 뿐이었다.

퍽.

기사가 철창 사이의 틈을 노려 라이벨의 배를 걷어찼다. 갑작스레 당한 공격에 라이벨의 입에서 '억' 소리가 튀어나왔다.

배를 강타당한 고통에 꿈틀거리던 라이벨은 그제야 자신이 처한 현실을 깨닫게 되었다.

"크ㅎㅎㅎ."

현실을 직시하게 된 순간 라이벨은 저도 모르게 눈물이 흘러나왔다. 왜 자신에게 이런 일이 생겼는지 도무지 알 수 없었다.

혼자라는 생각이 들자 더욱 슬퍼지는 라이벨이었다. 그렇게 라이벨은 한동안 눈물을 흘렸다.

네이드빌 영주는 자신이 직접 라이벨을 심문할 생각이었다. 그런데 뜻밖의 상황에 놓이게 되면서 포기할 수밖에 없었다.

황제가 자코린을 살인 교사한 혐의로 잡혀 온 라이벨을 심문하기 위해 직접 조사관을 파견한 것이다.

정말 생각지도 못한 일이었다. 네이드빌 영주는 말할 것도 없고, 레츠에겐 당황스러운 일이 아닐 수 없었다.

황제가 이렇게 직접적으로 개입할 거라고는 전혀 예상할 수 없었던 일이었다. 그러나 잠시 당황은 했을지언정 황제로 인해 일이 틀어질 거라고는 생각지 않았다.

그저 그의 예상을 벗어난 일이 벌어졌다는 점에서 짜증이 난 상태였다. 그리고 그런 변수를 가져온 황제에게 좋지 않은 감정이 쌓이고 있었다.

귀족으로서 지휘가 올라갈수록 점점 황제와 연관되는 일이 발생하고 있었다.

조사관으로 파견된 사람은 프리첼 휴즈 남작이었다. 네이드빌 영주는 프리첼 남작의 편의를 위해 따로 취조실을 만들었다.

프리첼 남작이 손에 들려 있는 문서를 살피다가 라이벨에게 보여 줬다.

"이 글이 네 글씨가 맞느냐?"

라이벨은 프리첼 남작이 눈앞에 자료를 들이밀며 말하자 그걸 바라볼 수밖에 없었다.

"......!"

라이벨은 프리첼 남작의 손에 들려 있는 문서를 보고 정말 자지러질 듯 놀랐다.

자신의 글씨가 맞았다.

자신의 글씨체로 되어 있는 문서에는, 자신이 자코린에 대한 암살을 의뢰한다는 내용이 적혀 있었다.

"아닙니다."

자리를 박차고 일어난 라이벨이 아니라며 강력하게 부인했다. 라이벨은 이런 글을 작성한 기억이 없었다. 그래서 정말 당황스러웠다.

프리첼 남작은 라이벨이 어떤 반응을 보이든 신경 쓰지 않았다.

"이것이 네 글씨체가 아니란 말이냐?"

"내 글씨체가 맞습니다. 그러나 내가 작성한 글은 아닙니다."

"그걸 지금 말이라고 하느냐? 변명을 하려면 뭔가 좀 설득력이라도 있어야지. 이거야 원, 어린애의 칭얼거림도 아니고."

프리첼 남작이 노골적으로 비아냥대기 시작했다.

라이벨도 자신의 말이 앞뒤가 맞지 않는다는 것을 알고 있었다. 그래도 아닌 것은 아니었다. 자신이 작성한 글이 정말 아니었다.

누가 어떤 방법을 사용했는지 모르겠지만, 프리첼 남작이 들고 있는 글은 조작된 것이 분명했다.

"이건 조작된 것이 분명합니다."

"조작된 것이라고?"

"너는 이처럼 완벽하게 문서를 조작할 수 있다고 여기는 것이냐?"

"물론입니다. 지금 조사관님의 손에 들려 있지 않습니까?"

프리첼 남작은 라이벨의 말에 어이가 없었다.

라이벨이 살인 교사를 했다는 명백한 증거물을 보여 주었는데, 오히려 그 증거물이 조작된 것이라고 나올 줄은 몰랐다.

"좋다. 네 의견을 받아들여서 이 증거물이 조작된 것인지 확인해 보겠다."

프리첼 남작은 라이벨을 홀로 남겨 두고 밖으로 빠져나왔다. 그러고는 2시간 정도가 지난 뒤에 다시 나타났다. 프리첼 남작은 혼자가 아니었다. 백발이 성성한 노인과 같이 들어온 것이다.

"이 노인이 증거물이 조작됐는지 확인해 줄 것이다."

라이벨은 프리첼 남작의 말을 듣고는 간절한 표정으로 노인을 바라봤다. 제발 진실을 밝혀 달라고 말이다.

"좋아, 시작해."

"그전에, 라이벨의 글씨체를 보고 싶습니다."

"그건 여기 있네."

프리첼 남작이 책상 위에 있던 또 다른 문서를 노인에게 건네쳤다. 그러자 노인이 공손하게 받아 들었다.

"감사합니다."

"이제 된 건가?"

"그렇습니다."

프리첼 남작의 말에 노인이 짧게 답하고는 준비해 간 도구를 이용해서 문서를 감별하기 시작했다.

검은색의 둥근 물체를 조심스럽게 다루는 모습이 중요한 물건처럼 보였다.

한참을 문서 감별에 치중하던 노인이 고개를 들고 프리첼 남작을 바라봤다.

"이 문서는 진본이 확실합니다."

"그 말은 증거물이 조작되지 않았다는 것이냐?"

"그렇습니다. 100% 일치합니다."

노인의 확신에 찬 목소리를 들은 라이벨이 악을 쓰기 시작했다. 눈앞에서 코 베어 간다더니 저들이 그 짝이었다. 둘이 작당을 해서 자신을 살인자로 몰아가고 있었다.

"아니야. 나는 믿을 수 없어. 증명해 봐, 내 앞에서 증명해 보란 말이야."

"조용히 하지 못하겠는가."

증거가 조작되지 않았다는 소리에 라이벨이 팔짝 뛰며 난리를 부렸지만, 조사관의 호통 소리에 이내 조용해졌다.

계속 씩씩거리는 것을 보니 겉으로만 조용하지 속에서는 지금 열불이 터지고 있는 듯했다.

"문서가 조작되지 않았다는 증거를 보여 줄 수 있겠는가? 아, 자네를 믿지 못해서 그런 것은 아니네. 다만 신중을 기하기 위해서일 뿐이네."

"괜찮습니다. 당연히 확인이 필요할 것입니다."

"이해해 주니 고맙군."

"그러면 증거가 조작되지 않았다는 증거를 보여 드리겠습니다."

노인이 프리첼 남작이 가지고 있던 두 장의 문서를 다시 프리첼 남작에게 보여 줬다.

"이 두 개의 문서를 보십시오. 눈으로 식별할 수 없을 정도로 똑같지요?"

"그렇지."

"조금 더 전문적으로 파헤쳐 보겠습니다. 여기 이걸 착용하고 이 글자를 봐 주십시오."

노인은 프리첼 남작이 감별 도구를 착용하는 것을 기다려 한 글자를 지목해서 보여 줬다.

"보이십니까? 그럼 이곳에 있는 이 글자도 한번 보십시오."

노인은 두 개의 문서를 번갈아 가면서 보여 줬다. 그러고는 프리첼 남작이 반응을 보일 때까지 기다렸다.

"글쎄, 나에게는 그저 똑같아 보이는 글이군."

"잘 보셨습니다. 지금 보신 두 개의 글씨는 글자의 기울기, 글자가 이루는 각도, 글씨의 시작과 끝점 등 모든 것이 일치하고 있습니다. 이런 점을 유추해 볼 때, 두 개 모두 같은 사람이 썼음을 알 수 있습니다."

노인이 두 글씨의 유사한 점을 지적하며 설명했지만, 프리첼 남작은 노인이 하는 말의 반의반도 알아듣지 못했다.

노인도 프리첼 남작이 자신의 설명을 어려워하고 있음을 알 수 있었다. 조금은 쉽게 설명할 필요가 있었다.

"그럼 제가 문서 조작하는 것을 직접 보여 드리겠습니다."

"그게 무슨 소리인가? 문서를 조작하다니."

"제가 이해를 돕기 위해 문서 조작하는 방법을 보여 드리는 것일 뿐 다른 이유는 없습니다. 오해하지는 말아 주십시오."

노인은 프리첼 남작의 이해를 돕기 위해 직접 문서를 조작하는 것을 보여 줄 작정이었다. 그래야만 프리첼 남작을 이해시킬 수 있을 거라고 판단했다.

프리첼 남작도 얼떨떨해 하면서 노인이 하는 양을 그냥 지켜볼 뿐이었다.

노인은 새로운 종이를 한 장 꺼내어 라이벨의 글을 보면서 모작을 하기 시작했다.

똑같은 글을 몇 번씩이나 반복하더니 끝내는 한 장 전체를 똑같이 모작해서는 조사관에게 보여 줬다.

"어떻습니까? 오랜만에 한 것이라 제 실력을 발휘했는지 모르겠습니다."

"이럴 수가. 이렇게 똑같을 수가 있나."

"거봐, 내가 뭐라고 했어. 분명 조작된 것이라고 했지?"

눈앞에서 조작하는 모습을 보게 된 라이벨이 기가 살아서는 자신의 무죄가 입증되었다고 좋아하기 시작했다.

"그럼 지금부터 이것이 조작되었다는 것을 증명해 보이겠습니다."

조작하는 것이야 눈으로 직접 봤기에 확실하지만 아무리 봐도 조작했다고 믿어지지 않을 정도였다. 그 정도로 노인이 모작한 것이 뛰어났다.

"남작님, 이 글자를 한번 봐 주십시오."

노인이 가리킨 글자를 확인해 본 프리첼 남작이 고개를 갸웃거렸다. 봐도 잘 모르겠는 것이다.

"이 글자도 한번 봐 주십시오."

노인이 가리킨 글자를 바라봤다. 아무리 봐도 똑같은 글자였다.

"도구를 이용해 보십시오. 뭔가 다른 걸 보게 될 것입니다."

처음에 긴가민가하던 프리첼 남작도 도구를 이용해서 확인하니 정말 노인의 말대로 달랐다. 처음에 봤던 글자와 지금 보는 글자의 각도가 약간 어긋나 있었다. 그것이 조사관의 눈에도 보였다.

"보이시죠? 눈으로는 절대로 확인할 수 없고, 감별 도구를 사용해도 자세히 들여다보지 않으면 쉽게 발견할 수 없는 미묘한 각도의 차이를."

눈으로는 식별이 불가능할 정도로 똑같았던 글이었다. 감별 도구를 통해서만 찾을 수 있을 정도의 오류, 그것도 숙련된 감별사만이 찾아낼 수 있는 오류였다.

진본으로 판명 난 문서의 글은 그 각도 하나하나가 모두 똑같았다. 그러나 노인이 모작했던 문서에는 글 하나하나마다 각도가 모두 제각각이었다.

눈으로는 판명할 수 없을 정도로 똑같이 모작했지만, 그 이면을 자세히 들여다보면 차이점이 존재했던 것이다.

"이제는 제 말이 무슨 뜻이었는지 이해할 수 있으시겠지요? 사람마다 고유의 손놀림이 있습니다. 특하나 저기 있는 라이벨이라는 사람처럼 정자의 글을 쓰는 사람일수록 그 차이는 더 확실합니다."

"아니야. 그럴 리가 없어. 분명 뭔가 다른 것이 있을 것이다."

라이벨이 달려들어 프리첼 남작이 가지고 있던 감별 도구를 빼앗더니 진본이라 판명 난 문서를 자기가 직접 확인하기 시작했다. 그러나 노인도 찾아낼 수 없던 것을 라이벨이 찾아낼 수는 없었다.

"으아악!"

조작된 부분을 찾아내지 못하자 라이벨이 절규를 토해 냈다. 절망적이었다. 이대로 누명을 쓰고 죽게 생겼다.

"이 글을 정말 내가 작성한 것이라면, 누군가 나를 조종해서 이런 글을 작성하게 한 것이 틀림없다."

"훗. 말도 안 되는 소리는 하지 말고 어서 빨리 죄를 시인해라."

"왜, 왜 어째서 말이 안 되는 것이냐?"

"마법으로 누군가를 마음대로 조정할 수는 있겠지. 그러나 그렇게 되면 그 당사자의 정신은 무너져 내린다. 즉, 미치광이가 된다는 소리다."

"……"

"네가 미쳤느냐?"

찌이익, 찌이익.

미치지 않았다는 것은 본인이 더 잘 알고 있었다. 다만 손에 들려 있는 문서를 어떻게 하지 않으면 정말 미칠 것 같았다. 그래서 증거물인 문서를 찢어 버렸다.

"아니, 이놈이."

프리첼 남작은 라이벨의 행동에 감짝 놀랐다.

계속 증거가 조작되었다고 주장하기에 확실한 증거를 제시한다는 것이 라이벨이 증거인멸을 할 수 있는 계기를 마련해 준 꼴이었다.

"범행 일체가 드러나자 증거인멸을 시도해? 이놈을 당장 감

옥 안에 집어넣어라. 그리고 범행을 실토할 때까지 물 한 모금
도 주어서는 아니 된다."

"네."

한 발짝 뒤에서 대기하고 있던 기사들이 다가와 발광하는
라이벨을 제압해서 감옥 안으로 집어넣었다.

프리첼 남작은 라이벨의 자백을 받고 싶었다. 자백을 받아
내기 위해 결정적인 증거도 모두 확보된 상황이었다. 그런데
라이벨이 끝내 범행 일체를 자백하지 않았다.

상황이 생각처럼 흘러가지 않자 프리첼 남작은 다른 방법을
선택할 수밖에 없었다. 강제적으로 라이벨에게서 자백을 받아
내는 것이었다.

처음에는 라이벨이 크렌스피 가문의 방계이기에 조금은 꺼
려하던 방법이기도 했다.

제국법에는 귀족들을 보호하기 위한 법이 수없이 존재했다.
아무리 방계의 신분이지만, 라이벨도 귀족이란 이유로 법으로
보호받고 있었다.

특히나 라이벨은 크렌스피 영지의 소영주 후보에 올랐던 인
물 중 하나였다.

네이드빌 영주가 유력한 용의자로 라이벨을 지목했다고 하
지만, 귀족은 아무리 물적 증거가 있다고 하더라도 스스로의
자백이 없는 한 함부로 처벌할 수 없다는 조항이 있었던 것이

다. 그러나 이제는 문제 될 것이 없었다.

네이드빌 영주도 이번 일이 늦어진다는 사실에 부담을 느끼고 있었다. 그래서 은근히 조사관을 압박하고 있었다. 이 일을 빨리 매듭짓기를 말이다.

네이드빌 영주의 이런 마음은 너무도 당연했다. 황제와 관련된 일이다. 한시라도 빨리 경과 보고를 올리고픈 마음뿐이었다.

이런 마음을 프리첼 남작에게 내비쳤다. 수단과 방법을 가리지 말고 라이벨에게서 자백을 받아 내라고 말이다. 아니, 처음부터 이런 방법을 사용하길 바라고 있었다.

"끄아악!"

라이벨의 비명이 취조실 안을 가득 채웠다.

온갖 고문 도구들이 라이벨의 자백을 받아 내기 위해 사용되고 있었다.

"으으. 나는 죄가 없다."

"흥. 언제까지 죄를 부인할 생각이냐?"

"죄? 하하하. 그냥 나를 죽여라."

프리첼 남작은 아직도 쌩쌩한 라이벨의 모습에 비릿하게 웃었다. 과연 네가 얼마나 버틸 수 있는지 지켜보겠다는 의미였다.

지금까지 수많은 자들을 봐 왔지만, 그 누구를 막론하고 고문이 시작되면 지은 죄를 자백해 왔다. 라이벨 또한 그 범주에서 벗어나지 못할 것이다.

본격적인 고문은 지금부터 시작이었다.

라이벨이 입고 있는 옷을 전부 벗긴 후에 따로 준비한 천을 이용해 손목과 발목, 허리와 허벅지 등을 단단하게 고정시키기 시작하자 라이벨도 자신에게 무얼 할지 알고 있는지 몸부림을 치며 심하게 반항했다.

자그마치 3미터에 이르는 크기의 회초리였다. 태형을 준비한 것이었다. 그래서 천으로 온몸을 꽁꽁 묶었다. 혹시 있을지 모를 장 파열을 예방하기 위해서였다.

더군다나 프리첼 남작은 이 일을 위해 두 명의 병사를 따로 뽑을 정도였다.

좌아악.

허공을 가르는 날카로운 소리가 울림과 동시에 비명이 터져 나왔다.

"끄아악!"

라이벨의 입에서 사람의 간담을 서늘하게 만들 정도로 처절한 소리가 터져 나왔다.

단 한 대를 맞았을 뿐인데 살이 갈라져 피가 나오고 지렁이가 지나간 것처럼 피부가 부풀어 올랐다.

좌아악.

뒤에 대기하고 있던 또 한 명의 병사가 그 커다란 회초리를 휘둘렀다.

"으으으."

연속으로 이어진 매질로 인해 라이벨은 비명다운 비명조차 지르지 못하고 기절해 버렸다.

등에 가해진 매질이 얼마나 아팠는지 기절한 상태에서도 끙끙 앓는 소리가 절로 나오고 있었다.

"한 번 더."

프리첼 남작이 병사들을 보며 기절해 있는 라이벨에게 매질을 가하도록 지시를 내렸다. 그러자 잠시 대기하고 있던 병사들이 주춤주춤 앞으로 나섰다.

병사들은 자신들이 회초리를 들고 매질을 가하고 있었지만, 회초리가 보여 주는 위력에 그들 스스로도 진저리를 치며 두려움에 떨 정도였다.

재수 없이 걸려서 이곳으로 불려 왔다는 사실에 한탄할 뿐이었다. 정말 재수 없게 걸려들었다.

3미터에 이르는 회초리를 이용한 매질은 처음 회초리를 접하는 초보들도 제 위력을 발휘할 수 있을 정도로 간단했다. 그렇기에 더욱 무서운 것이지만 말이다.

촤아악.

허공을 찢어발기는 소리가 악마의 울부짖는 소리와 흡사했다. 사람의 피를 먹고 자라는 악마의 그것과 똑같았다.

등에 엑스 자로 나 있는 흉터에 또 하나의 흉터가 생겨났다.

짝!

피부에 착 감겨 살 속을 파고 들어가는 소리가 전율스러웠다.

"으헉."

기절해 있던 라이벨이 척추 깊숙이 박혀 들어오는 충격에 정신을 차렸다. 허나 그로 인해 바로 이어진 매질의 고통을 생생하게 겪어야 했다.

"……!"

비명을 지를 수가 없었다. 몸속 저 깊은 곳에서 터져 나오던 비명 소리가 목구멍을 타고 밖으로 나오지 못했다.

입을 힘껏 벌리며 고통을 호소하는 라이벨은 이미 정신의 반을 놓고 있었다. 제정신으로는 견디기 힘든 고통이었기 때문이다. 입을 타고 침이 흘러내렸다.

"지금은 죄를 자백할 마음이 생겼나?"

"나는…… 죄가 없다."

프리첼 남작의 말에 라이벨이 힘없는 목소리로 대답했다.

라이벨도 알고 있었다. 이미 돌아올 수 없는 강을 건넜다는 사실을 말이다. 죽을 것이다. 그것도 알고 있었다.

어디서 이런 용기가 나왔는지 모르겠지만, 육체적으로 겪는 고통보다 마음속에 품은 작은 진실 하나를 포기할 수 없었다.

물론 라이벨의 이러한 선택의 대가는 참혹했다.

"눈을 가려."

육체적 고통을 견딜 수 있다면 정신을 짓뭉개 버릴 심산이었다. 죽음의 공포까지 견딜 수 있는지 두고 볼 작정이었다.

병사들이 라이벨의 눈을 천으로 가렸다.

"보지 못한다는 데서 오는 공포가 얼마나 큰지 경험할 수 있을 것이다."

라이벨의 눈을 가린 상태에서 곧장 매질을 가하지는 않았다. 그저 공포 분위기를 조장할 뿐이었다.

촤아악.

공기를 찢어발기는 소리가 들린 이후에는 어김없이 고통이 찾아왔는데 지금은 그렇지 않았다. 그냥 허공에 회초리를 휘두른 것뿐이었다.

맞지 않았다. 그런데 직접 맞는 것보다 더한 압박으로 다가왔다. 차라리 속 시원하게 맞는 것이 편할 정도였다.

언제 고통이 가해질지 기약 없이 기다려야 하는 심정과 끊임없이 귓속을 파고드는 파공음에 라이벨은 정신과 육체 모두 철저하게 파괴되고 있었다.

자정이 넘은 시각, 레츠는 아무도 몰래 지하에 있는 감옥으로 들어서고 있었다.

천천히 감옥 안을 오가던 레츠가 이내 원하던 장소를 찾아낼 수 있었다. 오늘 낮에 취조실로 이용하던 장소였다.

"후유, 정말 지독하게도 당했군."

"누, 누구?"

라이벨은 말을 걸기 전까지도 누군가가 자신에게 접근하고 있었다는 사실을 눈치 채지 못했다.

"눈앞에 있는 사람도 못 알아볼 정도로 당한 건가? 그럼 곤란한데."

"소, 소영주님이 여긴 무슨 일로."

"네놈을 만나러 왔다."

"무슨?"

"우리에게 아직 끝나지 않은 일이 남아 있지."

라이벨은 레츠가 왜 자신을 찾아왔는지 알 수 없었다. 그것도 이렇게 늦은 시간에 말이다. 그런데 끝나지 않은 일이 남아 있다는 말을 꺼내니 당황스러웠다.

잠시 무언가를 생각하던 라이벨은 레츠가 하는 말이 무슨 뜻인지 알 수 있었다. 결혼식 이후로 레츠와의 관계가 개선된 것으로 생각했었다.

혼자만의 착각이었다. 그러나 하루 전날 알았으면 이 일로 인해 전전긍긍하고 있었겠지만, 지금에 와서는 별 상관이 없었다.

"저는 내일 아침 자코린을 살인 교사한 혐의로 사형당할 것입니다. 모르셨습니까?"

"알고 있다."

"그런데도 저를 찾아오셨습니까? 그때의 일이 그렇게 모욕적이었다면 사죄드리겠습니다."

"사죄는 필요 없다."

"네?"

라이벨은 순간 잘못 들은 줄 알았다. 밤늦은 시간에 일부러 찾아와 예전 일을 꺼내기에 자신의 사죄를 받으러 왔다고 생각했다.

진심에서 우러나오는 사죄는 아니었지만, 그래도 사죄를 했다. 그런데 필요 없다니 너무 황당했다.

"나는 자존심이 아주 강한 사람이다. 네가 생각하는 것 이상으로 자존심이 강하지. 그것이 너무 강해서 종종 문제가 되기도 한다."

라이벨은 레츠가 무슨 생각으로 이런 말을 하는지 알 수 없었다.

"네가 왜 이곳에 있다고 생각하지? 누가 어쌔신 길드에 있던 문서라며 가져와서는 네놈을 범인으로 지목했을까?"

"……!"

설마 했었다.

처음에는 누명을 쓰고 제정신이 아니었기에 생각을 못했지만, 감옥 안에서 차분히 생각해 보니 무언가 이상했다.

어쌔신 길드를 토벌한 이는 레츠였다. 그렇다면 레츠가 그 문서를 제공했다는 말인데, 너무 비약시키는 것 같아서 잊고 있었다.

뺨을 한 대 맞았다고 사람을 죽이기야 하겠냐는 생각에서였다. 그런데 레츠의 말을 들을수록, 정말 자신을 죽이려고 일부러 모든 것을 꾸몄다는 말이었다.

"어떻게 이런 일이."

"푸하하하. 내가 말했지? 나는 자존심이 무척 강한 사람이라고 말이다."

"이 개자식, 죽여 버리겠어."

자신을 이렇게 만든 주인공을 알게 된 라이벨이 미친 듯이 날뛰기 시작했다. 그때였다. 크게 웃어 젖히던 레츠가 움직인 것은 말이다.

짝!

레츠가 있는 힘껏 라이벨의 뺨을 때렸다.

손바닥으로 맞았을 뿐인데, 골이 울리며 어지럼증이 심하게 발생했다. 정신을 차리지 못하고 버벅거렸다.

짝!

레츠의 손이 다시 한 번 라이벨의 뺨을 강타하고 지나갔다.

두 번째는 맞자마자 입 안이 터지며 비릿한 피 맛이 느껴졌다. 그리고 딱딱한 무언가가 입 안에서 느껴졌다. 이빨이었다.

몸이 결박당한 상태라 레츠를 직접 어떻게는 하지 못하지만, 그래도 레츠의 얼굴에 뭐라도 뱉어 주고 싶었다.

"퉤."

입 안에 굴러다니는 이빨을 레츠의 얼굴을 향해 뱉어 냈다.

그러나 레츠는 여유롭게 이를 피해 냈다.

"크크크. 그래 계속 반항을 시도해라. 그래야 부숴 버리는 맛도 강해질 것이니 말이다."

레츠는 라이벨을 프리첼 남작에게 뺏겼다는 사실을 못마땅하게 여기고 있었다.

스스로의 복수를 하기 위해 라이벨을 엮은 것인데, 황제가 갑작스럽게 개입했다. 오랫동안 꿈꿔 왔던 일이었다. 그러나 눈앞에서 프리첼 남작에게 즐거움을 빼앗겨 버렸다.

"이 개자식, 죽여 버리겠다. 죽여 버리겠다고!"

"어설퍼. 자신의 감정을 그대로 밖으로 드러내다니. 아무리 심한 모욕을 당했다고 해도 꾹꾹 눌러 참을 수 있어야지. 그래야 상대에게 복수도 할 수 있는 것이다."

"개소리 집어치우라니까. 개새끼이니, 개 같은 소리만 하는구나."

"크크크. 지금도 그래. 부러진 이빨을 꼭꼭 숨겼어야지. 내가 방심하는 순간을 기다리면서 말이다. 그렇게 감정을 다 드러내서는 내 얼굴에 침이라도 뱉을 수 있겠어?"

라이벨은 레츠가 뭐라고 떠들든지 쉬지 않고 레츠에게 욕설을 퍼붓기 바빴다. 마치 그것이 자신의 사명이라도 되는 것처럼 말이다.

"상대를 모욕하는 방법으로 욕도 나름대로 효과를 발휘하는군. 그러나 너무 천박해. 귀족으로서 할 만한 행동이 아니

다."

"끝까지 개소리를 지껄이는구나. 그럼 네놈이 지금 하는 행동은 귀족으로서 명예로운 행동이냐!"

"괜찮아. 나는 어차피 나쁜 놈이니까. 나쁜 놈이 나쁜 짓을 좀 했기로 그렇게 손가락질 받을 행동인가?"

"하늘이 너를 용서하지 않을 것이다."

"하늘 같은 소리 하고 있네. 혹시 이걸 알고 있나? 하늘도 내가 나쁜 놈이란 사실을 모른다는 걸 말이야."

"무슨."

레츠의 말에 라이벨이 한순간 말문이 막혀 버렸다.

"계속 그런 표정을 짓고 있어라. 보기 좋군. 크크크. 오늘로 마지막인가? 잘 죽어라."

뒤에서 또다시 온갖 욕을 해 대는 라이벨을 남기고 레츠가 감옥을 빠져나왔다. 그렇게 감옥을 빠져나오던 레츠가 뒤로 돌아서서는 라이벨을 바라봤다.

"참, 중요한 말이 있었는데 까먹을 뻔했군."

레츠가 라이벨의 두 눈을 똑바로 바라봤다. 그러고는 입가에 웃음을 지으며 말했다. 라이벨을 조롱하는 비웃음이었다.

"네놈 집안에 돈이 많더군. 정말 놀랄 정도로 많았어. 차라리 그 돈으로 기사들이나 육성하지 그랬나. 그랬다면 오늘과 같은 이런 꼴은 당하지 않았을 수도 있었는데 말이다. 푸하하하. 네놈의 돈은 내가 잘 쓰도록 하겠다."

레츠는 마치 라이벨에게 이런 것이 바로 상대의 허를 찌르는 방법이라는 것을 가르치듯, 라이벨의 방심을 틈타 마지막 한 방을 장식했다. 속이 후련해지는 레츠였다.

라이벨은 다음 날 아침 형장의 이슬로 사라졌다.

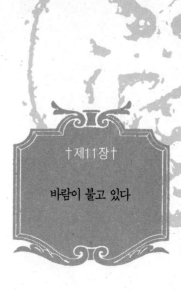

† 제11장 †

바람이 불고 있다

크렌스피 영지에 뜨거운 바람이 불기 시작했다. 그 바람이 너무 뜨거워 귀족들이 질겁하고 있었다.

어쌔신 길드를 성공적으로 토벌하자, 많은 귀족들이 레츠가 어떤 움직임을 보일지 예의 주시했다.

레츠가 움직였다.

당연히 첫 번째 희생자는 라이벨이었다.

자코린 살인 교사 혐의로 라이벨이 감옥에 갇히더니 싸늘한 주검이 되어서 돌아왔다.

귀족이 죽었다.

그 파장은 생각보다 대단했다.

귀족사회가 발칵 뒤집히는 것은 물론이고 귀족들이 패닉 상태에 빠져 어떻게 행동해야 할지를 몰랐다.

더군다나 네이드빌 영주가 직접 레츠에게 어쌔신들과 내통

한 귀족들을 잡아들이라는 특명을 내렸다.

마르체나에 대해 살인 교사를 한 귀족을 잡아들이라는 속뜻이 숨어 있었지만, 그런 것까지 신경 쓰는 귀족은 없었다.

라이벨이 자코린을 죽임으로써 황제의 분노를 샀다는 특수한 상황이 있었지만, 귀족들은 그것과는 엄연히 별개로 여겼다.

귀족들 사이에서 말로만 전해지던 치부책의 존재가 증명됐다는 사실이었다.

과연 그 치부책에 어떤 내용이 적혀 있으며, 치부책으로 인해 어떤 일이 벌어질지 두려워하고 있는 것이다.

라이벨이 죽고 일주일 동안 숨을 고르던 레츠가 드디어 움직였다. 상대는 스비츠 가문이었다.

4대 가신 가문에는 미치지 못하지만, 그래도 한 지역의 지주 역할을 톡톡히 해내는 가문이었다. 함부로 어떻게 할 수 없는 거물이었다.

귀족들이 어떻게 생각하든 레츠는 스비츠 가문의 영향력에는 신경 쓰지 않았다. 오히려 거물이란 이유로 본보기로 삼을 작정이었다.

블랙윙 기사단이 스비츠 가문을 급습했다.

급습을 당한 스비츠 가문은 이렇다 할 반항 한 번 해 보지 못하고 블랙윙 기사단에 의해 와해되었다.

허드렛일을 하는 가문의 고용인들부터, 스비츠 가문의 주요 인사들까지 줄줄이 감옥으로 붙잡혀 들어갔다. 이를 지켜보고 있던 귀족들이 어찌할 줄을 모르고 발만 동동 굴렀다.

설마 했던 일이 현실이 되어 가고 있었다.

귀족 가문이다. 그것도 200년이 넘는 기간 동안 크렌스피 백작가문에 충성을 바친 명문 가문이었다. 그런 스비츠 가문이 아무런 힘도 써 보지 못하고 철저하게 무너져 내렸다.

이제는 귀족들이 레츠를 두려움의 대상으로 바라보기 시작했다. 그만큼 뒤가 구린 귀족들이 부지기수라는 반증이었다.

레츠는 스비츠 가문이 그동안 저질러 왔던 비리와 온갖 부정부패를 철저하게 파헤치기 시작했다.

200년이란 세월 동안 한 지역의 지주로 있기 위해서는 많은 노력이 필요했다. 그리고 그 노력에는 지저분한 범죄행위도 포함되어 있었다.

귀족의 권리를 내세우기도 전에 육체적인 고문이 자행되었다.

가문의 고용인들은 육체적으로 당하는 고통을 버텨 내지 못했다. 그건 가문의 주요 인사들도 마찬가지였다.

매질에는 장사가 없다. 이는 만고불변의 법칙이었다.

작은 범죄부터, 남들에게 들켜서는 안 되는 가문의 치부까지 레츠에 의해 낱낱이 밝혀졌다.

스비츠 가문은 이제 끝장났다.

모든 귀족들이 그렇게 생각했다. 그러나 아무도 예상치 못한 일이 벌어졌다.

스비츠 가문의 고용인들이 감옥에서 풀려난 것이다. 그리고 연이어 스비츠 가문의 주요 인사들까지 풀려났다. 물론 고문으로 인해 몸은 만신창이가 될지언정 죽지 않았다는 것이 중요했다.

아니다. 스비츠 가문에서 한 명의 인물이 희생되었다. 바로 가문의 집사였다.

그동안 스비츠 가문에서 저질러 왔던 모든 범죄는 집사의 이름으로 행해진 것으로 바뀌었다. 집사 한 사람의 죽음으로 스비츠 가문이 지옥에서 생환했다.

무엇이 있었다.

보이지 않는 곳에서 뭔가가 이뤄진 것이다. 그렇기에 스비츠 가문이 살아남을 수 있었다. 분명한 것은 이 일에 레츠가 어떤 식으로든 연관이 있었다.

당연했다. 스비츠 가문의 목숨을 손에 쥐고 있던 이가 레츠였으니 말이다.

네이드빌 영주까지 스비츠 가문 사람들이 풀려난 것에 대해 아무런 언급이 없었다.

귀족들은 당장 스비츠 가문으로 달려갔다. 그리고 어떻게 된 일인지 알려 달라고 통사정을 했다. 그러나 스비츠 가문에서는 아무런 언급도 없이 침묵을 지킬 뿐이었다.

귀족들의 계속되는 성화에 어렵사리 꺼낸 말이 리콘이었다.

리콘.

레츠의 생부.

스비츠 가문이 리콘을 통해 레츠와 접촉한 것이 분명했다.

드디어 숨통이 트였다.

크렌스피 영지에서 불고 있는 태풍을 피할 수 있는 든든한 버팀목을 발견한 것이다.

귀족들이 엄청난 액수의 금액을 싸 들고는 리콘을 찾아갔다.

어마어마한 금액이었다. 평민들은 평생을 가도 한 번 만져 보지도 못할 금액이었다.

귀족들이 건네는 뇌물의 액수를 보고 리콘이 기가 질려 버릴 정도였다. 너무나 큰 액수여서 과연 받아도 되는지 걱정이 될 정도였다.

리콘도 지금 크렌스피 영지에 부는 바람을 알고 있었다. 그 중심에 레츠가 있다는 것도 말이다. 그렇다고 귀족들이 이런 액수를 뇌물로 찔러줄 줄은 예상하지 못했다.

처음 레츠가 어쎄신 길드를 차례차례 와해시켜 나갈 때도 이처럼 귀족들이 발발거리며 꼬리를 흔든 적이 있었다. 하지만 그때는 이처럼 숨이 턱 막히는 액수는 아니었다.

리콘이 예상하지 못한 것이 하나 있었다.

레츠가 처음에 어쌔신 길드를 와해시키기 시작할 때는 귀족들이 혹시나 하는 마음에 보험을 드는 생각으로 뇌물을 먹였을 뿐이었던 것이다.

흔한 말로 기름칠을 했을 뿐이다. 그런데 지금은 상황이 달랐다.

어쌔신과 연관된 일로 라이벨이 죽었으며, 스비츠 가문이 풍비박산 났다.

스비츠 가문은 몰락만을 겨우 피했을 뿐이지, 이번 일로 예전의 성세를 되찾을 수 있을지는 미지수였다.

즉, 이 말은 자신들도 언젠가는 위에 언급된 이들처럼 블랙윙 기사단의 방문을 받을 수 있다는 사실이었다.

귀족들이 안달이 날수록 바빠지는 쪽은 리콘이었다.

뇌물을 그냥 무턱대고 받을 수는 없었다. 나중에 이것으로 문제가 될 수 있었기 때문이다. 리콘은 그것만은 절대 사양이었다.

리콘이 용병 길드를 이용해 귀족들이 찔러준 뇌물을 깔끔하게 세탁하기 시작했다.

용병 길드로는 그 많은 액수를 감당하지 못해서 이스틴 마을에 있는 상인 길드까지 이용할 정도였다.

리콘은 예전에 레츠가 했던 말을 잊지 않고 있었다. 개인 무력단체를 만들 거라는 말을 말이다.

스비츠 가문의 일로 아직도 떠들썩한 그때, 레츠가 움직이기 시작했다.

레츠가 블랙윙 기사단을 움직였다는 소식은 빠른 속도로 귀족사회에 퍼져 나갔다. 이번 목표는 누가 될지 귀추가 주목되고 있었다.

이번에는 한 가문을 표적으로 삼은 것이 아니라, 한 번에 두 가문을 동시에 표적으로 삼았다.

블랙윙 기사단이 1조와 2조로 나뉘어 로케 가문과 바알 가문으로 나눴다.

이 두 가문은 스비츠 가문처럼 한 지역의 지주 역할을 하고 있지는 않았지만, 그래도 귀족사회에서는 제법 영향력을 행사하는 가문이었다.

스비츠 가문처럼 은밀하지는 않았지만, 상대가 제대로 대처를 하기 전에 블랙윙 기사단이 들이닥쳤다.

블랙윙 기사단의 모습을 보고 로케 가문의 사람들은 절망에 빠졌다. 드디어 올 것이 오고야 만 것이다.

로케 가문 사람들은 반항을 일찌감치 포기했다. 영주 성으로 끌려가면 어떤 일을 겪게 될지 모르지만, 블랙윙 기사단에 반하는 행동을 하는 순간 가문은 그야말로 풍비박산이 날 것이 불 보듯 뻔했다.

블랙윙 기사단에 끌려가는 로케 가문 사람들은 자신들에게도 스비츠 가문처럼 행운이 깃들길 바랄 뿐이었다.

로케 가문이 블랙윙 기사단에 잡혀가고 있는 그때, 바알 가문 또한 로케 가문과 마찬가지로 블랙윙 기사단에 의해 연행되고 있었다.

영주 성 입구에서 만난 두 가문은 자신들의 처지에 한탄하며 서로를 향해 연민의 시선을 보냈다.

두 가문 또한 스비츠 가문의 전철을 밟았다.

지금까지 지은 범행을 모두 실토하기까지 모진 고문을 겪었다. 차라리 죽고 싶다는 생각이 들 정도로 고통스러웠다.

하루 종일 이어진 고문에 모두 탈진했을 때, 전혀 생각지도 못한 사람이 찾아와 뜻밖의 제안을 받았다.

그때야 알았다. 스비츠 가문이 어떻게 레츠의 손아귀에서 살아남을 수 있었는지 알게 된 것이다.

위릿이 문을 열고 들어서자 레츠가 바로 본론을 꺼냈다.

"그들이 제안을 받아들이던가?"

"그렇습니다. 소영주님이 살길을 마련해 주었으니 말입니다."

레츠는 도둑 길드가 꾸준히 귀족들에게 상납을 하고 있었다는 소식을 접하고는 화가 나서 참을 수가 없었다.

레츠는 위릿에게 도둑 길드에 돈을 요구하는 귀족들의 명단을 작성해 오라고 명령했다. 대체 어떤 자들인지 알고자 했다.

위릿이 작성해 온 명단을 본 레츠는 손에 들고 있던 것을 단번에 꾸겨 버리고는 온몸을 부들부들 떨었다.

자존심이 상했다.

위릿이 건네준 명단에는 생전 듣도 보도 못한 이름들이 줄줄이 나열되어 있었다. 차라리 대단한 귀족에게 상납해 왔다면 이처럼 자존심이 상하지는 않았을 것이다.

도둑 길드는 귀족이란 이름 하나 때문에 그동안 별 볼일 없는 귀족에게까지 상납금을 바쳐 왔던 것이다.

그 누가 되었건, 귀족이 요구하면 도둑 길드는 돈을 상납했다. 문제가 생겨 사람들 입에 오르내리는 것을 극도로 꺼렸던 탓이었다.

명단을 살펴본 레츠의 화가 좀처럼 가라앉지 않았다. 그날 위릿은 레츠에게서 죽음의 공포를 맛봐야 했다. 그만큼 이번 일은 레츠에게 충격으로 다가왔다.

레츠는 당장 귀족들을 잡아들이기로 작정했다. 네이드빌 영주가 지시한 일은 뒷전이었다.

그 첫 번째 목표가 스비츠 가문이었다.

스비츠 가문이 첫 목표가 된 데에는 다른 이유가 없었다. 그저 이름이 알려진 귀족 가문이라는 이유에서였다.

레츠는 직접 스비츠 가문을 개박살을 내 버렸다. 그래도 울분이 풀리지 않았는지, 일일이 스비츠 가문의 주요 인사들을 고문하기 시작했다.

다 죽여 버릴 작정이었기에 고문의 강도는 엄청 셌다. 그 와중에 죽어 나가는 사람이 없었던 것이 신기할 정도였다.

레츠가 본격적으로 고문을 가하고 있을 때, 네이드빌 영주가 레츠를 불러들였다. 왜 아직까지 마르체나를 살인 교사한 범인을 잡지 못하느냐는 이유 때문이었다.

스비츠 가문 사람을 고문할 시간에 범인이나 잡으라며 핀잔이 섞인 꾸중을 들었다.

도둑 길드의 일로 감정이 격해져 있던 레츠는 네이드빌 영주의 꾸중에 순간 감정을 주체하지 못할 뻔했었다. 그나마 보고 있는 눈이 많아서 겨우 성질을 가라앉힐 수 있었다.

레츠는 자신을 꾸중하는 네이드빌 영주에게 마르체나를 살인 교사한 범인을 잡아내기 위해 스비츠 가문을 족치는 것이라고 둘러말했다.

마르체나의 일에는 분명 고위 귀족이 관여되어 있는데, 현재 확보하고 있는 증거물로는 그 고위 귀족을 단번에 찾아낼 수 없다고도 말했다.

고위 귀족이 직접 어쌔신을 만난 것이 아닌, 그의 지시를 받은 하위 귀족이 어쌔신을 만나 의뢰를 한 것이 분명하다고 말하자 네이드빌 영주가 고개를 끄떡였다.

레츠의 말이 정말 그럴듯하게 들렸기 때문이다.

레츠는 방해하던 네이드빌 영주도 깔끔하게 처리하고는 취조실로 돌아왔다.

취조실로 돌아온 레츠는 자신을 기다리고 있던 가신들을 만날 수 있었다.

네이드빌 영주에 이어 가신들로 인해 원하는 바를 얻지 못
하자, 오늘 일진이 정말 사나운 날이라며 화도 내지 않고 그저
허탈해 할 뿐이었다.

가신들이 레츠를 찾아온 것 또한 스비츠 가문 때문이었다.

가신들은 네이드빌 영주와 자신들 사이가 소원해진 지금은
무조건 크렌스피 영지가 하루 빨리 조용해지길 바라고 있었다.
그런데 자코린 일로 라이벨이 죽었으며, 스비츠 가문은 어쌔
신 길드와 공조했다는 혐의로 취조를 당하고 있었다.

현재 크렌스피 영지에서 일어나고 있는 일련의 사건들은 자
신들의 바람과는 반대로 흐르고 있었다. 그리고 그 중심에는
레츠가 존재했다.

크렌스피 영지의 안정을 취하려면, 먼저 네이드빌 영주의
명령으로 움직이고 있는 레츠를 잡아야 했다.

가신들은 레츠에게 다짜고짜 크렌스피 영지의 미래를 위해
소영주의 결단이 필요하다는 말을 꺼내며, 이번 어쌔신과 관
련된 일련의 사건을 조용히 덮어 주길 바랐다.

가신들의 말은 마르체나의 일까지 모두 덮어 주길 바라는
것이었다.

레츠는 당연히 반발했다. 말도 안 되는 소리라고 말이다. 그
러나 가신들은 집요했다. 어떻게든 레츠를 설득하려 했다.

가신들의 설득이 집요해지자 레츠가 은근히 네이드빌 영주의 핑계를 댔다. 네이드빌 영주의 분노가 대단해서 자기로서는 어쩔 도리가 없다며 핑계를 댔다.

네이드빌 영주를 빌어 핑계를 댄 것이 효과가 있었는지 가신들이 움찔거렸다. 그러나 물러서지는 않았다. 그만큼 가신들도 간절했던 것이다.

네이드빌 영주와 가신들의 사이가 더 이상 사이가 멀어지면 정말 안 된다. 그런데 마르체나의 일로 네이드빌 영주와 가신들 사이가 소원해졌다.

지금은 이것이 별문제가 아니었다. 그러나 앞으로도 개선될 여지가 낮았다. 이것이 문제였다.

더군다나 테일 남작은 더욱 심했다. 네이드빌 영주와 완전히 틀어져 버린 것이다. 이제는 예전의 관계로 돌아가기는 힘들 것 같았다.

가신들은 레츠가 네이드빌 영주와 가신들 사이의 가교 역할을 해 주길 바랐다. 그 가교 역할을 하기 위해서는 선행적으로 마르체나 일이 좋게 수습돼야 했다.

현재 크렌스피 영지에서 마르체나 일을 수습할 사람은 레츠가 유일했다. 그래서 이렇게 집요하게 레츠를 물고 늘어지는 것이다.

레츠가 별다른 관심을 보이지 않고 난색을 표명하자 가신들이 하나의 패를 꺼내 들었다.

이번 일을 좋게 마무리해 준다면 앞으로 가신들은 레츠를 전폭적으로 지지할 것이라고 했다. 그 일환으로 지금부터 테일 남작을 레츠가 거둬 달라고 했다.

레츠가 펄쩍 뛰었다.

레츠와 테일 남작은 악연이었다. 그것은 지금도 변하지 않았다. 그러나 가신들은 막무가내였다.

사실 테일 남작은 지금 조금은 심각한 상황이었다. 마르체나의 일로 네이드빌 영주와의 사이가 벌어진 후, 사람이 달라져 버렸다.

하루는 온종일 슬픔에 빠져 허우적거리기도 했고, 또 하루는 절망 속에 빠져 좌절을 겪기도 하고, 자기 비하에 빠지기도 했다.

살아가는 데 보람이 없어지자 흥미가 떨어져 정상적인 생활이 불가능해졌다. 그렇다. 테일 남작은 우울증에 빠진 것이다. 그 테일 남작이 말이다.

이는 어쩌면 너무나도 당연한 일이었다.

인생의 전부를 크렌스피 백작가문에 충성하며 쏟아 부었다. 남들이 보면 비정상적으로 보이는 삶이었지만, 테일 남작에게는 자부심이었으며, 자존심이었다. 그리고 삶의 전부였다.

그것이 깨졌다.

지금까지 살아온 인생 전부가 부정당하는 일이었다. 당장 그 자리에서 죽지 않은 게 오히려 더 이상할 정도였다.

그런 테일 남작이었기에 가신들은 지금 상태가 위험하다고 판단했다. 언제 자신의 처지를 비관해 자살해도 전혀 이상하지 않다고 여겼다.

삶에 대한 활력을 찾아 줘야 했다. 네이드빌 영주가 힘들다면, 그런 네이드빌 영주를 대체할 수 있는 인물을 찾으면 되었다. 그것이 레츠였다.

정말 딱이었다. 테일 남작이 관심을 보인 것이다.

테일 남작의 기억 속에서 레츠와의 악연은 사라지고 새 희망이 싹트고 있었다.

레츠는 억지로 가신들에게 떠밀려 테일 남작을 수하로 받아들였다.

사실 레츠는 이번 일을 어느 정도 예측하고 있었다.

예전 란스 자작이 따로 테일 남작을 데리고 왔을 때, 이런 날이 올지도 모른다고 예측하고 있었다.

레츠는 고민했다. 테일 남작을 수하로 받아들이느냐, 아니면 제거하느냐를 놓고 말이다.

솔직히 레츠는 테일 남작을 제거하려고 했었다. 워낙 거물 중의 거물이라 아직 시작도 하지 못했지만 말이다. 그런데 운명의 장난인지 테일 남작을 수하로 받아들이게 되었다.

네이드빌 영주가 아직 살아 있는 관계로 직접적인 충성 서약식은 없었지만 약식으로 이루어졌다.

테일 남작을 수하로 받아들였지만, 어쌔신 일을 이대로 묻을 수는 없었다. 도둑 길드와 연관된 귀족들 때문이었다.

레츠는 가신들에게 귀족들의 비리를 조사한 자료를 넘겨줬다. 이처럼 귀족들이 비리와 부정부패를 저지르고 있는데 모른 척할 수는 없다는 것이었다.

가신들도 귀족들이 지금까지 저지른 비리와 부정부패, 더 나아가서는 범죄 사실까지 알게 되자 할 말을 잃어버렸다.

크렌스피 영지의 귀족사회에서는 비리와 부정부패는 없다고 생각했다. 있다고 하더라도 아주 사소한 일이 전부라고 여겼다. 그런데 지금 보니 정말 광범위하게 이루어지고 있었다.

만약 백작부인이 지금까지 살아 있었다면 귀족들의 이런 비리는 발생하지 않았을 것이다. 영지의 안살림을 책임질 인물이 없으니 영지 곳곳에서 이런 일이 자행되고 있었던 것이다.

가신들은 부끄러웠다.

백작부인이 죽고 난 뒤, 백작부인이 지금까지 해 왔던 일을 가신인 자신들이 해 왔어야 했다. 그러나 그들은 다른 일에 신경 쓰느라고 집안 단속을 제대로 하지 못했다.

특히 테일 남작이 느끼는 충격은 대단했다. 아예 꺼이꺼이 눈물을 흘리며 대성통곡을 할 정도였다.

네이드빌 영주에 충성하며 그동안 크렌스피 영지를 제대로 이끌어 왔다고 자부했었는데, 그 모든 것이 허상이었다. 사상누각일 뿐이었다.

가신들이 신경을 쓰지 못하자 자이엔느가 백작부인의 뒤를 이어 관리했지만, 그것도 요 몇 년 사이의 일이었다. 레츠가 건네준 자료에는 귀족들이 백작부인이 죽고 나서부터 바로 각종 이권사업에 뛰어든 증거가 있었다.

모른 척 방치할 수준이 아니었다. 뭔가 특단의 조치가 필요했다. 하지만 지금 영지는 정치적으로 흔들리고 있었다. 여기에 귀족들의 비리 사건이 터져 나오면 뿌리부터 흔들릴 수도 있었다.

가신들이 레츠에게 물어 왔다.

지금 당장 귀족들에게 죄를 물을 것이냐, 아니면 나중에 레츠가 영주의 자리에 오른 후에 죄를 물을 것이냐고 말이다.

처음 제안을 선택하면, 지금 당장 귀족들에게 죄를 물어 책임을 물을 수 있다. 그리고 레츠는 무소불위의 권력을 휘두를 수 있을 것이다. 하지만 네이드빌 영주가 살아 있기에 크렌스피 영지가 흔들릴 수 있다. 정말로 사상누각이 될 수도 있는 것이다.

두 번째 제안을 선택하면, 지금 당장은 귀족들의 비리를 눈 감아 줘야 했다. 네이드빌 영주와의 사이도 멀어질 수 있었다. 그러나 나중에 레츠가 영주의 자리에 오르게 되면, 자연스레 무소불위의 권력을 휘두를 수 있을 것이었다.

둘 중 무엇을 선택하든, 레츠는 절대 권력을 손에 넣을 수 있을 것이다. 지금 당장 권력을 갖느냐, 나중에 권력을 갖느냐의 차이일 뿐이었다.

둘을 저울에 올려놓고 어느 쪽이 좋은지 재보기 시작했다. 권력욕이 강한 레츠이기에 처음 제안했던 내용이 마음에 들었다. 지금 당장 강력한 권력이 생기는 것이니 말이다. 그러나 최종 선택은 두 번째 안으로 했다.

이유는 별 게 없었다. 아무리 절대 권력을 손에 쥐었다고 해도 자신보다 더 높은 권력을 가진 자가 존재한다면, 한순간에 모든 것을 잃을 수가 있기 때문이었다.

권력을 지킬 수 있는 힘이 없다면 그건 권력이 아니었다. 레츠는 뼈저린 경험을 통해 이미 알고 있었다.

레츠가 결정을 내리자 일은 일사천리로 흐르기 시작했다. 스비츠 가문이 죽지 않고 풀려났다. 물론 강력한 제재를 가해 놓았다.

십 년 이내에 과거에 저질렀던 잘못을 바로잡지 못하면 그때는 정말 지옥을 구경하게 될 것이라는 엄포를 놓았다.

십 년이었다. 십 년.

스비츠 가문의 사람들은 가슴속에 십 년이라는 두 글자가 박혀 들었다. 살고자 한다면 지금까지의 생활을 버려야 했다. 그렇다고 금욕 생활을 강요한 것도 아니었다. 그저 귀족의 품위에 맞게 생활하도록 했을 뿐이었다.

레츠는 귀족 가문들을 차례차례 불러들였다. 그러고는 강력한 제재를 가했다. 고문을 통해 반쯤 죽여 놓으니 끝까지 싫다고 말하는 귀족은 없었다.

가신들과 손을 잡은 이후에 레츠는 네이드빌 영주에 대해 각별히 신경 쓰기 시작했다. 어떻게 해서든 네이드빌 영주의 관심을 다른 곳으로 돌리려고 노력했으며, 어느 정도 시일이 지난 후에야 경과 보고를 올렸다.

네이드빌 영주는 레츠가 올리는 경과 보고를 보고 그렇게 흡족해 하지는 않았다. 그러나 조금씩 사건의 진실에 다가가고 있어서 마냥 레츠를 닦달할 수도 없었다.

느긋하게 마음의 여유를 가지고 기다리고 있으면 레츠가 분명 범인을 잡아 올 것이라는 믿음이 있었다. 그만큼 레츠가 처신을 잘하고 있었다.

시일이 하루하루 지나가고, 영주 성으로 불러들여지는 귀족은 늘어만 갔다. 그로 인해 크렌스피 영지의 귀족들에게 레츠의 존재감은 날로 커져 가고 있었다.

크렌스피 영지에 어쌔신으로 인해 뜨거운 바람이 불었었다면, 이제는 새로운 바람이 불기 시작했다. 바로 레츠라는 바람이 말이다.

†제12장†

자이엔느

자이엔느는 요즘 들어 크렌스피 영지가 들썩이고 있다는 사실을 잘 알고 있었다. 그러나 그런 일에 관심을 가지고 싶지는 않았다.

레츠가 알아서 잘할 거라고 믿었다.

자이엔느가 관심을 보인 것은 따로 있었다. 그건 바로 레츠가 어쌔신 길드를 통해 얻게 된 고아원이었다.

자이엔느가 고아원에 대해 알게 된 것은 아주 우연한 기회를 통해서였다.

레츠는 고아원에 들어가는 운영자금을 조금이라도 줄여 보기 위해 네이드빌 영주에게 정식으로 보고를 올렸다. 그러나 돌아온 대답은 불가였다.

한 개의 고아원을 운영하는 데 천문학적인 자금이 들어가지만, 막상 고아원을 운영해 봐도 별다른 효과를 볼 수 없다는 이유에서였다.

레츠도 특별히 무엇을 바라고 올린 것은 아니었다. 다만 나중에 고아원을 운영하고 있다는 사실이 알려져 곤혹을 치를 수도 있기에 아예 처음부터 보고를 올린 것이다.

고아원에 대한 보고를 올릴 때, 도서관을 슬쩍 같이 끼워 넣어 보고했다.

고아원과는 달리 도서관은 네이드빌 영주가 관심을 보일지도 몰랐다. 그래서 요령을 부렸다. 결과는 대만족이었다.

고아원에 관한 내용 때문에 도서관에 대한 것은 아예 언급 자체가 없었다.

이제 레츠는 고아원과 도서관의 주인이 되었다.

도서관은 글을 읽고 쓸 줄 아는 평민들을 모아 사서 역할을 시켰다. 그리고 값비싼 책을 필사하기 시작했다.

도서관 운영비를 자체적으로 벌어들이고, 나중에 무력단체를 만들 때 들어갈 자금을 충당하기 위해서였다.

귀족들로부터 받은 뇌물로도 충분했지만 돈은 어차피 많으면 많을수록 좋은 거였다.

문제는 역시나 고아원이었다.

어째신 길드에서 고아원을 이용해 오던 방법이 마음에 들어서 고아원을 소유했다. 그런데 생각했던 것보다 고아원을 운영하는 데 들어가는 비용이 많았다.

안 먹이고, 안 입혔는데도 돈이 그냥 줄줄이 새 나갔다. 특단의 조치가 필요했다.

레츠가 고아원을 소유하면서 운영자금으로 사용되는 것은 소영주의 앞으로 나오는 영지자금이었다.

소영주는 영주의 대리자 역할이 크지만, 그보다 근본적으로 영주가 되기 위한 지식을 습득하는 자리였다. 지식 습득에는 영지자금의 운용방법도 포함되어 있었다.

소영주 앞으로 크렌스피 영지의 일 년 총예산 중 5%에 해당되는 자금이 나왔다.

5%에 해당하는 자금을 가지고 영지를 발전시켜 보라는 것이다. 영지의 일 년 총예산 중 5%면 많다면 많을 수도 있고, 적다면 적을 수도 있는 자금이었다.

이 자금을 가지고 돈을 사용하는 법을 스스로 터득하라는 배려였다.

레츠는 이 돈 전부를 고아원을 운영하는 자금으로 사용했다. 한마디로 미친 짓이었다.

장차 영주가 될 사람의 금전 감각을 키워 주기 위해 마련한 제도를 이런 식으로 망쳐 버릴 수 있는 것도 하나의 재주라면 재주였다.

한 달에 한 번 자금 사용 내역을 네이드빌 영주에게 보고해야 하는데, 그때마다 쓸데없는 데 돈을 쓴다며 타박을 받았다. 좀 더 유용한 데다 자금을 사용하라는 것이었다.

레츠도 자신 앞으로 나오는 자금을 건설적인 데 사용하고 싶었다. 그러나 어쩔 수 없었다. 고아원 운영자금으로 마땅히 사용할 돈이 없었다.

레츠의 이런 행동은 조금은 유명해졌다.

단 하루뿐이지만, 레츠의 자금 사용 내역을 보고하는 날은 귀족들 사이에서 역대 소영주 중 가장 멍청한 데 돈을 쓴 소영주로 유명해졌다.

귀족들과는 반대로 영주 성에서 일하고 있는 하인들에게는 가장 착한 소영주님으로 유명해졌다. 물론 유효기간이 단 하루뿐이었다.

레츠는 자신이 고아원과 도서관을 소유했다는 사실을 철저하게 숨기려고 노력했다.

네이드빌 영주를 제외한 모든 사람들에게 비밀로 부칠 정도였다. 그러했기에 한 달에 단 하루만 사람들 입에 오르내릴 뿐이었다.

비밀은 원래 알고 있는 사람이 적을수록 좋았다. 그런데 어느 날 문득, 네이드빌 영주가 자이엔느에게 직접 고아원에 대해 언급했다.

레츠가 고아원에 돈을 투자하는 것이 못마땅하다는 것이었다. 자신의 말은 듣지 않으니, 자이엔느를 보고 레츠를 설득할 수 있다면 그런 쓸데없는 일에는 돈을 사용하지 말라고 충고해 달라는 말이었다.

자이엔느는 네이드빌 영주의 말을 듣고 조금은 충격을 받았다.

'저는 한 명이 되었든 수만이 되었든, 영지민의 목숨은 누구나 똑같다고 생각하고 있습니다. 수만의 안전을 위해 한 명의 목숨쯤은 아무것도 아니라고 여기지는 않습니다.'

자이엔느가 레츠를 처음 만난 날 레츠가 해 준 말이었다.

잊고 있었다.

레츠가 이런 말을 했던 적이 있었다는 사실을 말이다.

자이엔느가 그때 레츠가 보여 주었던 모습을 떠올리며 환하게 웃음을 지었다.

"애야, 왜 그러느냐?"

"아무것도 아니에요. 다만 예전에 제 가슴을 뛰게 만들었던 말이 떠올라서 그래요."

"그게 무슨 말이냐?"

"그런 것이 있어요."

자이엔느가 웃기만 하고 제대로 설명을 해 주지 않자 네이드빌 영주가 섭섭한 마음을 감추며 자이엔느의 머리를 쓰다듬었다.

"원 녀석도. 소영주와 관련된 일이냐?"

"헤헤."

자이엔느는 그저 헤실거리며 웃을 뿐이었다.

네이드빌 영주와의 면담이 끝나자 자이엔느가 곧바로 레츠를 찾아왔다.

"소영주님, 고아원을 후원하고 계신다는 소리를 들었습니

다."

"아니 그걸 어떻게?"

레츠는 정말 깜짝 놀랐다.

철저하게 숨겼다고 생각했는데 자이엔느가 어느새 알고서
는 자신을 찾아왔다.

"어떻게 아셨습니까?"

"영주님께 직접 전해 들었답니다. 그보다 어떻게 저에게까
지 비밀로 하실 수 있으세요."

"딱히 비밀로 할 생각은 아니었습니다. 그런데 어쩌다 보니
그리되었습니다."

자이엔느가 대놓고 이유를 물어 오자 딱히 대답할 말이 없
어 대충 얼버무렸다.

"내일 저에게 고아원 구경 시켜 주세요. 궁금해요. 과연 어
떤 모습일지."

레츠에게 고아원을 구경시켜 달라고 조르고는 이내 자기 혼
자만의 상상의 나래를 펼치기 시작했다.

레츠는 그런 자이엔느의 모습을 보며 몰래 한숨을 지었다.
이런 이유 때문이었다. 자이엔느가 알게 되면 고아원을 직접
보려고 할 거란 사실을 알기에 숨기려고 했었다.

고아원이라고 해 봤자 작은 판자때기에 지어진 집일 뿐이었
다. 앞서 한 번 언급했다시피 안 먹이고, 안 입혀도 돈이 모자
라고 말이다.

고아원에서 살고 있는 아이들의 꼴이 말이 아니었다. 그런 모습을 자이엔느에게 보여 주기 싫었다. 그리고 혹시나 자이엔느가 고아원의 숨겨진 비밀을 알게 될까 걱정이었다.

다음 날 레츠는 자이엔느를 데리고 고아원이 있는 곳으로 갔다. 멀리서도 한눈에 보이는 고아원의 모습은 정말 말이 아닐 정도로 형편없었다.

"우와, 정말 대단해요."

"에? 뭐가요? 다 쓰러져 가는 집도 이상하고, 아이들이 입고 있는 옷도 형편없잖아요. 더군다나 아이들의 숫자는 왜 이리 많대요?"

바늘 가는 데 실이 따라간다고, 자이엔느의 전속 하녀인 네티가 자이엔느의 감탄에 고개를 저으며 의문을 표했다.

네티는 자신이 직접 보고 느낀 사실을 한 치의 가감 없이 말하고 있었다. 뒤에서 레츠가 두 눈을 부릅뜨고 지켜보고 있다는 사실도 모른 채 말이다.

네티가 고아원을 보며 갖는 의문은 비교적 정확했다.

우선 고아원이 너무 낡았다.

옛날 방식 그대로 지어진 집이 분명했다. 나무로 뼈대를 세우고 흙과 지푸라기를 섞어 만든 벽돌로 쌓아 올렸다. 그 위에 볏짚을 올려놓아 지붕을 만든 초가집이었다.

집의 한쪽 벽은 무너져 있었으며, 지붕에 올려놓은 볏짚은 오랜 세월의 흔적이 고스란히 묻어 나오고 있었다. 과연 비바람이나 막아 줄 수 있을지 걱정이 될 정도였다.

두 번째 아이들이 너무 헐벗어 있었다.

한눈에 봐도 아이들이 모두 못 먹고 못 입었다는 사실을 알 수 있었다. 눈 밑이 퀭해 보이는 것이 만성피로까지 달고 있는 모습이었다.

더군다나 아이들에게 생기라곤 전혀 느껴지지 않았다. 하루하루 무의미하게 살아가는 사람에게서나 볼 수 있는 눈을 하고 있었다. 절대 천진난만한 아이들의 눈이 아니었다.

마지막으로 아이들의 숫자가 너무 많았다.

집이 낡아서 다 무너져 내리고 있는데 보수를 할 수 없는 이유도, 아이들이 배고픔과 추위에 떨고 이유도 모두 아이들의 숫자가 너무 많기 때문이었다.

고아원에서 수용할 수 있는 한도를 훨씬 초과하고 있었다. 7~10살 사이의 아이들이 가장 많았으며, 그 이상 이하도 상당수 존재하고 있었다.

레츠는 지금도 수용 인원이 초과했지만, 앞으로도 계속 아이들을 받을 생각이었다.

원래 목적이 아이들 중에 검술에 재능이 뛰어난 이들을 찾는 것이었기에 지금도 계속 받고 있었다.

"정말 대단하지 않니? 이 많은 아이들을 봐. 크렌스피 영지에 존재하는 고아들은 전부 여기에 모여 있는 것 같지 않니?"

"네, 제가 보기에도 그래 보이네요."

네티는 자이엔느의 말에 시큰둥한 반응을 보였다. 자이엔느는 네티가 어떤 반응을 보이든 신경 쓰지 않고 있었다.

"여기 있는 아이들을 전부 돌볼 수 있다면 크렌스퍼 영지는 앞으로 고아들로 인해 발생했던 많은 문제들을 한 번에 해결할 수 있을 거야."

"에? 이 많은 아이들을 전부 데리고 계실 생각이세요? 아무리 봐도 너무 과한 욕심이세요. 여기 있는 아이들 중 반은 포기해야 겨우 아이들 입에 풀칠이라도 하겠어요."

네티의 말이 끝나자 아이들이 동요하기 시작했다. 이곳을 제외하고 자신들을 받아 주는 곳은 없었다. 이곳을 떠난다는 것은 죽는 것과 마찬가지였다.

"네티, 네 말에 아이들이 동요하잖니. 어서 사과해."

네티는 아이들을 보고 사과하라는 자이엔느의 말에 반항하려고 했다. 그러나 자이엔느가 단호한 표정으로 바라보자 마지못해 사과할 수밖에 없었다.

"미안해. 너희들에게 사과할게."

"아이들에게 사과하는 의미로 이 돈을 가지고 빵을 사 오도록 해."

자이엔느가 품속에 간직해 뒀던 금화를 전부 꺼내서는 네티에게 건네줬다. 금화가 보이자 아이들의 눈에 탐욕이 비쳤다가 이내 사라졌다.

"저 혼자 갔다 오나요?"

"혼자 다녀오기 싫으면 저기 계시는 크리스 경에게 같이 갔다 오자고 부탁해."

"아잉. 크리스 경은 너무 무뚝뚝해서 재미가 없는데."

"어서."

"네, 영애님."

네티가 크리스를 데리고 빵을 사러 떠나자 자이엔느가 레츠에게로 다가왔다.

"죄송해요. 너무 제멋대로 굴었죠?"

"아닙니다."

"저는 소영주님이 고아원을 후원하고 있다는 사실이 자랑스럽답니다. 저도 앞으로 소영주님을 도와 고아원을 돌볼 생각입니다. 그래도 되겠지요?"

결국 올 것이 오고야 말았다.

레츠는 자이엔느의 부탁에 허락할 수밖에 없었다.

"영주님의 배려로 제 앞으로도 영지 예산의 5%가 배정되었습니다. 원래 소영주님의 돈을 제가 받게 되어 많이 부담스러웠는데, 잘됐습니다. 이번 기회에 고아원에 전부 투자할까 합니다."

'크윽.'

레츠는 자이엔느의 말에 속이 쓰라렸다. 아무리 아이라고 해도 이들은 엄연히 평민이었다. 그런 평민들에게 영지의 일 년 예산의 10%를 사용하게 생겼다.

겉으로는 웃고 있었지만 레츠는 속에서 열불이 터졌다. 이럴 줄 알았으면 자신 앞으로 나오는 돈의 절반만 사용할 걸 하고 후회했다.

"요즘 영애께서 무얼 하고 계시느냐?"
"고아원이 낡으셨다며 새로 집을 지으시고 계십니다."
레츠의 질문에 위릿이 대답했다.
"새로운 집?"
"그렇습니다. 기존에 존재하던 초가집을 대신해 아이들이 편히 지낼 집을 짓는다고 합니다.
"쓸데없는 짓을 하시는군."
자이엔느가 고아원에 있는 아이들을 위해 가장 먼저 한 일은 굶주림에 지친 아이들에게 충분한 먹을거리를 제공하는 것이었다.
그 이후에 자이엔느가 관심을 보인 것은 집이었다.
자이엔느가 보기에 기존에 있던 집은 너무 낡았다. 아이들을 비바람으로부터 보호해 줄 수 없다고 판단했다.
기백이 넘는 영지의 병사가 동원되었다.
네이드빌 영주는 레츠를 말리라고 자이엔느를 붙였는데, 오히려 자이엔느가 더욱 난리를 부리며 고아원을 챙기는 모습에 남몰래 한숨을 내쉬었다.
그건 그거고, 지금 당장은 자이엔느의 부탁을 거절할 수 없었다. 자이엔느의 부탁에 따라 기백의 영지 병사들이 집을 짓기 위해 파견되었다.

지금 고아원은 집을 지으려고 모여든 사람들로 인해 북적거리고 있었다.

"영애님은 자네가 알아서 잘 돌봐 드리게."

"알겠습니다. 걱정하지 마십시오."

자이엔느가 고아원에서 움직일 생각을 하지 않자, 레츠는 아예 위릿을 고아원장으로 만들어 자이엔느의 감시자 역할을 맡겼다.

"일은 얼마나 추진되고 있는가?"

"처음에는 이 일이 익숙하지 않아서 수많은 시행착오를 겪었지만 지금은 정상 궤도에 올라 많은 수의 아이들을 확보했습니다."

"그래. 내가 미래를 주도하기 위해서는 지금은 아이들의 성장이 필요하다. 위릿, 그걸 절대 잊어서는 안 돼."

"명심하겠습니다."

레츠는 처음부터 자신만의 무력단체의 수장으로 위릿을 낙점하고 있었다. 그것이 위릿이 레츠에게 충성하는 이유 중의 하나이다.

드디어 레츠가 그리 원하던 세력을 키워 가기 시작했다.

레츠가 원했던 것은 어째신 길드에서 인적 자원을 충당하던 방법을 이용해 자신만의 무력단체를 만드는 것이었다.

위릿이 고아원에 있는 아이들 전부를 일일이 확인하여 검에 재능을 보이는 아이들을 따로 빼돌리고 있었다. 그러고는 모처에서 아이들을 모아 훈련을 하기 시작했다.

위릿은 이보다 한발 더 나아가서 도둑 길드에서 이용하는 방법을 섞었다.

레츠를 향해 절대적인 충성을 할 수 있는 자들을 모으는 것이다. 그리고 그런 자들은 무조건 독종이어야 했다.

제국에 독종이라 소문난 이들을 찾아가 그자의 신분 고하를 막론하고 받아들였다.

나이나 검에 대한 재능, 마법에 대한 재능 같은 건 필요치 않았다. 무조건 독종이어야 했다.

하지만 반골 기질을 가진 이들은 철저하게 구분했다. 주인을 무는 개는 키울 필요가 없었다.

레츠가 원하는 모든 것이 착착 진행되고 있었다. 그런데 예상 밖의 일이 터졌다.

얼굴이 하얗게 질린 위릿이 레츠를 찾아왔다. 레츠는 그런 위릿의 모습에 무언가 잘못되었음을 본능적으로 느낄 수 있었다.

"마르체나가 영주님의 아이를 임신했다고 합니다."

〈『크렌스피 사가』 제3권에서 계속〉

크렌스피 사가

1판 1쇄 찍음 2008년 11월 12일
1판 1쇄 펴냄 2008년 11월 14일

지은이 | 과 니
펴낸이 | 정 필
펴낸곳 | 도서출판 **뿔미디어**

기획, 편집 | 김대식, 허경란, 권용범, 김재영, 권지영, 소성순
관리, 영업 | 김기환, 김미영
출력 | 예컴
본문, 표지 인쇄 | 광문인쇄소
제본 | 대명제책사

출판등록 | 2002년 9월 11일 (제1081-1-132호)
주소 | 부천시 원미구 중3동 1058-2 중동프라자 402호 (우)420-023
전화 | 032)651-6513 / 팩스 032)651-6094
E-mail | BBULMEDIA@paran.com

값 8,000원

ISBN 978-89-5849-918-3 04810
ISBN 978-89-5849-916-9 04810 (세트)

무림대사부

양규 신무협 장편 소설
-3권 발행 예정-

무에 대한 방대한 지식과
뛰어난 머리를 가진 천추성의 운명.
무림은 그로 인해 들썩이는데…….

할아버지들께 북해에서 나는 영물을 구해 드리고자 나선 강호행은
멀고도 험하기만 하고,
대사부(代師父)에서 대사부(大師父)로 커져 가는 만큼
그의 앞길에 펼쳐지는 수많은 난관들.

과연 양곤의 강호행의 끝은……?!

뿔미디어

BBULMEDIAFANTASY

철마이십사절

박이 신무협 장편 소설
-5권 발행 예정-

**만약 그가 평범한 세상에 살았더라면
그는 이름 없는 살인자로 생을 마감했을 것이다.**

누가 난세는 영웅을 부른다고 했던가?

**난세 속에 부활하는 비운의 천재 철마의 철마이십사절,
적이 철마를 만들고 난세의 피가 철마의 심장을 두드린다.
철마가 묵룡을 부르고, 묵룡이 검은 바람을 부르니,
바람을 머금은 묵룡이 난세의 대지를 붉게 물들인다.
부활한 철마를 둘러싸고 벌어지는 치열한 암투.**

혼돈의 세상 속에서 철마는 어디로 가는가?

뿔미디어

BBULMEDIAFANTASY

뇌룡난타

담소 신무협 장편 소설
-3권 발행 예정-

낭떠러지에서 떨어졌다.
기연?
은거기인?
전설의 무공?

개뿔…….

난 노예가 되었다.

강호 최고의 현상범 사냥꾼 귀야랑 추대풍!
눈 떠 보니 노예가 됐다!

"이 새끼들! 감히 날 노예로 만들어?
좋아, 두고 봐! 네놈들 목에 걸린 현상금은 다 내 거야!"

뿔미디어

B B U L M E D I A F A N T A S Y

풍운군주

조천화 신무협 장편 소설
-5권 발행 예정-

"내가 그를 아끼면서도 지극히 두려워하는 것은
그의 능력도 능력이지만 성품 때문이다.
여우보다 교활하고 늑대보다 잔인한 데다 어디에 비할 데 없이
모질고 독한 그는 하려고 마음먹으면 못할 일이 없는 사람이다.
그런 사람이 나로서는 짐작할 수 없는 능력까지 갖추었으니
어찌 두렵지 않겠는가?"

편안히 살게 내버려 두란 말이다!!

아버지의 죽음을 둘러싼 음모.
자신에게 주어진 명(命) 속에 숨겨진 또 다른 진실.
천기, 그의 분노가 무림을 뒤흔든다!

풍운군주(風雲君主)

뿔미디어